E. R. Frank

Das Leben ist komisch

E. R. Frank

DAS LEBEN IST KOMISCH

Roman

Aus dem Amerikanischen von
Heike Brandt

BELTZ
& Gelberg

E. R. Frank arbeitet lange Zeit als Sozialarbeiterin in Brooklyn, New York. Heute lebt sie als Psychotherapeutin und Schriftstellerin mit ihrem Mann in Montclair, New Jersey. *Das Leben ist komisch* ist ihr literarisches Debüt und ihr erster Roman im Programm Beltz & Gelberg.

www.beltz.de

Die Originalausgabe erschien unter dem Titel
Life is funny bei Dorling Kindersley Publishing, New York

Neue Rechtschreibung
Lektorat Susanne Härtel
Einbandgestaltung von Max Bartholl
Fotos: Michael Yuen
Gesamtherstellung
Druckhaus Beltz, 69469 Hemsbach
Printed in Germany
ISBN 3 407 80898 4
2 3 4 5   06 05 04 03

Ich widme dieses Buch meinen Eltern
Amy und Bill,
deren Liebe und Stolz mir alles bedeuten,
meiner Schwester und meinem Bruder,
Claire und Jim,
die ein Teil von mir sind,
und meinem geliebten und liebenden
Stephen,
der mich nicht aufgeben ließ.

JAHR EINS

China
Ebony
Grace
Eric
Keisha
Mattie
Elaine
Mickey
Tory

Keisha
Lebkuchen
Sonia
Eric
DeShawn
Mara
Carl
Nick
Tory

China

Erst wollten Ebony und ich nicht, aber dann hat Ebonys Mama, Ms. Giles gesagt, sie bezahlt uns, und dann haben wir okay gesagt, weil, der Kindergarten von Ebonys Zwillingsschwestern ist nicht so weit weg, plus, er ist gleich gegenüber von McDonald's.

Wir sitzen auf dem Spielplatz in den Reifenschaukeln, schlürfen Cola und stippen Nuggets in scharfe Soße, und ich denke gerade, ich hätte mir lieber süßsauer bestellen sollen, da sehe ich ihn. Ich vermute mal, er ist jünger als wir, trotzdem ist er ein ganzes Stück größer, und er ist richtig schwarz, und er guckt nicht nach rechts oder links oder sonst wohin. Seine Augen sind stur geradeaus gerichtet, und er geht an uns vorbei zur Treppe vor der Eingangstür, bleibt dort stehen und wartet.

»Uns geht's gut, danke. Und wie läuft's bei dir so?«, sagt Ebony laut, dass er's hören kann. Bloß er tut so, als wär er taub oder so was.

Ebony saugt eine Weile an ihren Zähnen, dann sagt sie zu mir: »Der wär süß, wenn er einigermaßen vernünftige Klamotten anhätte.« Schwer zu sagen, ob ihr so was wirklich wichtig ist oder ob sie mich bloß provozieren will, aus Spaß.

Also sag ich zu ihr: »Du wärst auch süß, wenn du nicht so 'ne Schlampe wärst.«

»Hör auf.«

»Du weißt doch, dass das stimmt.« Ebony macht einen auf eingeschnappt und ich guck noch mal zu dem Jungen rüber.

»Der ist sowieso nichts«, sage ich. »Der ist gruselig.«

»Was meinst du damit?«

»Guck doch selber.«

Sie streckt ihren Fuß weit von sich und beugt sich vor, als wollte sie ihren Schuh binden.

»Hast Recht«, sagt sie. »Der ist voll gruselig.«

Eine Glocke klingelt und die Türen schlagen auf. Ein Haufen kleiner Kinder schießt raus, und Ebony und ich, wir springen von den Reifen. Zwei Erzieherinnen kommen hinter den Kindern hergeschlendert. Der Junge verschränkt die Arme und lehnt sich mit dem Rücken an die Mauer.

Ebonys Zwillingsschwestern, Mattie und Elaine, kommen angehüpft, in den Händen halten sie irgend so eine verrückte Konstruktion aus Eisstielen.

»Was ist das?«, fragt Ebony.

»Ein Puppenhaus«, sagt Mattie.

»Ist noch nicht fertig«, sagt Elaine. »Wir müssen noch das Dach machen.«

»Hallo, China«, sagt Mattie.

»Hey, Baby«, sag ich.

»Hallo, China«, sagt Elaine.

»Hey, Baby«, sag ich zu ihr.

Sie sind sechs, aber es gefällt ihnen, wenn ich Baby zu ihnen sage. Ebony darf das nicht. Wenn sie das tut, werden die beiden sauer. Mir erlauben sie es, weil ich keine kleinen Schwestern habe und mit den beiden rede, während Ebony denkt, sie sind bloß auf der Welt, um ihr den letzten Nerv zu rauben. Unserer besten Freundin Grace würden sie es auch erlauben, weil sie weiß ist und hübscher als sonst was, bloß Grace würde niemals Baby sagen.

»Guck mal, China«, sagt Ebony und stupst mich an.

Eine der beiden Erzieherinnen steht stocksteif da und glotzt den Jungen an. »Kann ich dir helfen?«, fragt sie, voll finster.

Der Junge glotzt zurück. Er sagt kein einziges Wort.

»Brauchst du was?«, fragt die Frau, aber das klingt wie: Untersteh dich!

Er verzieht keine Miene und die Frau klappt noch einmal den Mund auf, aber in dem Moment kommt ein echt kleines Kind – ein ganzes Stück jünger als die Zwillinge – auch mit so einem Eisstielteil in der Hand rausgeschossen und sagt zu dem gruseligen Jungen: »Mama krank?«

Der gruselige Junge wirft der Frau einen eiskalten Blick zu, dann nimmt er das echt kleine Kind hoch, wirft es sich über die Schulter und marschiert los. Das Kind kichert wie verrückt.

»Eric!«, protestiert der Kleine. »Eric! Lass mich runter!«

»Tschüs, Mickey!«, ruft Mattie dem kopfüberhängenden, juchzenden kleinen Kind nach.

»Tschüs, Mickey!«, ruft Elaine.

»Tschü-üs!«, ruft der zurück.

Aber dieser Junge, der Eric, der lächelt nicht und geht auch nicht langsamer oder so.

Am ersten Freitag haben die Zwillinge jede Menge gelbe Ballons mit Filzstiften bemalt und Ebony und ich dürfen die Ballonsträuße nach Hause tragen. Als Ebonys Mutter vom Wohnungsvorführen zurückkommt, tippt sie an die überall im Wohnzimmer schwebenden Bündel, so dass die Luftballons nicken und zittern, und sie sagt: »im fast-frühling ist die welt schlamm-selig und der kleine lahme luftballonmann flötet weit und winzig und freddieundwill kommen gerannt von schussern und seeräuberei und es ist frühling und die welt ist pfützenherrlich.«

»Jetzt ist nicht Frühling«, unterbricht sie Ebony. »Jetzt ist Sommer.«

Ms. Giles lässt die Ballons und das Gedicht sein und kramt in ihrer Handtasche. Ich würde gerne den Rest hören, aber Ebony kann es nicht leiden, wenn ihre Mutter Gedichte aufsagt. Sie quatscht ihr immer dazwischen.

»Danke schön, Mädchen«, sagt Ms. Giles, und sie gibt jeder von uns einen nagelneuen, grünen Schein, der so steif ist wie ein neues Lesezeichen. Ebony packt ihren Schein an den Ecken, schiebt ihn zusammen und zieht ihn so schnell auseinander, dass es knallt. Ich falte aus meinem eine Schachtel, streiche ihn dann wieder glatt und lasse ihn knallen wie Ebony.

»Wie geht das Gedicht weiter?«, frage ich Ms. Giles.

»Bah«, stöhnt Ebony.

»Selber bah«, sag ich.

»Hab Geduld mit ihr, China«, sagt ihre Mutter zu mir, »bei Ebony ist die Poesie noch nicht an die Oberfläche gesprudelt.«

Da muss ich an das Aquarium in der Schule denken.

»Mom!«, stöhnt Ebony noch einmal.

Ihre Mutter berührt mein Kinn mit ihren Fingerspitzen. »China«, sagt sie, »bei dir ist die Poesie dichter an der Oberfläche, sie liegt direkt unter der Haut.«

Ebony zerrt mich in ihr Zimmer und ruft dann Grace an, damit die beiden wie blöde über mich herziehen können.

»*Direkt unter ihrer Haut!*«, meint Grace, voll spöttisch. Ebony hat den Lautsprecher eingestellt.

»Ihr werdet's schon sehen«, sag ich zu den beiden.

In Grace' Zimmer klebe ich Mini-Collagen aus alten Zeitschriften, die in flache Plastikschlüsselanhänger eingepasst werden sollen, während Grace und Ebony die unteren Nähte ihrer Jeans raustrennen. Bei solchen Arbeiten muss man sehr sorgfältig sein, sonst ist gleich alles versaut.

»Lass bloß keinen Kleber auf den Boden tropfen!«, ermahnt mich Grace schon zum millionsten Mal. Das nervt mich aber nicht, und zwar wegen ihrer Mutter. Wir dürfen eigentlich überhaupt nicht hier bei Grace sein, denn ihre Mutter ist ganz schön gemein und mag keine Leute, die nicht weiß sind. Einmal bin ich Ms. Sanborn begegnet, auf der Straße, und sie war ziemlich fies zu mir und zu Ebony, aber es war schwer zu sagen, ob es daran lag, dass wir schwarz sind oder so, denn sie war auch zu Grace fies, und Grace ist weiß, plus, sie ist ihrer Mutter eigene Tochter.

»Habt ihr Lust, am Freitag bei mir zu schlafen?«, fragt Ebony, gerade als ich die Wörter *hip* und *Sex* ausgeschnitten habe.

»Klar«, sage ich und entdecke *ultra* und *süß* und *boah* alle auf einer Seite. »Kannst du auch, Grace?«

»Hängt davon ab, was ihre Mutter für Laune hat«, sagt Ebony schnell, damit Grace das nicht muss.

Grace verdreht die Augen, was sie richtig gut kann, vor allem für ein weißes Mädchen.

»Da sagste was«, meint sie, bloß um uns zum Lachen zu bringen.

Dieser Junge, der Eric, guckt wieder haarscharf an uns vorbei, lehnt sich mit dem Rücken an die Wand des Kindergartens und wartet. Diesmal hält Ebony den Mund und ich versuche seinen Blick einzufangen, aber er will mich nicht sehen. Die Erzieherin sagt nichts. Sie guckt ihn an, als würde er stinken oder so was, und er benimmt sich, als wäre sie Fliegendreck unter seinem Schuh.

Ein Mädchen kommt und wartet auch. Sie ist jünger als wir, wie dieser Eric, aber ihr sieht man das eher an als ihm, denn sie ist echt klein und dünn.

»Hallo«, sagt sie, als sie an uns auf den Reifenschaukeln vorbeimuss.

»Hallo«, sagen wir.

Als sie sieht, dass Eric die Stufen zum Eingang des Kindergartens besetzt hält, bleibt sie stehen, noch ganz nah bei uns. Einen Moment lang weiß keine, was sie sagen soll, also glotzen wir alle drei zu ihm rüber, bis Ebony schließlich sagt: »Du kennst den?«

»Der ist letztes Jahr in die Sonderklasse gekommen«, sagt das Mädchen. »Der prügelt sich.«

»Das passt.« Ebony grinst. Das Mädchen zuckt irgendwie mit den Schultern, während ich gegen Ebonys Reifen stoße. »Ist der Typ nicht hässlich?«, sagt Ebony zu dem Mädchen und tritt ihrerseits gegen meinen Reifen.

Dann schwingt die Tür auf und die Kinder strömen heraus. Ein echt kleines Mädchen, ungefähr so groß wie der kleine Mickey, kommt ganz aufgeregt zu uns rübergehopst.

»Keisha!«, quiekt das echt kleine Mädchen. »Wir haben Kekse gebacken.«

»Hast du welche für deine Mama und für Nick gebacken?«, fragt Keisha, voll ruhig und leise, als wär sie erwachsen oder so. Das kleine Mädchen guckt schuldbewusst. Keisha verdreht die Augen und sagt zu uns: »Bis dann«, und die beiden gehen.

Direkt danach taucht der kleine Mickey auf. Er grabscht sich Erics Hand, und während sie die Stufen runtersteigen und davongehen, summt er vor sich hin. Als wüsste er, dass Eric hinter dem verschlossenen Gesicht ein Lächeln für ihn versteckt hat.

»Bist du sicher, dass du keine Kurse in Kunst oder Werken oder Karate belegen willst?«, fragt mich meine Mom, als wir vor dem Fernseher sitzen.

»Äh häh«, versichere ich ihr.

»Nächste Woche ist Anmeldeschluss«, erinnert sie mich.

»Diesen Sommer will ich einfach bloß abhängen.«

»Zwölfjährige Mädchen sollten sich beschäftigen«, sagt mein Dad zu mir. Dann zum Fernseher: »Was ist der Suezkanal?« Er kennt jede Quiz-Antwort. Nur einmal habe ich erlebt, dass er was nicht wusste, und das war: »Was ist Schwefel?«

»Ich werde mich schon beschäftigen«, erkläre ich ihm. »Grace und Ebony und ich, wir machen unsern eigenen Kram.«

»China verdient sich jede Woche ein bisschen Geld, sie hilft Ebony, die Zwillinge vom Kindergarten abzuholen«, sagt meine Mom zu ihm.

»Das zahlst du alles auf dein Konto ein, nicht wahr?«, tönt Dad.

»Falsch«, sage ich, und er versucht, mir eins auf den Hintern zu geben, aber ich entkomme ihm, weil, er macht nie ernst, plus, ich bin schnell.

Grace und Ebony haben keine Väter. Grace glaubt, ihre Mutter weiß noch nicht einmal, wer es ist. Ebonys Vater lebt irgendwo im Süden, und sie hat ihn nicht mehr gesehen, seit sie fünf war. Ebonys Mutter redet nicht über ihn, außer dass sie sagt, er liebt Ebony, ist aber nicht Manns genug, um es ihr zu zeigen.

Grace und Ebony finden meinen Vater voll cool, weil, er hat dieselben Mandelaugen wie ich, plus, er hat ein gepierctes Ohr, plus, er ist echt nett.

»Hast du ihn schon mal auf der Arbeit besucht?«, fragt mich Ebony. Sie zupft am ausgelassenen Saum ihrer Jeans, um Fransen zu machen. Sie ist immer etwas langsamer als Grace, die ihre Jeans schon anprobiert und nachsieht, ob die Fransen gleichmäßig genug sind.

»Einmal«, sag ich. Ich hab zu tun, dass ich die ausgeschnittenen Wörter auf den drei kleinen Stückchen Pappe unterkriege. Wenn ich fertig bin, wird jede Collage wie ein Bild in den Rahmen eines kleinen Plastikschlüsselanhängers geschoben.

»Hast du viele Stars gesehen?«

»Bei den Nachrichten gibt es keine richtigen Stars«, antworte ich. »Aber demnächst arbeitet er bei einer Serie.«

»Ich wette, die Stars reden sowieso nicht mit den Kameraleuten«, sagte Grace, und dann hören wir die Haustür knallen und Grace' Mutter rufen: »Ich bin's!«

»Scheiße«, sagt Grace, und im nächsten Moment steht Grace' Mutter in der Tür, die Hände auf den Hüften, den Mund weit genug aufgerissen, um eine ganze Wagenladung voll Fliegen schnappen zu können.

»Hallo, Ms. Sanborn«, sag ich, um ihr zu zeigen, wie höflich schwarze Mädchen sein können.

»Hallo, Ms. Sanborn«, sagt Ebony.

»Das ist Ebony, das ist China«, sagt Grace. Sie sieht total ruhig aus, aber ich kann sehen, wie an ihrem Hals eine Vene oder so was pulsiert.

»Nett, euch kennen zu lernen«, sagt Grace' Mom. Aber sie guckt uns nicht an, plus, sie hat uns schon mal gesehen. Ich nehme an, sie erinnert sich nicht mehr daran. »Aber jetzt müsst ihr gehen.«

»Was für eine blöde Kuh«, sagt Ebony, während wir vor dem Kindergarten warten. Wir haben uns wieder was bei McDonald's gekauft, aber wir sind viel zu wütend, um was runterzukriegen.

»Glaubst du, sie erlaubt Grace, dass sie am Freitag bei uns übernachtet?«

»Glaubst du, sie wird in nächster Zeit Honig scheißen?«

»Hey«, sage ich. »Der Junge ist gar nicht da. Dieser Eric.«

»Was? Magst du den plötzlich?« Ebony grinst.

»Nicht so, wie du denkst«, sag ich.

»Na klar«, sagt sie total affig.

»Echt, eh«, sag ich.

Es klingelt und die Zwillinge kommen herausgerannt. Sie haben alle möglichen angemalten und verknüpften Makkaroni am Körper hängen. Armringe, Halsketten, Gürtel.

»Wollt ihr Nuggets?«, fragen wir. Sie schnappen sich welche und rennen zum Klettergerüst.

Ich sehe den Mickey, wie er sich umguckt. Ich sehe, wie er zum Zaun vom Spielplatz geht. Ich sehe, wie er eine Frau anguckt, die mir vorher nicht aufgefallen ist, sie lehnt am Zauntor. Sie ist voll dürr und aschebleich, so was hab ich noch nie gesehen. Mickey schlurft auf sie zu. Er ist noch nicht bei ihr, da geht sie schon los. Er rennt ihr hinterher und gibt ihr seine Makkaroni-Halskette. Sie stülpt sie ihm über den Kopf, ohne stehen zu bleiben, ohne ihn anzugucken, ohne irgendwas.

Heute kichert er nicht. Er summt auch nicht.

»Kann ich bitte mit Grace sprechen?«, sag ich.

»Kannst du nicht«, sagt ihre Mom. »Grace hat Telefonverbot.«

»Tut mir Leid, dass wir ohne Ihre Erlaubnis da waren«,

sage ich. Ich will nicht, dass Grace noch mehr Ärger kriegt, aber trotzdem.

»Deine Entschuldigung wird angenommen.«

»Wir sind echt sauber«, sage ich. »Und wir machen keinen Krach und stören auch Ihre Nachbarn nicht.«

»Ich sage Grace, dass du angerufen hast«, sagt Ms. Sanborn.

»Grace ist unsere beste Freundin«, erkläre ich ihr.

»Dessen bin ich mir bewusst.«

»Vielleicht könnten Sie unseren Müttern sagen, dass sie uns bestrafen sollen«, sage ich. »Weil, ehrlich, wir haben Grace sozusagen überredet, dass sie uns reinlässt.«

»Auf Wiedersehen«, sagt ihre Mutter. Dann legt sie auf.

Was für eine blöde Kuh.

Am Donnerstag sind Ebony und ich nicht vorher bei Grace, so dass wir uns erst am Kindergarten treffen. Ich bin früher da. Das jüngere Mädchen, diese Keisha, hängt an den Schaukeln rum. Eric lehnt an der Wand. Ich winke Keisha zu, dann gehe ich die Stufen rauf zu Eric.

»Hallo«, sage ich. Er sagt nichts. Plus, er stinkt irgendwie.

»Willst du ein Nugget?«, frage ich. Er glotzt die Nuggets an, dann glotzt er mich an.

»Gestern habe ich deine Mutter gesehen«, sage ich.

Er sagt nicht ein Scheißwort. Vielleicht war es gar nicht seine Mutter.

»Ist sie krank?«

»Verpiss dich«, sagt er zu mir.

Freitag, als Ebony und ich gerade bei McDonald's unsere Bestellung aufgeben, kommt Grace angerast.

»Hey, Mädchen«, sagt Ebony. »Wie bist du denn rausgekommen?«

»Ich habe einen Monat Hausarrest und Telefonverbot«, schnauft Grace. »Aber meine Mutter geht jeden Tag zur Arbeit. Also kann sie mich mal.«

Vom Rennen in der Hitze ist ihr Gesicht ganz rot und glänzt. Alle McDonald's Jungs schielen unter ihren Baseballmützen hervor und starren Grace an. Aber die tut so, als merke sie nichts.

»Meine Mom zahlt dir nichts«, warnt Ebony.

»Als ob ich euer Geld will«, sagt Grace.

»Oooooh!«, mache ich.

Draußen dann sehen wir Eric vor uns hergehen.

»Das ist er«, erklärt Ebony Grace. »Das ist der Typ, auf den China scharf ist. Ist der nicht finster?«

»Ich bin überhaupt nicht scharf auf den«, sage ich. »Und nenn ihn nicht finster. Mit seiner Mutter ist irgendwas.«

»Na und?«, meint Ebony. »Trotzdem ist er finster.«

Heute fällt mir was auf, was mich echt umhaut. Man könnte doch meinen, der Typ würde, wenn überhaupt, dann Grace angaffen. Aber die scheint er nicht mal zu sehen. Er beobachtet Ebony, die sich in der Mitte des Spielplatzes bückt, um Mattie zu helfen, ihr Schloss aus Milchkartons wieder zusammenzukleben.

Grace' Mutter hat eine Verabredung mit irgendeinem neuen Nachbarn, so dass Grace heimlich zu Ebony kommt.

»Auf deine Mom ist echt einer scharf?«, meint Ebony und dann schnell: »Nichts für ungut.«

»Mir doch egal«, erklärt Grace. Wir sind in der Küche und machen Schokotörtchen. Wenn wir bei Ebony sind, backen wir immer. Bei mir zu Hause machen wir meistens Popcorn. Bei Grace essen wir nie.

»Habt ihr Lust auf einen Film?«, fragt Ebonys Mutter und steckt ihren Kopf in die Küche.

Das Telefon klingelt und Ebony schnappt es sich. »Hallo«, sagt sie.

»Das sind die Zwillinge«, erklärt uns ihre Mom. Sie übernachten bei anderen Leuten.

»Hier ist Ebony«, sagt Ebony. Dann ist sie total still. Ich vermute, es sind nicht die Zwillinge.

»Äh häh«, sagt Ebony.

»Ebony?«

»Ich kann mich nicht erinnern«, sagt Ebony in den Hörer. »Ich habe keine gekriegt.« Dann sagt sie: »Bleib dran.« Sie hält den Apparat von sich weg.

»Er sagt, er ist mein Daddy«, sagt sie. »Er weint.«

Ms. Giles schnappt sich das Telefon und bedeckt den Hörer mit ihrer Hand.

»Geht nach oben«, ordnet sie an. »Sofort.«

Wir strecken uns auf Ebonys Bett aus und überlegen, wie wir mithören können, aber obwohl Ebony telefonmäßig gut ausgestattet ist, mit Rückruf und Lautsprecher und Dreierkonferenz, finden wir nicht raus, wie wir was mitkriegen können.

»Wie war er drauf?«, fragt Grace.

»Erst ganz fröhlich«, meint Ebony. »Er hat sich echt gefreut.« Sie packt ihre Sockenaffenpuppe und schwingt sie am Schwanz herum.

»Er hat andauernd von Briefen geredet, die er mir zum Geburtstag geschickt hat, und ob die mir gefallen haben.«

»Du hast uns nie was von Briefen erzählt«, sagt Grace.

»Ich hab ja auch nie welche gekriegt«, sagt Ebony und pufft mit dem Sockenaffen gegen Grace' Knie.

»Du hast gesagt, er hat geweint«, sage ich.

»Hat er.«

»Aber du hast gesagt, er war fröhlich.«

»Er hat vor Glück geweint«, vermutet Grace und rollt mit den Augen.

»Falsch«, sagt Ebony. »Er hat geweint, als ich gesagt habe, ich habe nie irgendwelche bescheuerten Briefe gekriegt.«

Wir alle denken einen Augenblick darüber nach und versuchen rauszukriegen, was das zu bedeuten hat, dann fragt Grace mich: »Hast du deinen Dad schon mal weinen sehen?«

»Nee.«

»Habt ihr schon mal eure Mutter weinen sehen?«, fragt Ebony.

Wir schütteln den Kopf und dann kommt Ebonys Mutter rein.

»War das wirklich mein Daddy?«, fragt Ebony. Dabei setzt sie sich nicht auf oder so. Sie lässt einfach den Sockenaffen weiter über ihrem Kopf hin- und herschaukeln.

»Ja«, sagt ihre Mutter. »Möchtest du jetzt darüber reden,

wenn deine Freundinnen dabei sind? Oder möchtest du warten, bis wir beide alleine sind?«

Ebony zuckt die Achseln. Grace und ich, wir gucken uns an. Ich weiß, dass sie dasselbe hofft wie ich. Wir wollen alles erfahren.

»Vielleicht sollten wir dann lieber bis morgen warten«, sagt Ms. Giles.

Ebony zuckt wieder die Achseln.

Eine Stunde später verzieht sich Grace nach Hause, und ich wache mitten in der Nacht auf, ohne dass Ebony neben mir liegt. Erschrocken stehe ich auf und suche sie. Aber als ich sehe, dass sich Ebony zu ihrer Mutter ins Bett gekuschelt hat, ziehe ich mich sofort zurück, weil mir das sehr persönlich erscheint.

»… ›und wie du dich zum ersten Mal bewegtest‹«, höre ich Ebonys Mom flüstern, »›dann zucktest, und ich dachte, es sei mein Herz.‹«

Auf den Reifenschaukeln knabbert Ebony ihre Nägel ab und spuckt die Stückchen alle auf eine Stelle.

»Das ist widerlich«, sagt Grace zu ihr.

Ebonys Dad hat gestern wieder angerufen. Ihre Mom weiß nichts davon. Ebony sagte, er hat ihr von einer Frau erzählt, die er ihr vorstellen möchte. Ebony sagte, er hat langsam geredet und hat so geklungen, als würde er dauernd Wörter vergessen. Grace sagte, dass er vielleicht getrunken hat.

»Wollt ihr am Freitag bei mir übernachten?«, frage ich,

während ich rüber zu Eric gucke, weil ich rauskriegen will, was diese dicke Beule in seiner Gesäßtasche zu bedeuten hat.

»Mmmkay«, sagt Ebony.

»Ich komm mal vorbei«, meint Grace. Sie wird sich wieder rausstehlen müssen. Sie hat immer noch eine Woche Stubenarrest.

Ebony schielt rüber zu Eric. »Er stinkt«, erklärt sie mir, gehässig. »Das rieche ich sogar von hier.« Das ist eine Lüge.

»Da kann er nichts für«, meine ich.

»Woher weißt du das?«, fragt Grace, nicht gehässig, bloß neugierig.

»Ich weiß es einfach.«

»Du hast doch selber gesagt, er ist gruselig«, sagt Ebony und springt von der Schaukel.

»Ich habe meine Meinung geändert«, sage ich. »Und red nicht so laut. Er ist nicht taub.«

»Na und?«

»Hallo, Mädchen«, hören wir. Ebonys Mutter kommt durch das Tor.

»Kriegen wir trotzdem unser Geld?«, fragte Ebony, als ihre Mutter die Schaukeln erreicht.

»Natürlich«, sagt Ms. Giles. »Ich kann sowieso nicht bleiben. Ich bin auf dem Weg in die Fifth Street, wo ich eine Dreizimmerwohnung vorführen muss.«

Ich versuche Erics Blick zu erhaschen, aber der Typ ist bescheuert stur. Ich nehme an, Ebonys Mutter hat gesehen, wo ich hingucke.

»Wer ist das?«, fragt sie.

»Irgendein Trottel«, sagt Ebony.

»Er ist kein Trottel«, widerspreche ich.

»Irgendwie schon«, sagt Grace.

»Ist er nicht!«, sage ich laut.

»Was hast du bloß?«, faucht Ebony. Und Grace, statt mich anzuglotzen und ihre Augen zu verdrehen, zischt Ebony an und stößt mit dem Fuß dicht neben die abgekauten Fingernägel.

»Er ist kein Trottel«, sage ich zu Ebonys Mutter. Meine Stimme zittert wie verrückt und mein Gesicht ist total heiß, und ich weiß nicht mal, warum.

Ms. Giles legt ihre Hand auf meine Schulter und schaut zu Eric hinüber. Ich bemühe mich, die Tränen zu unterdrücken, da klingelt es, und die Kinder kommen aus der Tür gerannt. Ebonys Mutter beobachtet Eric, bis Mickey rauskommt, die Nase voller Rotz. Eric zerrt ein Taschentuch aus der Gesäßtaschenbeule und drückt es an Mickeys Nase.

»Schnaub«, meint er.

»Von den Fluten geschunden wie ein verlassenes Schiff, eine verlorene Seele«, sagt Ms. Giles ganz leise.

»Mom!«, knurrt Ebony sie an.

»Halt den Mund!«, schnauzt Grace Ebony an. »Mein Gott!«

»Er hat Poesie«, meine ich, die Kehle ist mir wie zugeschnürt. »Er hat voll die Poesie.«

Mein Kopf ist dösig, und ich fühle mich wackelig auf den Beinen, und meine Mom misst Fieber bei mir und jagt meinen Daddy mitten in der *Jeopardy*-Sendung von der Couch, damit ich mich hinlegen kann. Mein Daddy gibt mir die Fernbedienung und setzt sich in den Sessel, und meine Mom packt die Schachtel mit den Papiertüchern auf den Tisch und eine Decke dazu, obwohl es draußen ungefähr eine Millionen Grad heiß ist. Dann bringt sie mir ein Spezial-Aspirin, das sie umsonst von ihrem Chef in der Apotheke bekommt, und Zitronen-Honig-Tee, den ich heiß trinken soll. Mein Daddy befühlt mit dem Handrücken erst meine Stirn und dann die dicke Tasse und sagt zu meiner Mom, sie soll Eiswürfel in den Tee tun, damit er abkühlt.

»Du bringst sie um«, schimpft er. »Sie wird schmelzen wie die böse Westhexe.«

Dann setzen sich beide eine Weile zu mir und gucken mit mir, was immer ich will, und mitten in einer Autowerbung verstehe ich, was »eine verlorene Seele« ist, und ich spüre, wie mit dem Fieber etwas durch meine Haut dringt und mir zeigt, wie total gemein die Welt sein kann und was für ein Glück ich habe. Es ist ein warmes, trauriges Gefühl, das sich wie Dampf von heißem Tee tröstend um den neuen Schmerz in meinem Herzen legt.

Keisha

Okay. Das war so. Am Ende vom letzten Schuljahr waren Mara und Jessie beste Freundinnen, aber dann hat Maras Freund, der jetzt in der Oberschule ist, mit Jessie rumgemacht. Also hat Mara Jessie verprügelt, und dann waren Jessie und diese Trisha beste Freundinnen, und Mara und die andere Jessie und ich waren beste Freundinnen. Aber dann ist Jessie Nummer zwei nach Queens umgezogen, und Jessie Nummer eins hat am ersten Schultag vom neuen Schuljahr Mara verprügelt, wegen der Prügel im letzten Jahr, und dann waren Mara und sie wieder beste Freundinnen, und Trisha hatte dann schließlich ein Mädchen aus Kalifornien als beste Freundin.

Dann ist Mara mit diesem weißen Jungen gegangen und Jessie ging mit DeShawn. Aber dann wurde der weiße Junge für eine Woche vom Unterricht ausgeschlossen, weil er zu diesem hässlichen Eric aus der Sonderklasse »kann nicht mal Arsch buchstabieren, aber Stütze kassieren« gesagt hat und der Eric einen Stuhl nach dem weißen Jungen geworfen hat und der weiße Junge einen Stuhl zurückgeworfen hat und damit diesen Lebkuchen, den zappligen Jungen mit dem runden Gesicht am Hinterkopf getroffen hat, und dann sind der weiße Junge und der Eric aus der Sonderklasse beide rausgeflogen, und dann wollte DeShawn nicht mehr mit Mara reden, obwohl sie mit der Sache gar nichts zu tun hatte, und dann hat Mara zu Jessie gesagt, wenn sie mit DeShawn zusammen sein würde, dann könnten sie nicht mehr Freundinnen sein. Also hat Jessie beim Mittagessen mit DeShawn Schluss gemacht, und DeShawn hat gesagt, er würde sowieso mit JaNeesha gehen, was gar nicht stimmte, denn ich war mit JaNeesha befreundet, und die konnte den überhaupt nicht leiden.

Okay. Als wir dann in Geschichte das Projekt Welternährung hatten, waren Mara und Jessie und ich in derselben Gruppe, und die beiden haben mich ihre zweitbeste Freundin sein lassen, also sind wir seit Thanksgiving voll eng befreundet, und eines Tages werden wir alle drei in dieselbe Oberschule gehen und später dann mit berühmten Basketball-Spielern gehen und an einem Park wohnen und jeden Sommer nach Disney World fahren. Am Ende werden wir alle genau das Gleiche werden, außer dass Mara dunkler bleiben wird als ich, und ich werde dunkler bleiben als Jessie, und außerdem will Mara drei Mädchen und drei Jungen, und Jessie will bloß Jungen, und ich will gar nichts, denn wenn ich alt werde, dann werde ich bloß meine Tante Eva und meine kleine Cousine Tory als meine Familie bei mir haben, so wie jetzt meine Tante Eva mich und meinen Bruder Nick zu sich genommen hat.

Also, Folgendes ist passiert: Mara und Jessie und ich sind vor dem Pausenklingeln auf dem Mädchenklo, da kommt JaNeesha aus der letzten Kabine und baut sich vor Jessie auf. Sie meint: »Der's mir.« Sie meint Jessies Pieper, den Jessie vor zwei Wochen von ihrer Oma zum Geburtstag bekommen hat. Also, JaNeesha ist ziemlich klein, aber sie ist stark, und das weiß auch jeder, seit sie im letzten Jahr einen Jungen zusammengeschlagen hat, der von der Schule flog, weil er ihr in die Titte gezwackt hat, dabei hatte sie noch gar keine richtigen Titten.

»Du nervst voll ab«, sagt Jessie.

Normalerweise redet sie mehr wie ich, also mit mehr weißem Englisch und so, weil ihre Oma das so ähnlich sieht wie meine Tante Eva, aber wenn sich jemand so vor einem aufbaut, ist es schon besser, normal zu reden. Also, ich kann sehen, dass Jessie total Schiss hat, denn sie ist echt klein und nicht sehr stark, was jeder weiß, obwohl sie wie eine Wilde kämpft.

Das Ding ist, eigentlich muss man seiner Freundin beistehen, wenn sie angegriffen wird. Aber JaNeesha war auch mal meine Freundin, und wir haben uns nie gekloppt, und ich weiß echt nicht, was ich jetzt tun soll: für Jessie gegen JaNeesha Partei ergreifen oder für JaNeesha gegen Jessie. Wahrscheinlich sollte ich für Jessie Partei ergreifen, denke ich, weil, wir sind ja jetzt beste Freundinnen. Aber dann bringt Mara einen echt guten Freundschaftsdienst, sie stellt sich ganz dicht neben mich und sagt leise, dass es sonst keiner weiter hören kann: »Ich halte zu ihr, wenn du dich lieber verkrümeln willst.«

Aber ich bleibe, wo ich bin, vielleicht wird's ja gar nicht so schlimm, und ich möchte sehen, was passiert.

Und JaNeesha meint: »Der's mir, du Fotze.«

Und sie streckt die Hand nach Jessies Pieper aus, und Jessie springt voll schnell auf das Waschbecken, so dass sie viel größer ist als wir anderen, und sagt: »Wieso legste dich mit mir an, du Schlampe! Der Pieper is nich dir, und wenn de was von mir kriegst, dann höchstens was in 'n Hintern geschoben!«

JaNeesha holt aus, als wollte sie Jessie auf die Knie donnern und vom Waschbecken stoßen, aber da tritt Jessie voll hart zu, und im nächsten Moment sind JaNeeshas Zähne auf dem ganzen Boden verstreut, und Jessie braucht sich ab jetzt keine Sorgen mehr zu machen, dass sie irgendwer angreift.

Dann guckt mich JaNeesha mit voll blutendem Mund an, und sie will was brüllen, aber das packt sie irgendwie nicht, wahrscheinlich, weil's wehtut und weil ihr die ganzen Zähne fehlen, und dann taucht Ms. Lyons auf und schreit, und wenn Jessie nicht so ängstlich gucken würde, da oben auf dem Waschbecken, und JaNeesha nicht alles voll bluten würde, dann würde ich lachen, weil weiße Leute aus dem blödesten Grund schreien und nie laut werden, wenn sie es eigentlich sollten.

Also dann, nachdem der Direktor mit allen geredet hat, die dabei waren, sagt dieses indische Mädchen aus der Achten, die aus der Oberschule kommt, weil sie mit Jessie und ein paar anderen Kindern Mathe macht, immer am Donnerstag, also dieses Mädchen Sonia, die gerade, als Jessie auf das Waschbecken stieg, aus der dritten Kabine trat, die sagt zu uns, wenn wir nicht zur Schulpsychologin im zweiten Stock wollten, da wär so ein alter Kunstraum mit ein paar Stühlen und Matratzen, und da drin könnten wir uns aufhalten, wenn wir ganz für uns sein wollen, da findet einen niemand, und auch nicht die anderen Kinder, wenn wir das nicht wollen, denn man kann von innen zuriegeln.

Also das ist der Grund, warum ich jetzt hier sitze, denn ich will alleine sein, um zwei Dinge zu klären, die mich tierisch nerven. Das eine ist, wie schaffe ich es, mich aus Schlägereien rauszuhalten, wenigstens in den nächsten sieben Jahren, bis ich mit der Oberschule fertig bin, weil ich einen Abschluss machen soll und weil meine Tante Eva mich umbringt, wenn ich das nicht schaffe, aber alle wollen sich andauernd schlagen, und dann wird man vom Unterricht ausgeschlossen und rausgeschmissen und so 'n Scheiß. Und das andere ist, was muss ich tun, wenn ich nicht will, dass mein Bruder Nick mich jeden Abend untenrum berührt, und er es trotzdem immer wieder tut?

JAHR
ZWEI

Sonia
Monique
Sam

Drew
Sonia
Lebkuchen
Sam
Josh
Carl

Sonia

Als mein Lieblingsbruder sagte, der Mann, der von der Freiheitsstatue gesprungen ist, war Sarim, habe ich es nicht geglaubt. Nif ist zu mir so ehrlich wie ein Spiegel, aber trotzdem. Ich konnte mir einfach nicht vorstellen, wie Sarim auf dem Steinpodest unter den Zehen der Freiheitsstatue auf seine friedliche Art daherschwebt, wie ein Luftballon, dann ins Trudeln gerät, im Zickzack auf und über die Kante schießt und aufknallt. Ich konnte es nicht glauben.

Selbst als sich die ganze Nachbarschaft in unserem Wohnzimmer versammelt hatte, die Frauen in der Nähe der Küche, die Männer auf unseren Couchen beim Fernseher. Alle sprachen über Sarim, wie sein zerschmetterter Körper ausgesehen haben mochte, nachdem er auf dem Zementboden der unteren Plattform aufgeschlagen war, und wie der Zement ausgesehen haben mochte. Sie sprachen meistens Hindi, und die asiatischen Töne klangen für mich automatisch mehr nach Trauer als irgendwas auf Englisch, trotzdem glaubte ich immer noch nicht, dass es Sarim war. Meine Mutter und die anderen Frauen kochten die ganze Woche, denn die Nachbarschaft traf sich bei uns im dritten Stock. Alle versammelten sich hier, weil unsere Wohnung gegenüber von dem roten Sandsteinhaus liegt, wo Sarim wohnt. Gewohnt hat.

Jetzt glaube ich es schon mehr. Es ist zwei Wochen her und er ist nicht nach Hause gekommen. Und meine vier älteren Brüder haben geschworen, dass es die Leiche von Sarim war, die sie auf der Trauerfeier gesehen haben, bevor sie zum Einäschern nach Pakistan geschickt wurde. Und alle sagen, es waren seine Uhr und seine Brieftasche, seine Bic-Kugelschreiber und seine Papiere und sein Tigeraugenstein, die um die Leiche herum verstreut lagen wie Münzen um die Mitte eines blutspeienden Wunschbrunnens. Ich denke, dann muss er es sein.

Selbst jetzt mag niemand das Wort Selbstmord benutzen, denn sich selbst töten ist gegen den Glauben unserer Religion, das gehört sich nicht, und was sich nicht gehört, das ist allen unangenehm. Es gibt vieles, was sich für einen Moslem nicht gehört. Besonders für Mädchen. Besonders in meiner Familie. Kurze Hosen tragen, die Haare abschneiden, schlecht in der Schule sein, einem älteren Menschen widersprechen, mit einem Jungen oder einem Mann reden, der nicht mit einem verwandt ist. Meine Eltern konnten auf mich immer stolz sein, weil ich alle Regeln perfekt befolgt habe. Bis Sarim auftauchte, war ich auch auf mich selber stolz gewesen und ganz zufrieden, denn wenn man sich richtig benimmt, weiß man genau, wo man hingehört. Und zu wissen, wo man hingehört, ist sehr tröstlich, das ist, als würde einem eine große Hand auf dem Kopf liegen.

Ich weiß nicht so genau, was geschieht, wenn man tot ist. Ich glaube, meine Brüder lernen in ihrer Schule was darüber oder vielleicht auch in der Koranschule am Wochenende, aber nicht einmal Nif redet mit mir über solche Dinge. Ich habe genug gelesen, um zu wissen, dass viele Amerikaner nicht an Gott glauben, nicht glauben, dass nach dem Tod noch irgendwas kommt. Für andere gibt es Himmel und Hölle oder Wiedergeburt. Ich möchte herausfinden, was Moslems glauben, was ich glauben soll, aber der Mensch, den ich normalerweise fragen würde, ist nicht mehr da.

Ich mache mir Sorgen um ihn. Zunächst fürchte ich, dass er irgendwo da draußen ist und alles sehen kann, was ich tue, und alles hören kann, was ich sage. Dass seine Seele so was ist wie Augen und Ohren der Luft. Dass er denken könnte, ich würde ihn manchmal nicht vermissen oder nicht an ihn denken, und dass er dann traurig sein würde. Deswegen versuche ich, wenigstens alle halbe Stunde seinen Namen zu flüstern, deswegen muss sein Foto, das in meinem Schrank hinter einem Stapel Decken liegt, jeden Abend mit Nifs Taschenlampe angeschaut werden. Deswegen lasse ich mich mindestens einmal in jeder Stunde aufs Klo schicken, um dort für ihn zu beten, deswegen spreche ich, wenn ich alleine bin, laut mit ihm und hoffe, er kann mich hören.

Du fehlst mir Sarim, ich hoffe, es hat nicht zu sehr wehgetan, Sarim, ich weiß, dass du nicht verrückt bist, Sarim.

Ich muss seinen Namen in jedem Satz sagen, damit er weiß, dass er es ist, mit dem ich spreche.

Dann wieder fürchte ich, er ist nirgends. In der Finsternis. Nicht mal in der Finsternis. Im Nichts.

Sarim ist kurz vor Beginn des neuen Schuljahrs nach Brooklyn gezogen, auf die andere Straßenseite, uns genau gegenüber. Zwei Wochen später habe ich das erste Mal mit ihm gesprochen, an seinem sechsundzwanzigsten Geburtstag, als er die ganze Nachbarschaft zu einer Party eingeladen hatte. Er bezauberte alle Eltern und Großeltern mit seinem ruhigen, leise lächelnden Gesicht und mit seinen Geschichten, wie er als Moslem in Frankreich aufgewachsen war und dann nach Pakistan zurückkehrte, wo er eine ganze Welt voller Jungen entdeckte, die genauso dunkelhäutig waren wie er und ebenfalls fünfmal am Tag beteten. Sogar meine Mutter und mein Vater ließen sich von ihm zum Lachen bringen, und sie erklärten ihm, wenn er Milch, Brot oder Gesellschaft brauche, könne er jederzeit an unsere Tür klopfen.

Nachdem die Frauen die letzten Kekskrümel und die letzten zusammengeknüllten Servietten weggeräumt hatten, nachdem fast alle mit Zucker-Bäuchen und Tee-Atem gegangen waren, sind Nif und ich und drei Kinder vom nächsten Block dageblieben, um noch einmal Verstecken zu spielen. Ich wollte mich im vorderen Garderobenschrank verstecken, da hockte aber schon Sarim, grinste mich durch dicke Wollärmel und baumelnde Wollschals an und zog mich rein, bevor ich mit den Augen zwinkern konnte. Wir sprachen eine ganze Weile miteinander, bevor wir meinen Bruder auf uns zu poltern hörten. An die Regeln dachte ich überhaupt nicht mehr.

Sarim erzählte mir, dass er Jura studierte und kurz vor dem Abschluss stand. Er erzählte mir, dass er als einziges Kind einer Witwe in einer kleinen Stadt in der Nähe von Paris aufgewachsen war. Er erinnerte sich nicht an seinen Vater, der tödlich verunglückte, als Sarim erst drei Monate alt war.

Mich fragte er, wie ich mich in der achten Klasse fühlte, wollte alles von meiner Familie wissen und wie es mir ging, als ich Pakistan verließ. Er redete mit mir, als wäre ich eine Erwachsene; er hörte mir zu, als wäre alles, was ich sagte, wirklich wichtig. Er war der erste Mensch, bei dem ich mich wie ich selbst fühlte.

Nach diesem Abend, auf dem kurzen Weg nach Hause, zog mich Nif von meinen Eltern und meinen älteren Brüdern weg und drohte mir, er würde meinem Vater vom Schrank erzählen. Ich hätte mit Sarim nicht mal reden dürfen. Ich hätte nicht mit ihm zusammen in diesem engen Schrank sein dürfen, wo unsere Beine hätten gegeneinander stoßen können und sich unsere Gesichter im Dunkeln beinahe berührten. Da setzte sich die Scham wie ein Schwarm Bienen in meine Augen und Ohren. Wenn du zu meiner Familie gehörst, möchtest du so vollkommen sein wie möglich. Dann möchtest du, dass deine Eltern den Freunden gegenüber immer mit erhobenem Haupt von dir sprechen können. Dann willst du immer wissen, was du zu erwarten hast und was nicht und wo du hingehörst. Um das zu erreichen, musst du dich unbedingt an die Regeln halten. Es ist wichtig, dass du weder den Vater noch den Ehemann oder einen heiligen Mann in Frage stellst oder um irgendwelche Erklärungen bittest. Man muss auf die Weisheit der Männer vertrauen. Ihrer Weisheit muss man immer folgen. Wenn meine Eltern entdeckt hätten, wie entsetzlich ich mich benommen habe, hätte sich ihre Scham wie ein feuchter Gestank auf unser Haus gelegt. Sie hätten mich vielleicht zurück nach Pakistan geschickt.

»Hanif, wenn es für dich hier in diesem Land zu schwierig ist, unseren Gesetzen zu folgen«, hatte mein Vater einmal zu Nif gesagt, nachdem ein Nachbar gesehen hatte, wie er heimlich ins Kino gegangen war, »dann wirst du nach Hause zurückmüssen, wo die Versuchung nicht so groß ist.«

Aber als ich Nif sagte, er habe Recht und ich würde meinem Vater sofort von dem Schrank erzählen, wurde Nif nervös. Denn der Bruder hat die Verantwortung und muss seiner Schwester helfen, sich anständig zu benehmen. Nif wusste, dass er als derjenige, der mir im Alter und in der Freundschaft am nächsten stand, von meiner Schande mitbetroffen sein würde. Also hat er nichts gesagt, und ich trotz der Scham, die ich empfand, auch nichts. Ich hatte es mir fest vorgenommen, aber noch am selben Abend entdeckte ich, dass ich von meinem Fenster aus in das von Sarim gucken konnte. Er winkte mir zu.

Manchmal verschwand Sarim für ein paar Tage. Ich sah kein Licht in seinem Zimmer, ich traf ihn nicht auf der Straße. Ich hatte nie den Mut, ihn zu fragen, wo er gewesen war, und er hat es mir nie gesagt. Aber ich erkannte bald, wann sein Verschwinden zu erwarten war, denn kurz davor waren die Ringe unter seinen Augen dunkler als sonst, das leise Lächeln fester, und aus seinem sanften, stetigen Gang war ein federleichtes Schweben geworden.

Was?, fragte er mich manchmal, oft auch, wenn ich gar nichts gesagt hatte. Ich habe immer gedacht, er wäre nur müde, erschöpft.

Das Jurastudium muss sehr schwer sein, habe ich geantwortet. Er hat dann genickt und mir einen seiner braun-gelb gestreiften Schmeichelsteine in die Hand gedrückt.

Die machen alles leichter, hat er dann gesagt und mich einen Moment lang die Glätte spüren lassen. Ich wusste eigentlich nie, wovon er sprach, aber das Gefühl des kühlen Glanzes in meiner Handfläche ließ mich alle weiteren Fragen vergessen.

Du bist nicht verrückt, Sarim, flüstere ich oft in diesen Tagen. *Ich bin sicher, es gibt eine andere Erklärung.*

Wir wurden Freunde, ohne dass es jemand gemerkt hat. Die Scham verging, oder vielleicht versteckte sie sich irgendwo, wie ein Virus oder Karies, und ich hörte auf, mir Sorgen zu machen, ob wir etwas Falsches taten. Obwohl wir miteinander redeten auf der Straße, wenn uns keiner sah, oder auf Nachbarschaftspartys oder irgendwelchen Festen unter vielen Menschen, die wahrscheinlich dachten, er wäre mein Cousin oder Onkel. Obwohl ich manchmal, wenn ich für meine Mutter was erledigte, einen Umweg machte und ihn schnell in seiner Wohnung besuchte. Mal fünfzehn Minuten hier, mal zehn Minuten da.

Er schrieb mir kleine Briefe und hinterlegte sie unter der Fußmatte vor seiner Wohnung, kleine blau linierte Kästchen, schräg mit Tinte ausgefüllt, zu festen Päckchen gefaltet.

Liebe Sonia,

ja, ich kann kochen, obwohl ich kaum Zeit habe, mir selber was zu essen zu machen.

Was unser Gespräch über Wellen betrifft: Ich glaube, dass Was-

ser sich nicht so sehr vorwärts bewegt, sondern eher auf derselben Stelle steigt und fällt.

Ich mag Karamellbonbons lieber als Lakritze.

Gestern habe ich in einem Schaufenster in der Seventh Avenue ein Kleid in dem Rot gesehen, das du so gerne magst.

Sonia, nicht jeder Hund beißt und nicht jede Biene sticht. Auf jeden Klassenkameraden, der dich beleidigt, kommen fünfzig, die das nicht tun. Und auf jeden Moslem-Terroristen kommen Tausende von uns, die gegen Gewalt sind. Sag denen, die grausam zu dir sind, dass ihre Grausamkeit Terror ist. Dann sag ihnen, dass ihnen vergeben ist, denn ein solches Vergeben mag manche so beschämen, dass sie freundlich werden.

In Liebe, Sarim

Nach einiger Zeit wusste noch nicht einmal Nif, wie nah Sarim und ich uns gekommen waren. In der Öffentlichkeit taten wir so, als würden wir einander nicht besonders gut kennen. Bei diesem Versteckspiel musste ich innerlich immer über das besondere Geheimnis zwischen Sarim und mir lächeln.

Als er starb, als er sich umbrachte, wurde von mir erwartet, dass ich mich wundere, und nicht, dass ich weine. Dass ich mit den anderen flüstere und auf Kanal sieben seinen mit Tüchern bedeckten Leichnam anschaue. Von mir wurde nicht erwartet, dass ich den Wasserhahn laufen lasse, bis das Wasser überläuft, oder dass ich meine Hausaufgaben verliere oder dass ich mich mit Nif prügele. Von mir wurde nicht erwartet, dass ich mir die Fingernägel blutig reiße, zu duschen vergesse, zehn Pfund abnehme. Vielleicht ist das der Grund, warum niemand von all dem etwas bemerkt hat.

In der Schule gebe ich mir große Mühe, meine unsicheren Gefühle hinter äußerer Härte zu verbergen. Ich stelle mir meine Haut als eine braune Eierschale vor, die die schleimige Masse im Innern verbirgt. Das funktioniert, bis heute am Ende der Sportstunde einige Kinder herumrätseln, ob der Mann von der Freiheitsstatue schon tot war, als er auf die untere Plattform knallte.

»Nein«, sagt eine aus der Neunten, Monique heißt sie, die normalerweise schwänzt und im Umkleideraum raucht. Heute wurde sie erwischt und muss uns übrigen von der untersten Bank der Zuschauertribüne aus zugucken. »Auf dem Weg nach unten war der knallwach«, sagt sie, als wüsste sie es genau. »Und hatte total Schiss.«

Meine Schale zerplatzt in lauter kleine Risse, während diese Monique grinst und sich auf ihre Ellbogen zurücklehnt. »Der Arsch hat alles ganz genau gespürt, als er aufknallte. Das tut so Scheiße weh, das kann man sich gar nicht vorstellen.«

Ein Junge, der kein Moslem und kein Pakistani ist, der aber eine schöne Haut hat, in der Farbe fast wie die von Sarim, holt eine Sportlehrerin zu mir. Ich bin in der Ecke unter dem Basketballring erstarrt.

»Mit dem Mädchen stimmt was nicht«, sagt der Junge. Ich glaube, er heißt Sam. Ein Name, so ähnlich wie Sarim. Ich fange an zu weinen.

»Was hast du denn?«, schimpft Ms. Manning.

Ich kann mich nicht rühren.

»Ich habe sie hier vor der Mittagspause gesehen«, sagt der Junge. »Sie ist aus dem achten Jahrgang.«

»Vor der Mittagspause?«, fragt Ms. Manning.

»Ja«, sagt er.

Die Schulpsychologin ist bereit, auf einen Anruf bei meinen Eltern zu verzichten, wenn ich bereit bin, sie dreimal in der Woche eine Stunde lang zu besuchen. Schon wieder verstoße ich gegen eine Regel. In Pakistan spricht man nicht mit jemandem außerhalb der Familie über seine Probleme. Und auf keinen Fall mit jemandem außerhalb der Religion. Die Schulpsychologin ist lateinamerikanischer Herkunft und katholisch. Um den Hals trägt sie ein Goldkettchen mit einem kleinen goldenen Kreuz daran. Das ist ungehörig. Ich bin ungehörig. Ich erkläre das, und sie nickt, als wüsste sie Bescheid. Sie scheint nicht beleidigt zu sein.

Sie fragt, ob es in meiner Gemeinde jemanden gibt, mit dem ich reden könnte, statt mit ihr. Gibt es nicht. Meine Eltern würden davon erfahren, bevor ich überhaupt entschieden hätte, mit wem ich reden will. Also müssen die Schulpsychologin und ich miteinander klarkommen. Sie fragt, ob ich mich umbringen möchte, und ich bin so überrascht, dass ich aufhöre zu weinen.

»Warum sollte ich das denn tun?«, frage ich und das scheint ihr zu gefallen.

Ihr Büro ist voll mit hellen Stoffblumen und Tischspielzeugen. Es riecht nach Zimt.

Im Traum schreie ich Sarims zerschmetterte Leiche an: *Wie konntest du das tun! Wie konntest du nur?* Ich wache vor meinem Fenster auf, mit dem Blick auf sein Fenster. Kein Licht. Kein Sarim. Er ist fort und er hat mich mitgenommen. Im Badezimmerspiegel sieht mein Gesicht aus wie seins: dunkle Ringe unter den Augen, die Mundwinkel heruntergezogen.

Ich zeige der Schulpsychologin mein Zeugnis. In den letzten zwei Wochen habe ich jede Arbeit verhauen. Ich habe zwei Bs und ein C. Das ist das erste Mal, dass ich ein B oder ein C habe. Sonst hatte ich immer As. Meine Eltern könnten mich nach Pakistan zurückschicken.

»Es ist seine Schuld!«, klage ich. »Es ist seine Schuld!«

»Ich bin ihm nicht wirklich böse«, sage ich ihr bei unserem nächsten Treffen.

Darauf geht sie nicht ein. »Schreib ihm«, schlägt sie vor. »Erzähle ihm, wie du dich fühlst. Aber nimm dir dafür nur eine Stunde am Abend Zeit. Geh nicht mehr aus dem Unterricht, um zu ihm zu reden, hör auf, mitten in der Nacht sein Bild anzugucken, hör auf, ständig seinen Namen zu wiederholen. Schreib nur den Brief, eine Stunde am Tag. Nicht mehr, nicht weniger. Danach schläfst du.«

Ich folge ihren Anweisungen. Ich schreibe ihm Briefe und lege sie als feste Päckchen unter die Fußmatte vor seiner Tür. Ich bilde mir ein, dass die, die ich am Vortag dort hingelegt habe, so aussehen, als wären sie geöffnet, gelesen und wieder zusammengefaltet worden. Ich lasse sie alle dort liegen, wo sie sich sammeln und von der Matte platt gedrückt werden. Die Schulpsychologin fragt, ob ich sie ihr laut vorlesen möchte. Ich bringe ihr die Briefe nicht, aber ich sage ihr, was ich schreibe, und wir sprechen über alles. Ich nehme fünf Pfund zu und bekomme für jede Arbeit ein glattes A. Mein Haar glänzt wie frisch polierte Schuhe, und ich höre auf, Nif und meine Fingernägel zu malträtieren. Ich brauche nur noch einmal in der Woche zur Schulpsychologin zu gehen.

Aber das gehört sich nicht. Ich durfte nicht mit einem Mann reden. Ich darf nicht mit einer lateinamerikanisch-katholischen Schulpsychologin reden. Das wird rauskommen. Meine älteren Brüder werden hören, wie ihre Freunde respektlos von mir sprechen. Die Nachbarn werden hinter unseren Rücken darüber flüstern. Meine Mutter und mein Vater werden sich schämen. Moslems sind sehr ehrgeizig. Den Eltern zuliebe müssen die Kinder glänzen.

Lieber Sarim!

Warum hast du das getan? Warst du traurig, und wenn ja, warum hast du mir nichts davon gesagt? Ich hätte dir zugehört. Ich bin sehr böse auf dich, weil du so etwas Dummes getan hast. Ich bin sehr böse auf dich, weil du mich allein gelassen hast. Du hast dir keine Gedanken darüber gemacht, wie das für mich sein würde. Du warst egoistisch. Du hast mich enttäuscht. Wenn du jemals zurückkommst, werde ich dich für das, was du getan hast, noch einmal töten.

Lieber Sarim!

Ich hab das nicht so gemeint, was ich im letzten Brief gesagt ha-

be. Ich muss andauernd daran denken, wie du ganz allein warst und da rauf geklettert bist. Ich frage mich immer wieder, welche Qualen du erlitten hast, um das zu tun, was du getan hast. Ich weine jedes Mal, wenn ich daran denke, wie einsam du gewesen sein musst, wie fertig du gewesen sein musst, um so etwas zu tun. Ich wünschte, du hättest mir sagen können, was geschehen ist. Ist etwas geschehen? Hat irgendjemand oder irgendwas dich fertig gemacht? Was hat dich dazu gebracht, das zu tun? Ich muss das einfach verstehen, weil es so schwer ist, hier ohne dich zu sein und nicht zu verstehen, warum du nicht hier bist.

Lieber Sarim!

Falls du die Worte, die ich sage, nicht hören kannst und nur die geschriebenen Worte hier lesen kannst, möchte ich sichergehen, dass du ein paar Dinge weißt: Ich liebe dich. Du fehlst mir. Du bist der bedeutendste Mensch, den ich je gekannt habe. Danke, dass du mein Freund gewesen bist.

Lieber Sarim!

Könntest du mir wenigstens ein Zeichen geben, dass du all meine Nachrichten bekommen hast? Es ist so schwer auszuhalten, dass ich nicht weiß, was oder wo du bist.

Ich bin ein Schandfleck. Ich bin zu oft bei der Schulpsychologin gewesen.

Jedes Mal weine ich, aber das scheint ihr nichts auszumachen. Jedes Mal fragt sie mich, ob wir meine Eltern anrufen sollen, um ihnen anzuvertrauen, was ich empfinde. Ich erlaube es ihr nicht. Jedes Mal fragt sie mich, wie schlimm es ist, ob ich mich umbringen will, und dann, warum nicht? Wir reden über den Tod und was er bedeutet.

Als ich mich weigere, mich darüber zu ärgern, dass ich nicht zur Beerdigung durfte, dass ich ihn nicht lieben durfte, ärgert sie sich für mich. Sie versucht, es sich nicht anmerken zu lassen, aber ich spüre es an der Art, wie ihre Stimme sich verändert, wie es ihr schwer fällt, mich anzugucken. Zuerst ist ihr Ärger eine Erleichterung. Später macht er mich traurig.

»Wann wird das alles aufhören?«, frage ich sie.

»Mit der Zeit«, sagt sie.

Früher habe ich geglaubt, dass jemand, der sich umbringt, verrückt sein muss. Jetzt denke ich darüber nach, was Verrücktsein wirklich bedeutet. Denn Sarim war nicht verrückt. Er war freundlich und ruhig und hatte Pläne und Gefühle und studierte Jura. Er machte andere Leute glücklich. Er hörte allen zu. Er schwebte und lächelte und verschwand manchmal. Aber verrückt war er nicht.

Lieber Sarim!

Wenn es dir so schlecht ging, warum bist du dann nicht erst zu mir gekommen?

Manchmal, wenn ich mit der Schulpsychologin rede, kriecht ein kleiner Angstwurm durch meinen Bauch und in meinen Hals. Das ist die Angst, dass Sarim vielleicht versucht haben könnte, mit mir über etwas zu reden, und dass ich nicht genau genug zugehört habe. Die Angst, dass er irgendwie um meine Hilfe gebeten haben könnte und ich sie ihm nicht gegeben habe.

Die Schulpsychologin ahnt etwas von dem Wurm.

»Eines weiß ich genau«, sagt sie zu mir, »wenn ein geliebter Mensch stirbt, dann fragen sich viele, ob das ihr Fehler war. Viele fühlen sich schuldig.«

Ich erkläre noch einmal, dass ich nicht mit ihm hätte reden dürfen, und da wird der Wurm größer. Die Schulpsychologin weist mich darauf hin, dass es in Pakistan leicht sein mag, sich an die Regeln zu halten, aber hier in Brooklyn, wenn man andere Lebensarten sieht, Leute sieht, die andere Formen wählen, ist es schwierig, sich an die Regeln zu halten.

»Soweit ich dich verstanden habe«, streicht sie heraus, »war er dein Freund. Einfach dein Freund. Nichts anderes war zwischen euch beiden.« Sie meint, dass nichts Ungehöriges geschehen ist. Nichts Sexuelles. Aber das spielt keine Rolle.

»Regeln sind Regeln«, sage ich. Der Wurm und die Bienen, die Angst und die Scham, machen mir das Atmen schwer.

Sie schaut eine ganze Weile auf eine kleine Stoffraupe, die ich über meine Finger gelegt habe. Ich höre die Klingel zur Mittagspause. Ich höre die Kinder durch den Flur rennen. Sie schaut immer noch auf die Raupe.

»Was ist?«, frage ich schließlich.

»Vielleicht hatte sein Tod überhaupt nichts mit dir zu tun«, sagt sie. Sie berührt meine Hand. »Und vielleicht wirst du nie verstehen, warum er es getan hat.«

Sie denkt, er war verrückt.

»Er war nicht verrückt.«

»Was meinst du damit?«

»Er war nicht verrückt. Weiter nichts. Er war einfach müde. Ich hätte nicht mit ihm reden sollen. Ich dürfte nicht hier sein und mit Ihnen reden.«

Jemand klopft an die Bürotür. Eine andere Schülerin. Eine Gruppe von Schülern. Ich höre, wie sie sich streiten.

»Wenn du niemals mit ihm gesprochen hättest«, fragt sie, »wenn du dich niemals mit ihm im Schrank versteckt hättest, wäre dann jetzt irgendetwas anders?«

Da verstehe ich, was geschehen ist. Ich sehe es so deutlich wie helle Kreidebuchstaben auf einer neuen Tafel. Denn die Antwort ist ja. Es ist meine Schuld. Es ist ganz und gar meine Schuld.

»Ich kann nicht mehr herkommen«, erkläre ich der Schulpsychologin. Die Schüler klopfen lauter.

»Wie bitte?«

»Ich brauche nicht mehr zu kommen.« Ich lege die Raupe zurück auf den Schreibtisch. Ich weiß, was ich tun muss.

Sie will, dass ich meine Meinung ändere. Das werde ich nicht. Von jetzt an muss ich vollkommen sein. Ich darf niemals mehr etwas Ungehöriges tun. Ich kann es nur wieder gutmachen, wo immer Sarim jetzt sein mag, indem ich die vollkommene Tochter bin, eines Tages die vollkommene Ehefrau. Die vollkommene Muslimin. Ich muss dafür sorgen, dass meine Eltern und meine Brüder, besonders Nif, stolz auf mich sind. Ich muss jede einzelne Regel so vollkommen befolgen wie möglich.

Die Schulpsychologin fragt noch einmal, ob ich mir etwas

antun würde. Ich versichere ihr, dass das nicht meine Absicht ist. Sie wird meine Eltern nicht anrufen, denn sie hat geschworen, es nicht zu tun, es sei denn, es würde so aussehen, als würde ich Sarim folgen wollen, und sie kann sehen, dass ich das nicht will. Sie ist ein Mensch, der seine Versprechen hält. Darauf kann ich mich verlassen. Sie sagt mir, ich kann jederzeit wiederkommen. Sie umarmt mich fest, während ich höre, wie draußen die anderen Schüler schimpfen, an die Tür treten und dann kreischend davonlaufen.

Ich bin der Schulpsychologin dankbar, dass sie mir geholfen hat. Ich wünschte, ich könnte weiter zu ihr gehen, denn obwohl sie nicht allzu viel versteht, hört sie mir so zu, wie Sarim das getan hat. Aber Regel ist Regel. Und ich muss absolut vollkommen sein.

Im Bus nach Hause schreibe ich noch einen Brief.

Lieber Sarim!

Es tut mir furchtbar Leid, was ich dir angetan habe. Ich hätte mich niemals im Schrank verstecken und mit dir reden dürfen. Ich verstehe jetzt, dass du fürchterlich gelitten haben musst, weil du den Gesetzen nicht gehorcht hast, um mir nicht wehzutun. Du hast gesehen, dass ich einen Freund brauchte, und du hast unsere Gesetze gebrochen, um mir dieser Freund zu sein. Wenn ich gewusst hätte, in was für eine schreckliche Lage ich dich gebracht habe, hätte ich niemals ein Wort zu dir gesagt. Wenn ich gewusst hätte, dass du deswegen dein Leben beenden würdest, hätte ich dich nicht einmal angeschaut. Bitte vergib mir.

Als ich in mein Zimmer komme, sitzt Nif auf meinem Bett. Er hat alle meine blau linierten Zettel in der Hand. Aufgefaltet und zerknittert.

»Wie konntest du nur?«, fragt er.

Niemals werde ich diese Scham loswerden.

Drew

Mein Vater hat mich mitgenommen, um den Jaguar abzugeben. Während er mit dem Mechaniker redet, einem Latino, der auf Oberlippe und Kinn einen Eintages-Stoppelbart hat, lehnt mein Vater sich an die Haube, so dass er fast darauf sitzt, und hält die Arme vor der Brust verschränkt.

»Rufen Sie mich an, bevor Sie irgendwas machen, und sagen Sie mir, was es kosten soll.«

»Ja, Sir«, sagt der Latino. Er hat einen Akzent. Ich will mich verkrümeln, aber mein Vater zieht mich unter seine Achselhöhle.

»Wenn Sie mich nicht erreichen können, dann reden Sie mit meinem Sohn.«

»Ja, Sir«, sagt der Latino noch mal, während mein Dad mich in sein Schulterschloss klemmt.

»Wenn meine Frau am Telefon ist, dann brauchen Sie nichts zu sagen.« Er lacht kurz auf und stößt mich dann mit so einem männlichen Kopfstüber von sich. »Sie kann nicht mal eine Entscheidung treffen, wenn es gilt, ihr Leben zu retten.«

»*Papi*«, höre ich und unter einem zerbeulten Saab rutschen zwei Beine hervor. Die Beine gehören zu einem Jungen etwa in meinem Alter, er trägt Jeans, ein ölverschmiertes

T-Shirt und einen Werkzeuggürtel. In der Hand hält er einen Lappen.

»*Papi*«, sagt der Junge und setzt sich auf, »*el tambor está rayado.*«

»*Lo atiendo en un minuto*«, meint der Latino.

»Ihr Junge?«, fragt mein Dad.

»Ja, Sir.«

»Sie lassen ihn an die Autos ran?«

»Ja, Sir«, sagt der Latino. »Er sehr gut.«

»Ich will nicht, dass er den Jaguar anfasst«, erklärt mein Vater.

»Er sehr gut«, sagt der Latino noch mal.

Sein Sohn springt auf und kommt zu uns rüber. Ich finde, er sieht überhaupt nicht latinomäßig aus, nur seine Haut ist dunkel. Aber das kann auch von der Sonne sein.

»Mir egal, wie gut Sie ihn finden«, sagt mein Dad. »Ich will ihn nicht in der Nähe meines Wagens wissen.«

Der Mechaniker betrachtet den Jaguar einen Moment lang, als überlegte er etwas, dann wendet er sich an seinen Sohn. »*Vas a trabajar con el carro*«, sagt der Mechaniker zu dem Jungen. »*Este pendejo no notará la diferencia.*«

Der Junge guckt mich an, guckt meinen Dad an, echt freundlich.

»Kein Problem, Sir.« Er hat überhaupt keinen Akzent. Er ist cool wie nichts und extra höflich, als würde er nicht mitkriegen, dass mein Dad ein totaler Idiot ist. »Ich werde das Auto nicht anrühren.«

Kurz bevor wir heute Morgen aus dem Haus sind, fand ich

meine Mutter in Dads neuem Arbeitszimmer, wo sie die Bücher auspackte und in seine Einbauregale räumte. Sie bewegte sich ziemlich langsam, so wie immer, wenn er wütend auf sie gewesen war.

»Könntest du die Kartons zusammenlegen, wenn du zurückkommst?«, hatte sie gefragt.

Ihr rechtes Auge war schwarz wie eine Olive, und auf ihren Wangen, da, wo er ihr das Gesicht gequetscht hatte, prangten vier graue Fingerabdrücke mit einem Daumenabdruck gegenüber. Ihr linkes Auge hatte ich schon gestern Abend gesehen. Etwa fünf Minuten nach seinem ersten Schlag hatte es wie eine grüne Olive geschimmert.

»Wo soll ich sie hintun, wenn ich sie zusammengelegt habe?«, fragte ich sie.

»Auf den Treppenabsatz. Und sorg dafür, dass dein Dad mit dir mittagessen geht.«

»Okay«, sagte ich. »Sollen wir dir was mitbringen?«

»Vielleicht gegrillten Käse.« Sie redete etwas schwerfällig, als ob ihr der Kiefer schmerzte.

»Sieht doch schon gut aus«, sagte ich zu ihr, obwohl noch fast alles in der Wohnung in Kisten verpackt war.

»Ja«, sagte sie. »Sieht ziemlich gut aus.«

Am Montag ziehe ich die Klamotten an, die mir am sichersten scheinen. Jeans, die reichlich weit sind, aber nicht zu weit, ein schwarzes T-Shirt und Air Jordans.

Fast jede Stunde habe ich mit denselben dreißig Leuten. Die meisten sind weiß, obwohl es auf dem Flur ziemlich gemischt zugeht.

»Ich hoffe, du bist schlau«, sagt ein Mädchen zu mir in der zweiten Stunde. »Denn du bist in einem Kurs für die Schlauen.«

»Halt die Klappe, Marcy«, sagt ein sommersprossiger Junge zu ihr. »Wer bist du?«, sagt er zu mir.

Sein Name ist Josh. Er ist okay. Er hat einen Freund, Daniel, von dem er dauernd redet und der in einem anderen Kurs für Schlaue ist. In den Kurs geht auch seine Freundin. Sein Vater besitzt ein Elektronik-Geschäft, und seine Mutter ist eine Büromanagerin, was immer das bedeutet, und er hat einen jüngeren Bruder namens Carl.

»Was macht dein Dad?«, fragt er mich in der vierten Stunde.

»Programmierer«, sage ich.

»Was ist mit deiner Mom?«

»Wann ist Mittagspause?«, frage ich, weil ich keine Lust habe, »Hochzeitsberaterin« zu erklären.

Mittagspause ist um elf Uhr dreiundfünfzig und sie geht bis zwölf Uhr siebenunddreißig. Ich sitze bei Josh, seinem Freund Daniel und Joshs Freundin, die Katy heißt. Sie stellen eine Menge Fragen. Als sie raushaben, dass meine Eltern außer unserem Sandsteinhaus in Brooklyn noch ein Haus in den Hamptons gekauft haben, werden sie affig.

»Also seid ihr reich, stimmt's?«, meint Daniel.

»Benimm dich«, sagt seine Freundin.

»Wieso bist du nicht auf der Garfield Union?«, sagt Josh.

Das ist eine Privatschule, die mich so spät im Schuljahr nicht aufnehmen wollte, aber meinem Dad schon die Rechnung für nächsten September geschickt hat. Das binde ich

Josh aber nicht auf die Nase. Ich zucke bloß die Achseln, als würde ich gar nicht richtig zuhören.

Als es klingelt, sehe ich, wie der Junge aus der Werkstatt auf Daniels und Katys Klassenzimmer zusteuert. Er ist nicht mehr ölverschmiert und er ist von Mädchen umschwärmt. Man sieht, dass er das gewöhnt ist. Er reagiert nicht laut oder idiotisch, wie die meisten Typen das tun würden. Er verhält sich so, wie ich mich auch gerne verhielte, wenn Mädchen mich zur Kenntnis nehmen würden. Irgendwie ruhig. Irgendwie, als wäre er älter oder so.

»Du bist doch der Junge mit dem Jaguar, stimmt's?«, sagt er, als wir uns im Flur begegnen.

»Mit dem Arschloch-Vater«, ergänze ich.

Er hält einen Moment inne, guckt mich an, wie sein Vater damals den Jaguar, und sagt: »Schöner Wagen.«

Beim Sport sehe ich ihn wieder.

Alle Schlauen-Kurse und eine Sonderklasse haben gleichzeitig Sport. Die schlauen Schüler sind so gut wie alle weiß. Die Schüler aus der Sonderklasse sind so gut wie alle schwarz oder Latinos. Die Leute aus meiner Ethik-Klasse in Connecticut würden ausflippen. Sie würden über Rassismus und Ungerechtigkeit und so reden. Obwohl es dort im ganzen Bezirk höchstens ein armes Kind und drei Schwarze gab und überhaupt keine Latinos.

»Sam«, sagt der Junge aus der Werkstatt und nickt mir zu. Wir sind beim Aufrufen der Namen in der gleichen Riege gelandet. Josh und Daniel und Katy sind irgendwo hinter uns. Wir müssen in einer bestimmten Formation stehen, so dass sich jetzt die Mädchen nicht so um Sam drängeln können wie während der Mittagspause.

»Drew«, sage ich und nicke auch.

»Hast du schon ’n paar aufs Maul gekriegt?«, fragt er.

Ich habe mich noch nie im Leben geprügelt. Ich vermute, er kann das sehen. Ich vermute, jeder kann das sehen.

»Keine Bange«, meint er. »Du bist groß. Es ist nur noch ein Monat Schule. Wahrscheinlich werden sie dich in Ruhe lassen.«

Er irrt sich. Vor der fünften Stunde legt sich ein Junge, der weiß aussieht, aber Dreadlocks hat, mit mir an.

»He, Gap«, meint er und schubst mich kräftig. »Scheiße, Mann, pass auf, wo du langgehst.«

Ich war nicht mal in seine Nähe gekommen. Ich blicke mich nach Josh um, der noch vor einer Sekunde hier war, aber jetzt tut der so, als würde er mich nicht kennen. Ich will einfach weitergehen, aber Drahtlocke stellt sich mir in den Weg.

»He, Gap«, meint er noch mal und kommt ganz nah an mein Gesicht. »Willst dich schlagen, Mann?« Er stößt mich kräftig mit dem Handballen, so dass ich ein bisschen nach hinten stolpere. Ich weiß, dass mein Gesicht knallrot ist. Ich weiß, dass ich wie ein Volltrottel aussehe.

»Nicht Gap, ’ne Nummer besser, Banana Republic«, murmele ich.

»Kämpfen«, schreit jemand. »Kämpfen!«

»Ich sagte«, meint er und schubst mich wieder, »willst dich schlagen?«

»Eigentlich nicht«, sage ich.

Einige Leute fangen an, wie die Irren zu lachen, und machen: »Oooch!«

»Biste 'ne Schwuchtel?«, meint der Junge. »Du quatschst wie 'ne Schwuchtel. Biste 'ne Schwuchtel?«

»Bist du eine?«, meine ich.

»Du sagst Schwuchtel zu mir?«, schreit er. Wenn ich nicht so eine Scheißangst hätte, würde ich lachen. Er schubst mich mit beiden Händen und meine Bücher fallen runter.

»Lass ihn in Frieden, Dean«, höre ich jemanden sagen. Es ist Joshs Freundin, Katy. Sie steht neben Josh, dessen Sommersprossen aus irgendeinem Grund orange aufleuchten.

»Klappe, du Schlampe«, sagt Drahtlocke Dean.

Katy wird rot und sieht jetzt auch aus wie ein Volltrottel. Ich kann sehen, dass sie Schiss hat. Ich vermute, die Schüler aus den Schlauen-Kursen schlagen sich nicht sehr oft.

»Sag nicht Schlampe zu ihr«, sage ich.

»Du Fotze«, sagt er zu Katy. »Heb die Bücher von deinem Macker auf, du Fotze.«

Ich bin ziemlich sicher, das ist das Letzte, was ich wahrnehme, bevor ich ihn platt mache.

Eine Schlägerei im wirklichen Leben ist was anderes als eine Schlägerei im Fernsehen. Im Fernsehen sieht das cool aus. Alles geschieht hintereinander, so dass man folgen kann. Alles scheint glatt zu gehen, selbst für den Typen, der verliert. Nach einem Schlag kommt ein Tritt und dann ein Schwitzkasten und dann vielleicht noch ein Schlag. Dumpfe Töne und Schreie, die zu dem passen, was man sieht. Selbst wenn's blutig wird, selbst wenn jemandem die Nase platt geschlagen wird oder einer in der Kloschüssel ersäuft wird, sieht immer alles irgendwie organisiert aus. Irgendwie geregelt. Wie ein Tanz.

Im wirklichen Leben gibt es keinen Rhythmus. Im wirklichen Leben ist keiner anmutig. Nichts verläuft glatt. Sondern schwerfällig und meist still. Keiner macht viel Lärm. Die Leute rutschen aus und schlagen daneben, sie verlieren das Gleichgewicht und sehen wie Idioten aus. Wie in diesen alten Stummfilmen, in denen erwachsene Leute auf Bananenschalen ausrutschen und sich wie Trottel benehmen.

Ich finde es erstaunlich, dass man während einer Schlägerei überhaupt nichts sieht. Weder die anmutige Fernsehfassung noch die schwerfällige Echt-Fassung. Ich finde es erstaunlich, dass man während der Schlägerei das Gefühl für Zeit und Raum verliert, so als ob man schläft oder sogar tot ist, und man verspürt nur diesen seltsamen Schmerz in den Armen, wenn man den Kopf des anderen auf den Boden klatscht, und dann diese Erleichterung, wenn dich jemand zum Aufhören bringt und du wieder zur Ruhe kommst.

»Deine Mutter hat gesagt, sie ist krank«, erklärt mir die Sekretärin des Direktors. Ich habe eine Eispackung auf meinem Auge. Ich kann mich nicht erinnern, wann Drahtlocke Dean draufgeschlagen hat, aber jetzt tut es höllisch weh, also vermute ich, dass er einen ordentlichen Treffer gelandet hat. »Sie sagt, sie schickt deinen Vater.«

»Was ist mit Dean?«

»Die Sanitäter haben gesagt, er hat wahrscheinlich eine leichte Gehirnerschütterung.«

Als ich den Krankenwagen sah, bin ich ausgeflippt. Ich dachte, ich hätte ihn umgebracht.

»Tut mir wirklich Leid«, sage ich, obwohl ich der Frau doch gar nichts getan habe. »Ich habe mich sonst noch nie geprügelt.«

»Das ist doch nicht dein Ernst«, meint sie.

»Ich schwöre.«

Mein Vater sagt nichts, bis ich vor unserem Haus aus dem Range Rover steige. Der Junge von nebenan, der mit dem doofen Gesicht, sitzt auf der Treppe und schaut zu uns rüber.

»Also, was ist passiert?«, fragt mein Dad schließlich.

»Einer von den Jungs hat gesagt, du wärst ein Arschloch«, sage ich und knalle die Tür zu.

»Scheint, das wäre nicht nötig gewesen«, ruft er mir durchs Fenster nach, aber an seinem Grinsen sehe ich, dass er kocht. Hinter ihm fängt ein UPS-Lieferwagen an zu hupen, Dad hupt zurück und fährt dann los.

Der Nachbarjunge beobachtet mich, während ich an unserem Schloss fummele. Er dribbelt einen Basketball blitzschnell um sich herum, und jedes Mal, wenn seine Hände den Ball treffen, ist ein kleines, klatschendes Geräusch zu hören.

»Hallo«, lächelt er. Er lächelt immer.

»Hallo, Lebkuchen«, sage ich.

»Wieso bist du schon zu Hause?« *Klatsch, klatsch, klatsch.*

»Ich bin irgendwie in eine Schlägerei geraten«, sage ich. »Und du?«

»Ich bin irgendwie krank«, erklärt er. Er bewegt den Ball so schnell, dass Hände und Ball eins zu sein scheinen.

»Du siehst nicht krank aus«, sage ich.

»Dein Auge ist geschwollen«, meint er. *Klatsch, klatsch, klatsch.*

Meine Mutter bestäubt eine Gurkenscheibe mit Backpulver und sagt, ich soll die an mein Auge drücken; ihre beiden Augen haben jetzt die gleiche Farbe. Eine Art gelbes Grau.

»Nimmst du das auch immer?«, frage ich sie.

»Werd nicht frech«, sagt sie.

Das wollte ich gar nicht.

Josh tut so, als hätte er mich nie hängen lassen. »Dieser Dean, das ist so ein Arsch«, erklärt er mir. »Der hat schon massenhaft Schlägereien gehabt. Jedes Mal wird er vom Unterricht ausgeschlossen.«

»Warum schmeißen die ihn nicht raus?«

»Dann müssten sie etwa hundert Leute rausschmeißen. Rausfliegen tut nur, wer eine Waffe hat.«

»Eine Waffe?« Ich will zurück nach Connecticut.

»Genau. Du weißt schon. Zum Beispiel ein Teppichmesser.«

»Du meinst, ich hätte aufgeschlitzt werden können?«

»Wie viele Schlägereien hast du schon hinter dir?«

»Null«, erkläre ich ihm.

»Sehr komisch«, meint er.

»Ich schwöre.«

Später lasse ich mir viel Zeit auf dem Klo, bis ich mir einigermaßen sicher bin, dass er und Daniel nicht mehr auf mich warten. Als ich auf den Flur rauslaufe, renne ich beinahe Sam über den Haufen.

»'tschuldigung«, sage ich.

»He. Willst dich schlagen?«, macht er Drahtlocke nach.

Ich antworte nicht und wir gehen beide weiter.

»Die Cafeteria ist in der anderen Richtung«, sagt er.

»Und wo willst du hin?«, frage ich.

Wir sagen kein Wort, bis wir auf der Treppe zum Hintereingang der Schule sitzen.

»Ich würde sonst was geben, wenn ich den Wagen von deinem Dad fahren könnte«, sagt er nach einer Weile.

»Ich auch.«

Wir schweigen wieder. Mit Sam ist es cool, vor allem verglichen mit Josh, der nie die Klappe hält. In Connecticut habe ich nur mit einem Jungen abgehangen, Shep. Ich mochte ihn, weil auch er still war. Er war eher ein nicht so furchtbar schlauer Schweiger, während Sam ziemlich schlau zu sein scheint, trotzdem mochte ich Shep. Er hat mich nie zu sich nach Hause eingeladen, deshalb brauchte ich ihn auch nie mit zu mir zu nehmen.

»Ich nehme an, du wärst gerne wieder da, wo du herkommst«, meint Sam.

Ich zucke die Achseln.

»Ich wäre manchmal gerne in Pennsylvania«, sagt er.

»Du hast in Pennsylvania gewohnt?«, frage ich.

»Ich wohne da. Im Sommer. Bei meiner Großtante und meinem Großonkel. Und bei meiner Mom, wenn sie es schafft.«

»Warum? Wo ist sie denn sonst?«

»Meistens in Europa. Sie ist Künstlerin.«

Ich habe noch nie jemanden gekannt, dessen Mutter Künstlerin ist. Ich habe auch noch nie jemanden gekannt, der seine Mom nur manchmal sieht. Nie oder nur an Wochenenden, das schon, aber nicht bloß manchmal.

»Wie kommt eine Künstlerin an einen Mechaniker?«, frage ich, bevor ich überhaupt darüber nachgedacht habe, wie sich das anhört. Ich weiß, dass ich jetzt wieder mal knallrot bin. So viel zum Thema Höflichkeit.

Aber Sam scheint das nichts auszumachen. »Mein Dad war für sie ein Abstecher in die Niederungen des Volkes.«

Ich weiß nicht, was das bedeuten soll, also bleibe ich still und tu so, als wüsste ich es. Aber Sam scheint mich zu durchschauen.

»Meine Mom ist weiß«, erklärt er. »Sie mochte meinen Daddy schon, aber im Grunde fand sie ihn eher interessant. Du weißt schon. Ein Exponat von der anderen Seite.«

»Oh«, mache ich. Ich verstehe das immer noch nicht richtig, daher wechsele ich das Thema.

»Warum isst du nichts?«

Ich zucke die Achseln, und dann hocken wir eine Weile, ohne etwas zu sagen. Dann meint er: »Wo hast du gelernt, so zu kämpfen?«

Ich will wieder mit den Achseln zucken, doch dann lasse ich es. »Ich denke, bei meinem Dad«, sage ich, was wirklich die Wahrheit ist.

Ich helfe meiner Mutter, das Geschirr in die obersten Fächer zu räumen.

Während sie mir die Sektgläser reicht, sagt sie: »Du bist jetzt größer als ich.«

Das stimmt. Ihre Nase ist auf der Höhe von meinem Kinn. Ich schaue in ihr verunstaltetes Gesicht und sie wendet sich schnell ab.

»Warum lässt du dir das gefallen?«, frage ich.

»Ich will nicht darüber reden.«

Ich stelle die Sektgläser auf die Anrichte. Sie haben einen Goldrand und gehörten ihrer Großmutter. Na und.

»Ich will darüber reden«, sage ich. Das letzte Mal habe ich es vor drei Jahren versucht. Ich war elf und sie hat mir eine runtergehauen.

»Hör auf damit, Drew«, sagt sie.

»Warum lässt du dich nicht von ihm scheiden oder so?«

»Ich will mich nicht von ihm scheiden lassen«, erklärt sie mir. »Das geht dich nichts an.«

»Wieso rufst du nicht die Bullen?«

»Ich brauche keine Polizei«, sagt sie und wird dabei laut. »Jetzt hör endlich auf!«

»Hier werden die Leute das mitkriegen«, sage ich zu ihr. »Hier ist es nicht wie in Connecticut, wo du dich die ganze Zeit verstecken kannst. Wo die Leute einfach so tun, als wäre alles in Ordnung.«

»Ich habe gesagt, du sollst damit aufhören, Drew!«

»Was willst du machen?«, frage ich sie böse. »Mich schlagen?«

Mein Dad findet mich in unserem neuen Wohnzimmer vor dem flimmernden Fernsehschirm. »Was ist los mit dir?«, meint er.

Ich fühle mich wie ein Stück Scheiße, das ist los, könnte ich ihm sagen. *Weil ich daran denken muss, wie Mom meinetwegen geguckt hat. Weil ich mich ihr gegenüber wie ein Arsch verhalten habe. Weil ich nie weiß, wie ich es richtig mache.*

»Wie spät ist es?«, frage ich ihn.

»Spät. Müsstest du nicht längst im Bett sein?« Er nimmt die Fernbedienung und stellt den Fernseher aus.

Ich zucke die Achseln. Er beugt sich vor, um mein Auge anzuschauen.

»Tut es weh?« Sein Schlips baumelt neben meinem Mund. Ich hätte Lust, reinzubeißen.

»Nicht richtig«, sage ich.

»Warte hier«, sagt er und verschwindet in die Küche.

Ich höre ihn dort herumklappern, und als er zurückkommt, hat er Schuhe und Schlips abgelegt und hält zwei Gläser in den Händen. Erst denke ich, er hat mir Bier gebracht, aber in meinem Glas ist bloß Limo. Er lässt sich auf die Couch fallen und stopft sich ein Kissen hinter den Kopf.

»Hör mal«, meint er. »Tut mir Leid, dass du in so eine Schule musst.«

Ich trinke einen Schluck Limo. Sie ist schal. Meine Mutter trinkt sie gerne so, deshalb schraubt sie nie einen Deckel auf die Flasche.

»Mir wäre es egal gewesen, wenn du den letzten Monat versäumt hättest, aber die haben gesagt, das ist gegen das Gesetz.«

Genau so wie deine Frau zu schlagen, denke ich.

»Mach dir keine Sorgen«, sage ich stattdessen.

»Ich mache mir aber Sorgen«, sagt er. Dann seufzt er. »Veränderungen können sehr schwierig sein. Wir sind zu einem blöden Zeitpunkt umgezogen. Das weiß ich. Es tut mir Leid.«

Ich schweige und starre auf seine Füße. In seiner Socke ist oberhalb der großen Zehe ein kleines Loch. Ein Haar kiekst heraus.

»Weißt du, woran ich heute gedacht habe?«, fragt er mich nach einer Weile.

»Woran?«

»Ich habe daran gedacht, wie wir beide zelten waren. Nur ich und du. Erinnerst du dich an die Schaukel?«

Es war am Wochenende des 4. Juli. Ich war ungefähr acht. Wir hatten ein Zweimannzelt und Studentenfutter mit M & Ms drin. Jeder hatte eine Feldflasche und einen Schlafsack. Wir haben uns mit dem Hautöl meiner Mom eingerieben, um uns die Insekten vom Leibe zu halten, und rochen wie zwei fünfzehnjährige Mädchen, jedenfalls hat mein Dad das gesagt. Da war ein See und ein Hügel neben dem See, und es hing ein Schwingseil von einem Ast, der höher war als das Dach unseres Hauses. Ungefähr eine Million Kinder krabbelten das lehmige Ufer hoch und stellten sich an, um an dem Seil in den See zu schwingen. Wenn man mit dem Seil in der Hand losrannte, schnitt man sich die Zehen in dem steinigen Matsch, aber dann segelte man hoch in die Luft, schwebte, und in dem kribbeligsten Moment, wenn man am allerhöchsten war, ließ man los und fiel unzählige Meilen tief, und das eisige Wasser verschluckte einen, und man schluckte es selber, weil man wie Tarzan brüllte oder weil man lachte, und es schmeckte wie ein Eisstiel schmeckt, wenn das Eis abgeleckt ist.

Mein Dad war der einzige Erwachsene in der Schlange. Er war der einzige Vater, der den Abhang raufrannte und sich über den See schwang, Tarzanschreie von sich gab und mit einem riesigen Platsch eintauchte. Der einzige Erwachsene, der mich und jedes andere Kind, das sich traute, wie einen Football zu Doppelflug und Doppelsprung unter den Arm klemmte.

Seine Haut war schlüpfrig von Wasser und Schweiß, und er roch wie alte, saubere Unterhemden, und er packte so grob zu, dass du am Ende des Tages überall an der Seite Abdrücke seiner Finger hattest. Im letzten Moment, wenn dir die Nase an seine Brust gequetscht wurde und Wasser und Geschwindigkeit in deinen Ohren rauschten und Lichtschimmer durch die Ritzen zwischen deinem Kopf und seinem Körper blitzten, hob er dich hoch und stieß dich weit von sich, damit ihr beide auf dem Weg nach unten nicht aneinander krachtet, und dann bist du gefallen, hast geschrien wie blöde und gezappelt, um die richtige Haltung zu finden, bevor du aufs Wasser geklatscht bist.

»Wir hatten 'ne tolle Zeit, was?«, meint er.

»Doch«, sage ich.

»Ich hab gedacht, du bist jetzt kurz davor, in die zehnte Klasse zu kommen, und wir beide haben seit damals nichts mehr miteinander gemacht, also nur du und ich. Nur Vater und Sohn.«

»Äh hä«, sage ich.

»Das ist wichtig«, erklärt er mir. »Diese Vater-Sohn-Sache.«

»Äh hä«, sage ich.

Er wackelt mit den Zehen und hebt dann den Kopf, um mich besser angucken zu können.

»Ich will dir damit sagen«, sagt er, »dass ich mich genau daran erinnern kann, wie ich mich in deinem Alter gefühlt habe, und zwar beschissen. Und ich hatte niemanden, mit dem ich reden konnte, aber ich hätte jemanden *gebraucht.*« Jetzt setzt er sich auf und nimmt einen großen Schluck aus seinem Glas. Dann rülpst er. »Also, du solltest wissen, dass du jederzeit zu mir kommen kannst. Ich *will*, dass du zu mir kommst.«

Damals, am 4. Juli, waren wir nur deswegen zu zweit, weil er sie ein paar Tage vorher zusammengeschlagen hatte. Sie hatte überall blaue Flecke und konnte nicht aus dem Haus.

Ich erinnere mich, dass ich mir damals wie verrückt gewünscht hatte, er würde nach so einem Sprung nie wieder aus dem Wasser auftauchen. Ich wollte, dass er ertrank und tot war, tief unten auf dem schlammigen Grund blieb, so dass er sie nie wieder schlagen konnte.

Und ich erinnere mich, dass ich mich unglaublich schuldig fühlte, weil ich dann doch froh war, wenn er auftauchte, Wasser spuckte und sich die nassen Haare aus dem Gesicht schob, der coolste, beste, spaßigste Dad, den es je gab, der mit mir hinaus in den Weltraum flog, höher und schneller, als ich es je alleine gekonnt hätte.

Sam führt mich in der Werkstatt seines Vaters herum.

»*Cálmate, Papi*«, sagt er zu seinem Vater, der sich nicht so richtig zu freuen scheint, als er mich sieht.

Sie reparieren etwa zwölf Autos auf einmal. Sam erzählt mir, dass sein Dad viel selber macht, aber sie haben noch drei Mechaniker angestellt – zwei Puertoricaner und einen Typen aus Alabama, der zu Hause Mathematikprofessor war, hier aber keine Arbeit findet. Sam repariert meistens Karosserien, keine Motoren. Aber ich denke, er kann mehr, als er zu erkennen gibt.

»Wenn der Wagen fertig ist, dann fahren wir damit«, sage ich, als wir neben dem Jaguar stehen. Er hängt an einem Haken, alle Räder sind ab.

»Klar, machen wir«, sagt Sam.

Eine Frau mit einer schmalen rosa Brille auf der Nase und einer Aktentasche in der Hand betritt die Werkstatt.

»Im Ernst«, sage ich, während sie sich umblickt. »Wir fahren damit, bevor ihr meinem Dad sagt, dass der Wagen fertig ist.«

»Ich wette, du kannst gar nicht fahren«, sagt Sam.

»Entschuldigung«, sagt die Frau.

»Na und?«, sage ich. »Du aber.«

»Entschuldigung.« Die Frau kommt auf uns zu. »Bist du Samuel?«

»Samuel?«, frage ich, aber wie immer lässt sich Sam nichts anmerken.

Er antwortet mit einem Achselzucken und dann sagt er echt höflich zu der Frau: »Sam«. Er streckt seine Hand aus. »Sie müssen eine Bekannte meiner Mutter sein.«

Die Frau gibt ihm lächelnd die Hand. »Annie«, sagt sie. »Hat deine Mutter dir nicht geschrieben, dass ich vorbeikomme?«

»Ich habe ihr geantwortet, dass sie sich das aus dem Kopf schlagen soll«, sagt Sam. »Nichts für ungut.«

Sie betrachtet ihn durch ihr rosa Brillengestell. Irgendwas an der Art, wie sie guckt, lässt mein Gesicht ganz heiß werden, aber Sam ist so ruhig wie nichts.

»Sam«, sage ich, aber dann weiß ich nicht weiter.

»Deine Mutter hat nicht übertrieben«, sagt diese Annie zu ihm. »Ich habe gedacht, sie kaschiert ihre mütterliche Subjektivität mit künstlerischer Freiheit.«

Ich weiß nicht, was das bedeuten soll, und ich kann auch nicht sehen, ob Sam das versteht, denn er scheint das einfach zu ignorieren.

»Mich interessiert das wirklich nicht sehr«, sagt er, aber die Frau zieht schon eine Karte aus einem Seitenfach ihrer Tasche.

»Ich musste ihr versprechen, dass ich einen Blick auf dich werfe. Und dass ich dich ermutige, falls ich denke, du wärst geeignet«, sagt die Frau und gibt ihm die Karte.

Sam hält sie so, dass auch ich sie sehen kann. Cooke Agentur für Models, steht drauf. Annie Sherman, Agentin.

»Den Worten deiner Mutter habe ich entnommen, dass ihr Geld brauchen könntet, dein Vater und du.«

Ich blicke Sam an, während er zu der Frau hochblickt.

»Als Model kann man einen Haufen Geld verdienen«, erklärt sie ihm.

Josh und Daniel sind sauer, weil ich nicht mehr mit ihnen abhänge. Sie sind wahrscheinlich besonders sauer, weil Sam früher immer für sich war und die ganzen Mädchen um sich versammelt hatte, aber seit ich beim Mittagessen neben Sam sitze, sind die Mädchen auch um mich rum. Ich weiß ja, dass sie nicht meinetwegen da sind, klar, aber trotzdem ist es nett. Ich bleibe ruhig, damit ich nicht wie ein Blödmann dastehe, und beobachte, wie Sam die Sache handhabt. Meistens verhält er sich allen gegenüber ziemlich cool. Wenn ein Mädchen über ein anderes herzieht, hält er sich raus. Er behandelt keine besser als die anderen. Ich bin gespannt, ob er eine Andeutung macht, dass er vielleicht als Model arbeiten wird. Dass er demnächst ein Vorstellungsgespräch bei der Agentur von der Freundin seiner Mutter hat. Ich wette, dass die Mädchen so was total gut finden. Aber Sam hält den Mund. Ich nehme an, er kriegt auch so genug Aufmerksamkeit.

»Wie findest du die Rothaarige mit den Kontaktlinsen?«, frage ich ihn eines Tages gegen Ende der letzten Schulwoche.

Wir sind auf dem Weg zur Werkstatt seines Vaters.

»Sie ist okay«, meint er.

Ich finde sie geil. Ich würde sie fragen, ob sie mit mir geht, bloß bin ich zu schüchtern, und ich will sowieso keine Freundin, denn wenn sie was von mir will, wüsste ich nicht, wie ich reagieren sollte. Also hol ich mir stattdessen einen runter und denke dabei an sie. Es geht immer damit los, dass ich mir überlege, was für eine Farbe ihre Augen wirklich haben, und dann nimmt sie ihre Kontaktlinsen raus, und dann meint sie: *Wenn ich schon mal beim Ablegen bin* … und sie steigt aus ihren Jeans, und dann …

»Die ist voll scharf auf dich«, sage ich. »Ich wette, mit dir würde sie alles machen.«

»*Alles?*«, fragt er. Er macht sich immer über meine Ausdrucksweise lustig. »Das heißt *ficken* oder?«

»Hör auf«, sage ich zu ihm.

»Okay, im Ernst. Vergiss sie. Es gibt eine andere, die ich mag.«

»Und?«

»Dieses indische Mädchen. Sie sitzt beim Mittagessen an dem Ecktisch.«

»Eins von diesen Schleiermädchen?«

»Sie trägt keinen Schleier.«

»Du weißt schon, was ich meine.«

»Sie heißt Sonia.«

»Die aus der Achten?«

»Genau.«

»Wieso kennst du die überhaupt?«

»Wir waren mal zusammen in einer Kunst-AG. Sie ist klug. Richtig klug. Und sie sieht gut aus«, sagt er. »Hast du sie dir schon mal richtig angeguckt?«

»Solche Mädchen gehen mit niemandem«, erinnere ich ihn.

»Tja«, sagt er, als hätte er das schon vor langer Zeit rausgefunden. »Ich weiß.«

Wir biegen um die Ecke, betreten die Werkstatt und Sams Dad klopft Sam mit den Fingerknöcheln an den Kopf: »*Nos llegaron dos nuevas*«, meint er. »*Todo carrocería. ¿Los quieres?*«

»Er hat neue Autos bekommen«, erklärt mir Sam. »Alles Karosseriesachen. Hast du Lust, zu helfen?«

Sein Dad öffnete seine Knöchelfaust, legt die Hand flach auf Sams Kopf und lässt sie dort liegen. Sam und sein Dad gucken mich mit hochgezogenen Augenbrauen an und zum ersten Mal sehen sie sich irgendwie ähnlich.

Plötzlich stelle ich mir vor, wie sie bei uns zu Hause an die Tür klopfen und sagen, dass der Jaguar fertig ist. Meine Mom macht die Tür auf, weil sie denkt, es ist mein Dad, der seine Schlüssel vergessen hat. Die beiden starren auf ihr zerschlagenes Gesicht und können alles ganz genau sehen, bevor sie abtaucht.

Euer Auto ist fertig, würde Sam zu mir sagen. Und sein Dad: *Sehr gutes Auto.*

Danke, würde ich sagen und versuchen, die Tür schnell wieder zu schließen.

War das deine Mom?, würde Sam fragen.

Ja, würde ich sagen und dabei überlegen, wie ich die beiden loswerde.

Wer hat das getan?

Niemand, würde ich ihnen erklären.

Sams Vater würde was auf Spanisch zu Sam sagen. Dann würde sein Vater seine flache Hand schwer und warm auf meinen Kopf legen.

Wenn das noch mal passiert, rufst du uns an, würde Sam sagen. *Oder du holst die Polizei.*

Was denkst du denn?, würde ich sagen. *Sie hat sich am Armaturenbrett vom Jaguar gestoßen, als mein Vater den Unfall hatte.*

Du solltest die Polizei holen, würde Sam sagen.

So einfach ist das nicht, würde ich ihm erklären und mir vorstellen, wie mein Vater im Gefängnis sitzt und mich meine Eltern für immer hassen.

»Drew?«, sagt Sam. »Willst du noch ein bisschen bleiben?«

»Nö«, lüge ich. »Ich muss gehen.«

Wir verbringen den größten Teil des Memorial-Day-Wochenendes damit, Sachen in unser Haus in den Hamptons zu räumen und neue Möbel zu kaufen. Das Gesicht meiner Mutter sieht wieder normal aus und meine Eltern sind gut gelaunt. Am Sonnabendnachmittag telefoniert meine Mutter mit neuen Kunden über die Blumenarrangements für eine Hochzeitsfeier, und mein Dad verdrückt sich mit mir an den Strand, um ein bisschen mit dem Football rumzuwerfen. Als wir am Saum der Brandung entlanglaufen, zieht mein Vater mich unter seinen Arm und fragt mich, was ich mir zu meinem fünfzehnten Geburtstag wünsche. »Ich will, dass du aufhörst, sie zu schlagen«, erkläre ich ihm, aber der Ozeanwind und die Brandung sind ziemlich laut, und ich glaube nicht, dass er mich gehört hat.

Nach einem gemeinsamen Krabbenessen in einem Restaurant mit Blick auf den Sonnenuntergang laufen wir durch das Stadtzentrum, an Eisläden und Antiquitätengeschäften vorbei, und meine Eltern halten sich an den Händen. Ich gehe ein bisschen vor, damit keiner sieht, dass sie zu mir gehören.

»Ist dir das etwa *peinlich*?«, ruft meine Mom.

»Hör auf damit, Mom«, sage ich, gerade so laut, dass sie mich hören kann und nicht gleich die ganze Straße.

Meine Eltern holen mich ein und hüpfen mit schwingenden Armen neben mir her, um die Sache für mich noch peinlicher zu machen.

»Hört auf!«, sage ich.

Jetzt gucken die Leute. Mein Vater küsst meine Mutter mitten auf der Straße.

»Ich gehe zurück«, drohe ich.

Sie lachen.

In etwa drei Wochen wird sie was Falsches am Telefon sagen oder die falsche Zahnpasta kaufen oder das falsche Hemd in die Reinigung bringen und er wird sie wieder zusammenschlagen.

Auf dem Rücksitz des Range Rovers, auf dem Heimweg nach Brooklyn, überlege ich, was ich tun soll. Seit neuestem verbringe ich die Zeit im Auto meistens so; ich überlege, was ich tun soll. Vielleicht liegt es daran, dass wir alle drei mit dem Auto unterwegs waren, als ich zum ersten Mal gesehen habe, wie er sie geschlagen hat.

Ich war klein. Vier, oder vielleicht fünf. Wir fuhren nach Vermont zu meinem ersten Skiurlaub. Mein Vater hatte meine Mutter gebeten, eine Weile zu fahren, und dann hat er sich aufgeregt, weil sie den Blinker nicht anmachte. Dann hat er sich darüber aufgeregt, dass sie im Radio einen anderen Sender einstellte, und als sie nicht das passende Kleingeld für die Autobahngebühr hatte, hat er sich wieder aufgeregt. Als sie schließlich meinte, es wäre unmöglich, sicher zu fahren, wenn er sie dauernd anbrüllt, hat er sie mit der Faust aufs Kinn geschlagen, und sie hat das Steuer verrissen, und mein Magen fühlte sich an, als säße ich in einem Seitwärtsfahrstuhl, und er sagte zu ihr, sie solle gefälligst lernen, sicher zu fahren, ganz egal, was er täte, und er schlug sie noch einmal, und sie verriss wieder das Steuer, und ich überlegte fieberhaft, was ich tun könnte, und als wir endlich an der Skihütte ankamen, hatte ich es immer noch nicht rausgefunden, und als mein Vater allen Leuten sagte, wir hätten einen kleinen Unfall gehabt, und sie wäre ans Armaturenbrett geknallt, und meine Mutter ihm diese Lüge durchgehen ließ, fing ich an zu weinen, und jemand aus der Skihütte gab mir einen Lutscher, und ich wusste immer noch nicht, was ich tun sollte.

Morgen fährt Sam nach Pennsylvania zu seiner Tante und seinem Onkel, aber der Jaguar ist schon heute früh fertig.

Am Telefon wollte er, dass ich meinem Vater ausrichte, der Wagen sei fertig, aber das habe ich nicht getan. Ich bin einfach alleine zur Werkstatt gegangen, als wäre es ein ganz normaler Tag. Nur hat es sich nicht wie ein normaler Tag angefühlt. Ich fühle mich nicht normal. Ich bin wütend. Ich wurde wütend, als ich Sams Stimme am Telefon hörte. Ich weiß nicht genau, warum, aber ich habe die Schnauze voll von seiner Stimme, ich habe die Schnauze voll von ihm.

»Und, fährst du ihn jetzt?«, frage ich Sam in der Werkstatt.

»Du spinnst wohl«, meint er.

»Los, fahr den Wagen«, sage ich. »Du willst das doch unbedingt.«

»Nö.« Er schüttelt den Kopf. »Du kriegst bloß Ärger.«

»Mir egal.«

»Mir aber nicht«, meint er.

»Was ist dein Problem, Mann?«, frage ich ihn.

»Häh?«

»Musst du immer alles richtig machen?« Ich höre mich an wie ein Arschloch. Ich kann's nicht ändern.

»Wovon redest du?«, sagt er.

»Musst du immer perfekt sein?«

Auf der anderen Seite der Werkstatt rutscht Sams Vater unter einem Auto hervor. *»¿Tienes algún problema?«*, ruft er zu Sam rüber.

»No es nada, Papi!«, ruft Sam zurück.

»Verstößt du nie gegen irgendeine gottverdammte Regel?«, sage ich. »Machst du nie irgendwas bloß einfach so aus Spaß?«

Er wird eiskalt.

»Mein ganzes Leben ist eine gottverdammte Regelverletzung«, sagt er zu mir, total leise, total ruhig. Dann tritt er ganz dicht an mich heran, so, wie Drahtlocke Dean damals. Seine Stimme bleibt ruhig, aber sie klingt hart und total wütend. »Kannst du dir vorstellen, was für ein *Spaß* es ist, ein halber Scheißkanake zu sein, dessen Mutter lieber in irgendeinem anderen Land mit Fingerfarben malt als in seiner Nähe zu leben und dessen Vater jeden Tag irgendwelchen reichen Weißen in den Arsch kriechen muss, nur damit er seine gottverdammte Scheißmiete bezahlen kann?« Er tritt zurück, starrt mich so angewidert an, als wäre er der Trainer und ich irgendein zurückgebliebener Spastie.

»Du hast immer die richtige Antwort, stimmt's?«, sage ich mit bitterer Ironie. Ich würde tauschen. Sein Leben leben, jederzeit. Von einer Sekunde zur anderen würde ich seinen Vater nehmen. »Du weißt immer, was zu tun ist.« Ich möchte so sehr an seiner Stelle sein, dass mir das Blut wehtut. »Bei den Mädchen. Bei den Autos. Bei allem.«

Er blinzelt ein wenig, dann schüttelt er den Kopf, als täte ich ihm Leid oder so. »Was soll's«, meint er, und dann habe ich plötzlich Angst, dass ich entweder anfange zu heulen oder ihm das Gesicht zerfetze.

»Weißt du was?«, erkläre ich ihm. »Lass mich verdammt noch mal in Ruhe, ja?« Und weg bin ich.

Ich bin so Scheiße drauf, dass ich erst mitkriege, was läuft, als ich schon drinnen bin und die Tür zu ist. Meine Eltern sind in der Diele und er ist wieder wütend. Sie hat Blut am Mund und über dem Auge und ihr Ärmel ist zerrissen. Sie hat das kleine Tischchen für die Schlüssel und die Post zwischen sich und ihn gebracht, hält die Platte vor ihren Körper, so dass sie die Tischbeine zum Schutz vor sich hat, aber er windet ihr den Tisch aus den Händen.

»Geh in dein Zimmer«, sagt sie zu mir, wie jedes Mal.

Er reißt den Tisch weg und schleudert ihn hinter sich. Dann packt er sie und schubst sie an die Wand. Sie wirft die Hände hoch und ich gehe um die beiden herum zur Küche. Ich höre den Schlag, der im wirklichen Leben nicht besonders laut klingt, aber das Auge in kaum fünf Minuten in schimmerndes Olivschwarz verfärbt, und ich nehme den Hörer ab.

Ich wähle diese blöde, blöde Nummer, die sie in Fernsehshows dauernd verwenden, und versuche, mit fester Stimme zu reden, damit ich nicht wie ein Idiot klinge, wenn sie die Sache in den Nachrichten bringen.

»Wie ist die Adresse des Notfalls?«, fragt jemand, ohne Guten Tag zu sagen.

»251 Baker Place«, sage ich. »Zwischen Seventh und Eighth Avenue.«

»Um was für einen Notfall handelt es sich?«, fragt jemand.

»Mein Vater schlägt meine Mutter zusammen«, sage ich.

»Bleib am Apparat«, sagt jemand zu mir.

Das tue ich.

Meine Mutter fängt an zu weinen, als sie ihm die Handschellen anlegen. Sonst weint sie nie.

Der doofe Lebkuchen-Junge guckt von seiner Treppe aus zu. Er hat seinen Basketball unter einem Arm, und ich sehe, wie seine Finger dagegen trommeln, ganz schnell, als würde er tippen oder Morsezeichen geben.

Mein Vater bleibt auf dem Weg zum Polizeiwagen vor mir stehen. Sie erlauben ihm, sich zu bücken und mir was ins Ohr zu flüstern. Der Junge hört auf zu trommeln und schiebt den Ball unter den anderen Arm.

»Siehst du, was du angerichtet hast?«, sagt mein Dad ganz ruhig und deutet mit dem Kopf zu ihr rüber. Sie ist an unserer Haustür zusammengesackt und weint immer noch. »Siehst du das?«

JAHR
DREI

Grace
China
Ebony
Sam
Carl

Monique
Molly
Drew
Caitlin
Hector

GRACE

Meine Mutter hat eine Macke. Bei ihr muss immer alles nach Plan verlaufen, und wenn man ihr das irgendwie versaut, dann rastet sie aus. Und darauf ist niemand scharf. Das Problem ist, dass sie dauernd ihre Pläne ändert, deshalb kann man unmöglich vorher wissen, was ihr als Nächstes die Tour vermasselt. Was bedeutet, dass man nie genau weiß, wann sie wieder ausrastet.

Sie arbeitet als Empfangsdame bei irgendeiner schicken Werbeagentur in der Madison Avenue in der Stadt. Ich bin sicher, dass auf der Arbeit ihr auch andauernd jemand ihre bescheuerten Pläne versaut, aber die Madison-Avenue-Leute lassen es wahrscheinlich nicht zu, dass sie ausrastet. Sie sollten sie für einen ihrer Werbespots benutzen. Für eine Klapsmühle.

An einem Tag kommt sie nach Hause und rastet aus, weil ich kein Essen für uns gemacht habe. Am nächsten Tag rastet sie aus, weil ich was gekocht habe, sie aber eine Pizza bestellen wollte. Am Tag darauf rastet sie aus, weil sie zwar rechtzeitig angerufen hat, um mir zu sagen, ich soll Pizza bestellen, ich aber bei der falschen Pizzeria bestellt habe. Ich darf mich nie rechtfertigen.

Wenn ich das versuche, dann sagt sie: »Keine Widerrede!

Ich will das nicht hören!« Und stapft die Treppe runter zu Walker.

Ich weiß nicht, wie er sie aushält, aber er hält schon mehr als zwei Jahre durch. Er arbeitet für die Stadt oder so. Er ist okay, aber er nimmt meiner Mom zu viel Zeit weg. Sie hat zwar eine Macke, aber es stört mich doch ein bisschen, dass ich sie so gut wie nie zu sehen kriege. Ich denke immer, wenn wir mehr Zeit hätten, dann könnte ich mit ihr über Sachen reden, die Ebony und China mit ihren Müttern besprechen.

Zum Beispiel würde ich gerne mit ihr über das reden, was in der Schule abgeht. Ich weiß, dass wir uns keine Privatschule leisten können, aber die Mädchen hier sind echt hart drauf. Immer will sich eine mit mir schlagen. Immer schimpft mich eine Zicke oder Schlampe. Ist schon schlimm genug, dass ich weiß bin, aber ich glaube, noch schlimmer ist, dass ich gut aussehe. Als ich noch mit meiner Mutter in die Stadt ging, blieben meinetwegen die Leute auf der Straße stehen und haben meiner Mutter ihre Karte gegeben. Alle wollten wissen, bei welcher Agentur ich unter Vertrag war.

Es ist nett, gut auszusehen, weil man dann ein Problem weniger hat. Aber es ist auch hart, weil, wenn du in der neunten Klasse bist und auffällst, wollen alle Leute was mit dir anfangen. Wenn du ein hübscher Junge bist, spielt es keine Rolle, wie du dich verhältst. Aber wenn du ein hübsches Mädchen bist, liegen die Dinge anders. Wenn du zu freundlich bist, dann giltst du als schwach. Wenn du nicht freundlich genug bist, behaupten sie, du hältst dich für was Besseres. Das nervt alles total. Es gibt nur einen Ausweg: Du musst berühmt werden. Wenn ich Jobs als Model kriegen und berühmt werden würde, dann wäre ich was Besonderes und nicht bloß ein hübsches weißes Mädchen, und dann würden sie mich zur Freundin haben wollen, statt mich dauernd anzumachen. Immerhin, vor ein paar Wochen bin ich von einer schicken Agentur angenommen worden, und jetzt warte ich drauf, dass die mich vermitteln. Meine Mutter ist aufgeregt, weil sie denkt, ich könnte genug Geld verdienen, um mein College zu bezahlen. Walker gefällt das nicht. »Behalte einen kühlen Kopf«, sagt er immer wieder zu mir. Er denkt, ich werde es schaffen.

Ebony und China sind Spitze. Sie verstehen mich ganz gut und sie machen mir nie das Leben schwer. Ich habe ihnen von Anfang an gesagt, damals, in der sechsten Klasse, dass meine Mom sich ihnen gegenüber wahrscheinlich merkwürdig verhalten wird. Ich meine, es ist besser, es die Leute von vorneherein wissen zu lassen, damit sie sich entscheiden können, ob sie was mit mir zu tun haben wollen oder nicht. Ich habe ihnen gesagt, dass meine Mutter falsch ist. Dass sie zwar korrekt redet, dass sie aber eine Art Rassistin ist. Dass die beiden sie im Nu durchschauen würden. Ich hab befürchtet, dass sie danach nichts mehr von mir wissen wollten oder so, aber sie waren cool. In der neunten Klasse gibt es nicht mehr viele gemischte Cliquen. Normalerweise sind dann alle unter sich. Ebony, China und ich sind eine der drei gemischten Cliquen, die geblieben sind. Wir finden das okay.

Wir sind meistens bei Ebony zu Hause. Sie hat achtjährige

Zwillingsschwestern und ihre Mutter ist Maklerin. Ebonys Mutter ist echt cool. Sie kennt jede Menge Gedichte, noch aus der Zeit, als sie Lehrerin war, und wenn sie Ebony was sagen will, dann zitiert sie Gedichte. Sie hat alle Kunstwerke der Zwillinge mit Magneten, die wie in Schokolade getauchte Orangenscheiben aussehen, an den Kühlschrank geheftet. Ms. Giles heißt mit Vornamen Grace, genau wie ich.

Chinas Mutter ist nett, aber nicht so cool wie die von Ebony. Sie ist Apothekerin. Sie bringt immer irgendwelche Arzneimittelproben mit nach Hause, und wenn China krank wird, brauchen sie sich kein Rezept zu besorgen. Chinas Mutter hat voll kurzes Haar und sie trägt große Ohrringe. Sie sagt Baby zu China, und das hat sie auch mal zu Ebony gesagt, als Ebony weinte, weil ihr Dad am Abend zuvor von irgendwo aus North Carolina angerufen hatte, betrunken. Ich habe nie einen Vater gehabt. Mein Vater ist ein Mann, mit dem meine Mutter einmal geschlafen hat, und sie hat erst gemerkt, dass sie schwanger war, als er längst verschwunden war. Chinas Vater arbeitet als Kameramann für *Sunset*. Ihn habe ich bloß ein paar Mal gesehen. Er hat ein gepierctes Ohr und genau so schräge Augen wie China und er sagt zu Chinas Mutter Baby.

Wenn China Scheiße baut, wird sie ausgemeckert und kriegt Taschengeldsperre. China bekommt zehn Dollar in der Woche. Ebony sieben. Ich kriege kein Taschengeld. Ich muss fragen, wenn ich für irgendwas Geld brauche. Je nachdem, ob die Pläne meiner Mutter vermasselt wurden oder nicht, krieg ich es oder nicht.

Dass meine Mutter eine Macke hat, liegt zum Teil daran, dass sie Alkoholikerin ist. Im Moment trinkt sie nicht, weil sie alle möglichen Therapien hinter sich hat, die die Agentur für sie bezahlt hat. Seit fünf Jahren ist sie trocken. Aber wer einmal Alkoholiker war, ist immer Alkoholiker. Sie muss nach wie vor einmal die Woche zu Sitzungen der Anonymen Alkoholiker gehen, und in den Ferien zweimal. Das ist ein weiterer Grund, warum sie so viel zu tun hat. Sie geht zur Arbeit, zu den AA-Treffen und zur Therapie. Seit fünf Jahren macht sie Therapie. Ich bin einmal mitgegangen. Ihre Therapeutin hat links auf der Lippe ein Mal, das sich bis auf die Wange ausbreitet. Ich habe nicht ein Wort von dem gehört, was die Therapeutin gesagt hat, weil ich die ganze Zeit damit beschäftigt war, herauszufinden, ob das Mal jetzt vor meinen Augen weiterwuchs oder ob ich mir das bloß einbildete. Ich presste die Augen zusammen, um möglichst verschiedene Blickwinkel zu finden, und meine Mutter hat mir später erzählt, die Frau hätte gedacht, ich hätte einen Tick. Als meine Mutter mir das erzählt hat, musste sie so lachen, dass sie sich in die Hosen gemacht hat. Sie hat mir den Fleck gezeigt.

Ich weiß noch, wie meine Mutter das letzte Mal betrunken war. Ich war acht und wir waren im Bronx-Zoo. Meine Mutter ging viel zu schnell für mich. Sie wollte nicht stehen bleiben und die Tiere angucken. Ich wollte die Elefanten sehen und die Gorillas. Ich wollte sie wenigstens ein kleines Weilchen beobachten. Aber meine Mutter blieb nicht stehen. Wir mussten laufen und laufen und laufen. Ich wollte aufs Klo, aber sie ließ mich nicht.

Irgendwann konnte ich kaum mehr die Füße heben. Ich schlurfte nur noch, bis schließlich ein Mann zu meiner Mutter sagte, er hätte das Gefühl, ihr kleines Mädchen wäre müde. *Lassen Sie Ihre gottverdammten Finger von ihr!*, schrie meine Mutter den Mann an. Dann hat sie sich erbrochen. Dann schlief sie ein. Es war direkt vor den Elefanten, so dass ich mir die eine ganze Weile angucken konnte, bevor uns jemand da wegholte.

China sagt, Ebony und ich hätten eine Menge Wut im Bauch. China liest College-Bücher, und sie weiß immer ganz viel über die Menschen und das Leben und so Sachen, die sonst eigentlich nur Großmütter wissen. Ich nehme an, China ist eher weise als schlau, aber sie ist auch ganz schön schlau.

In der Mittagspause treffen wir uns immer unter den Zuschauertribünen, weil wir da für uns sind, plus, wir sehen alle möglichen interessanten Sachen von da unten, zum Beispiel, wie Mr. Stappio Ms. Manning befummelt und wie Denny Stephens an Mercedes Little Koks vertickt.

Heute haben China und ich unsere Cheeseburger mit in die Sporthalle genommen und beugen uns über Ebony, die sich voll darauf konzentriert, eine Rasierklinge über ihr Handgelenk zu ziehen. Ich steh bloß da wie blöde, kann gar nicht glauben, was ich sehe, aber China packt Ebonys Hand, und die Klinge fliegt davon und schlittert unter die Zuschauertribüne.

»Blöde Kuh«, beschwert sich Ebony, als wäre weiter nichts dabei, sich aufzuschlitzen. »Ich war noch nicht fertig.« Zwei dünne Streifen perlen rot über ihre Haut, wie ein flüssiges Armband sieht das aus.

»Willst du dich umbringen?«, zischt China. »Denn wenn du dich umbringen willst, dann sag es uns lieber gleich. Auf der Stelle!«

Ich drücke eine Papierserviette auf Ebonys Handgelenk.

»Verdammt!«, sagte China, während ich den Schnitt abdecke. Aber es sickert nicht viel durch, gerade so viel, dass die Serviette kleben bleibt.

»Blöde Kuh«, brummelt Ebony noch einmal. »Ich will mich nicht umbringen.«

Ich fange wieder an zu atmen. Ich hatte gar nicht gemerkt, dass ich die Luft angehalten hatte.

»Tut das nicht weh?«, frage ich. Ich bin die schwächste von uns dreien.

»Es tut weh« – Ebony schnieft, total stolz –, »aber es fühlt sich auch gut an. Wie wenn man so doll gekitzelt wird, dass man sterben möchte.«

»Du spinnst«, sage ich zu ihr. »Entschuldige dich.«

»Tut mir Leid«, sagt Ebony.

»Sag uns, dass du es nie wieder tun wirst«, befehle ich.

»Es fühlt sich gut an«, widerspricht Ebony. »Besonders, wenn man wütend ist.«

»Sag es!«, fordere ich.

»Ich tu's nicht wieder.«

»Wehe wenn«, sagt China.

»Wieso bist du denn wütend?«, frage ich.

Ebony zuckt die Achseln.

»Ihr Scheiß-Vater«, sagt China. »Stimmt's?«

»Ich weiß nicht.«

»Er hat bestimmt gestern Abend wieder angerufen.«

Noch ein Achselzucken.

»War er betrunken?«

Wahrscheinlich hat er wieder über all die Briefe gejammert, die er angeblich abschickt, die Ebony aber nie kriegt. Wir haben fast das ganze siebte Schuljahr damit verbracht, Ebonys Mutter zu hassen, weil wir dachten, dass sie die Briefe weggeworfen hat. Bis wir rauskriegten, das Ebonys Vater niemals auch nur einen Fitzel Papier voll gekritzelt hatte.

»Ihr beide«, sagt China, »müsstet eine Therapie machen.«

Das hat sie schon öfter gesagt. Sie ist sich sicher, man kann nicht ein alkoholabhängiges Elternteil haben, ohne dass eine Therapie nötig wäre. Ich hab mich oft gefragt, wen von uns sie für kaputter hält, Ebony oder mich. Aber jetzt, nach der Rasierklingennummer, ist das wohl ziemlich offenkundig.

Ebony grabscht sich meine Käseflipstüte und zieht sie auseinander, während ich mein Gewicht ein bisschen verlagere. Die Unterseiten der Zuschauerbänke sind hart und drücken scharf, wenn man sie in den Rücken oder in die Seite kriegt. Wer darunter hockt, muss sich viel bewegen, um es einigermaßen bequem zu haben. Ich will mir die Käseflips zurückholen, lasse es aber, als ich Ebonys mit Paprika bepuderte orangene Fingerspitzen sehe. Sie hat sie so blutig gebissen, dass es schon wehtut, wenn man bloß hinguckt.

»Du darfst dich nicht schlitzen«, sage ich. »Das ist doch Scheiße. Du musst dich doch nicht selber fertig machen.«

China sagt was Besseres: »Wenn ich dich noch einmal dabei erwische«, warnt sie Ebony, »dann sag ich's deiner Mutter.«

Als ich aus der Schule nach Hause komme, sind zwei Nachrichten auf dem Anrufbeantworter. Ich esse einen Schoko-Müsli-Riegel, wobei ich aufpasse, dass ich über dem Papierkorb krümele, und höre die Nachrichten ab. Die erste Nachricht ist von meiner Mom: Ich soll bloß nicht rumkrümeln, wenn ich nach Hause komme. Die nächste Nachricht ist von meiner Agentur: Ich soll morgen um drei Uhr dreißig in einem bestimmten Gebäude in Manhattan sein, die Haare soll ich offen tragen, ein weißes Hemd anziehen und mich nicht schminken. Ich schminke mich nie.

Als meine Mutter nach Hause kommt, bin ich in meinem Zimmer und telefoniere. Ich spreche mit China.

»Wieso ein weißes Hemd?«, frage ich.

»Keine Ahnung. Vielleicht ist es für eine Waschmittelwerbung oder so was.«

»Grace!«, ruft meine Mutter aus der Küche. Ich höre, wie der Anrufbeantworter seine abschließenden Pieptöne von sich gibt.

»Was ist denn jetzt schon wieder?«, fragt China.

»Dasselbe wie immer«, sage ich. »Nichts.« Wir lachen.

»Verdammt noch mal, Grace!«

China und ich legen auf und zwei Sekunden später steht meine Mutter in der Tür. Sie sieht aus wie ich, nur – sie ist nicht hübsch. Warum das so ist, habe ich nie rausgefunden.

»Warum hast du mich nicht angerufen und mir von deinem Vorstellungsgespräch erzählt?«

»Ich wusste nicht, dass ich das sollte.«

»Ich habe dir gesagt, du sollst mich umgehend anrufen, wenn dir was angeboten wird.«

Das hat sie nie gesagt. Ich widerspreche nicht, denn wenn man den Mund hält, ist die Chance größer, dass sie ruhig bleibt. Sie seufzt dramatisch und stürmt aus meinem Zimmer. Ich gehe ins Treppenhaus und zähle vor mich hin, eins, Mississippi, zwei, Mississippi und so weiter. Normalerweise komme ich nicht bis zwanzig, bevor sie mich wegen irgendwas anbrüllt. Rums. Bei elf geht das Gezeter los, in ihrem Zimmer.

»Es ist sechs Uhr!«, schimpft sie. »Es ist Mittwoch.«

»Letzte Woche hast du halb sieben gesagt«, antworte ich vom Flur aus. Ich habe schon so oft dort gestanden, dass der Fußboden an der Stelle abgetreten ist.

»Sechs Uhr!« Sie kommt in Sichtweite gestapft. »Warum musst du es mir immer so schwer machen? Verdammt noch mal. Du machst das mit Absicht.«

Ich gehe langsam aus unserer Wohnung durch den Hausflur zu Walker runter und überlege, warum die Nachbarn sich nie über meine Mom und mich beschweren. Ich weiß, dass sie sie hören. Mich haben sie früher auch gehört, aber ich habe schon vor einiger Zeit aufgehört zurückzubrüllen. Walker ist genau wie alle anderen Nachbarn. Er tut so, als würde er nichts mitkriegen, aber jede Wette, er kriegt alles mit.

»Essen«, sage ich zu ihm, als er die Tür aufmacht. Er ist groß und dünn und hat einen Spitzbart.

»Ich dachte, wir wollten um halb sieben essen.«

»Das musst du ihr sagen«, antworte ich.

Einen Moment lang guckt er mich schweigend an.

»Was ist denn?«

»Nichts.«

»Sie ist gerade nach Hause gekommen«, erkläre ich. »Es ist noch nichts fertig.«

»Wir bestellen Pizza.«

Später, als meine Mutter immer noch rumzickt, dass sie sich freinehmen muss, um mich zu dem Vorstellungsgespräch zu bringen, gratuliert mir Walker.

»Na ja, noch habe ich ja keinen Job«, meine ich.

»Du bist bestellt«, sagt meine Mom. »Und ich bin sicher, dass du den Job kriegst, egal, was es für einer ist. Walker hat total Recht. Herzlichen Glückwunsch.«

»Wenn ich den Job kriege«, höre ich mich fragen, »kann ich dann Ebony und China zum Feiern einladen?«

»Noch ein Stück?«, fragt meine Mutter Walker.

Er schaut mich an. »Was ist, Judy?«, fragt er meine Mom. »Darf sie?«

»Willst du nichts mehr?« Meine Mom nimmt sich mit spitzen Fingern das letzte Stück Pizza. »Dann esse ich's eben«, sagt sie.

Walker und ich bringen die Küche in Ordnung, während sie sich duscht.

»Sie ist eine Rassistin«, sage ich zu Walker und gebe ihm ein Geschirrtuch und einen nassen Teller.

»Das würde ich nicht sagen«, antwortet Walker.

»Doch. Deswegen kann sie die beiden nicht leiden.«

»Ich glaube nicht, dass deine Mom eine Rassistin ist.«

»Warum hasst sie dann meine Freundinnen?«

Walker konzentriert sich aufs Abtrocknen. Er rubbelt so kräftig, dass es quietscht.

»Sie hat so getan, als würde sie mich nicht hören.«

»Sie hat viel im Kopf«, sagt er.

Ein Teller rutscht mir aus der Hand und für eine Sekunde erstarren Walker und ich. Unmöglich zu sagen, wie lange meine Mom zetern wird, wenn der Teller zerbricht. Aber er kreiselt nur scheppernd von Kante zu Kante in diesen komischen Kreisen auf dem Boden herum, bis ich ihn packe und zum Schweigen bringe. Wir bleiben ganz still und lauschen, ob sie unter der Dusche irgendwas gehört hat. Nichts.

»Wie kannst du sie ertragen?«, frage ich ihn.

Erst denke ich, er knallt mir eine. Stattdessen legt er mir seine Hände auf die Schultern. »Ich liebe sie«, sagt er. »Genau wie du.«

Am nächsten Tag bringe ich meiner Tutorin einen Zettel, dass ich nach der vierten Stunde befreit werden möchte. Als es klingelt, schleichen China, Ebony und ich uns durch den Notausgang raus, um bei Ebony mittagzuessen. Ihre Mom hat nichts dagegen, dass wir das Schulgelände verlassen und Sandwiches essen statt Cafeteria-Zeug. Sie trinkt gerade ihren Kaffee aus, als wir reinkommen.

»Glückwunsch, Grace!« Sie lächelt.

»Ist doch nur eine Vorstellung«, sage ich. »Noch habe ich keinen Job.«

»Habt ihr Hunger?«, fragt sie, stellt ihren Kaffeebecher in den Ausguss und greift nach Tellern und Gläsern, die sie auf den Tisch stellt. Ebony, China und ich holen Mortadella und Tomaten und Zeugs aus dem Kühlschrank.

»Wenn ich den Job kriege«, rutscht es aus mir heraus, »wird meine Mom mit uns ausgehen und feiern.« Alle drei reagieren sofort.

»Cool«, sagt China.

»Ich bestelle mir ein Steak«, sagt Ebony.

Ms. Giles schraubt ein Mayonnaiseglas auf und sagt: »›Gefangen ist die Hoffnung, kriecht wie eine goldene Fliege am Rand des Glases.‹«

»Mom!«, stöhnt Ebony und greift in die Kühltruhe nach ein paar Eiswürfeln.

»Was bedeutet das?«, frage ich.

»Träum weiter«, übersetzt China für mich, dann packt Ebonys Mom Ebonys Handgelenk.

»Was ist das?«

»Nichts«, sagt Ebony und zieht ihren Arm weg.

Ihre Mutter guckt China und mich scharf an. »Was ist das?«

China zuckt die Achseln, während ich rot werde. Manchmal hasse ich es, weiß zu sein.

»Kratzer von ’ner Katze«, sagt Ebony glatt wie eine Perle.

»Warum ist dann Grace rot geworden?«

»Mir ist heiß«, sage ich schnell. Ich versuche, einen Blick auf das Handgelenk zu werfen, um zu sehen, ob es wirklich nur zwei Kratzer sind. Ebony hat es mit ihrer Hand abgedeckt.

»Ihr! Kinder! Fangt bloß nicht mit diesem Tattoo-Blödsinn an«, sagt Ms. Giles und zeigt dreimal mit dem Finger auf uns. »Habt ihr mich verstanden?« Dann schaut sie auf die Küchenuhr und schnappt sich ihre Jacke. »Ich meine es ernst«, betont sie und gibt Ebony auf dem Weg nach draußen einen kleinen Klaps auf den Kopf.

Ein paar Minuten nachdem sie gegangen ist und Ebony in ihr Sandwich beißt, sehe ich vier neue Kratzer. Fein und schmal, wie dunkle Haare. Ich stoße China an, die auch hinguckt und sieht, was los ist.

Ebony bemerkt unsere Blicke und meint drohend zu China: »Wehe, du sagst ihr was.«

»Du hast es versprochen«, wirft ihr China vor.

»Willst du hier die Zicke spielen?«, fragt Ebony.

»Das ist Freundschaft, du Zicke!«, fauche ich.

»Dann könnt ihr beide gehen«, sagt Ebony. Sie sagt es leise.

»Ich gehe nirgendwohin«, sagt China.

»Meine Vorstellung ist erst um halb vier«, betone ich.

»Haut ab«, befiehlt Ebony.

Wir bleiben bis zum letzten Krümel sitzen, und als ich gehen muss, wünscht mir niemand Glück.

Im Wartebereich zieht meine Mutter eine gute Show ab. Sie hat ihren Arm um meine Schulter gelegt und spielt mit meinen Haaren. Sie möchte, dass die Leute denken, wir wären sehr vertraut miteinander.

»Es ist unsere erste Vorstellung«, schwärmt sie der Empfangsdame vor. Ich könnte sie umbringen.

Es sind ungefähr drei Millionen andere Mädchen gekommen, alle in weißen Hemden, abgesehen von einigen wenigen, denen das total peinlich zu sein scheint. Eine davon drückt sich zur Tür raus, als meine Mutter und ich ankommen. Alle haben lange, braune Haare und sehen echt hübsch aus. Viele sind geschminkt, viele sind alleine und sehen gelangweilt aus. Eine hat einen Minifernseher dabei. Sie guckt eine Talk-Show an, und zwar ziemlich laut. Als ich reinkomme, glotzen mich alle an.

»Ich würde gerne wissen, um welches Produkt es sich handelt«, sagt meine Mutter zu der Empfangsdame.

Die Frau zuckt die Achseln: »Da bin ich überfragt.«

»Man möchte meinen, man würde uns wissen lassen, um welches Produkt es sich handelt«, sagt meine Mutter und blickt die anderen Mütter auffordernd an. Niemand reagiert.

Wir warten und warten und warten. Manchmal verschwindet ein Mädchen in dem langen Gang und ist fünfzehn Minuten weg. Dann wieder ist ein Mädchen praktisch schon wieder da, bevor sie überhaupt weg ist. Als mein Name aufgerufen wird, sind nur noch drei oder vier übrig.

Meine Mutter geht schnell. Ich muss mir Mühe geben, mit ihr Schritt zu halten. Der Vorstellungsraum ist nichts Besonderes. Große Fenster und ein hölzerner Tisch und an der Wand sitzen fünf Leute auf Klappstühlen. Ein Mann mit einem Spitzbart, wie Walker ihn hat, steht auf und sagt: »Das ist sie.«

Es ist wie im Film. Ich kann es nicht glauben. Die anderen nicken.

»Um welches Produkt handelt es sich?«, fragt meine Mutter.

»Wollen Sie nicht, dass ich auf und ab gehe oder mich umdrehe oder so was?«, frage ich. Ich weiß, dass es wahrscheinlich besser wäre, wenn ich den Mund hielte, aber irgendwie finde ich das nicht richtig. Ich krieg das einfach geschenkt. Ich brauche noch nicht mal was zu tun.

»Um welches Produkt handelt es sich?«, fragt meine Mutter noch mal.

»Parfüm«, sagt der Mann mit dem Spitzbart. »Für Jugendliche. Es heißt *Zukunft.*«

»Eigentlich benutze ich kein Parfüm«, erkläre ich.

Sie lachen, als wäre das die komischste Sache der Welt. Meine Mutter gibt sich Mühe, mich nicht böse anzufunkeln.

»Sie ist es, keine Frage«, sagt der Spitzbart und schaut die anderen an. »Stimmt's?« Alle nicken.

»Normalerweise lassen wir es Ihnen durch die Agentur mitteilen«, sagt der Spitzbart zu meiner Mutter. »Morgen Früh geben wir es bekannt.« Dann wendet er sich mir zu: »Aber du bist diejenige welche.«

Bevor wir gehen, erfahre ich, wer die Leute sind, die da sitzen: der Kunde, der Produzent, der Anwalt des Kunden und der Ausstatter. Der Spitzbart ist der Regisseur. Denn es handelt sich nicht um eine Zeitschriftenwerbung, sondern um einen Fernsehspot.

»Wieso musste ich ein weißes Hemd anziehen?«, frage ich den Regisseur.

»Musstest du nicht«, sagt der Regisseur. »Unsere Leute haben einen Fehler gemacht.«

Ich kann mir nicht helfen. Ich verdrehe die Augen. Der Regisseur verdreht sie auch und ich muss lächeln. Er sieht so aus, als hätte ich ihn gerade erschossen oder so.

»Du hast einen phantastischen Mund«, sagt er, »aber beim Drehen darfst du nicht lächeln.«

»Unverschämtheit«, schimpft meine Mutter, sobald wir zu Hause sind. Walker ist da, er hat prickelnden Apfelmost statt Champagner besorgt, denn meine Mom darf nicht einen Schluck Alkohol zu sich nehmen.

»Ich hab den Job«, sage ich zu ihm.

»Ich hab's gewusst«, sagt er.

»Du hättest beinahe alles vermasselt! Sagst, du benutzt kein Parfüm.«

»Das ist mir so rausgerutscht, Mom.«

»Und dann hast du ein *Gesicht* gezogen!«

»Das fand er nicht schlimm.«

»Wie stehe ich denn da?«

»Ich habe ein tolles Essen gemacht«, unterbricht Walker. »Ich habe gedacht, wir könnten feiern.«

»Das spielt doch keine Rolle«, versuche ich es. »Sie haben mich doch genommen, oder?«

»Sag nicht, das spielt doch keine Rolle«, faucht meine Mutter. »Sag du mir nicht, was eine Rolle spielt!« Ihre Stimme wird zickig.

»Judy«, sagt Walker in seinem Nun-lass-uns-mal-schön-ruhig-bleiben-Ton. Bei ihm hilft das manchmal.

»Hör auf mit deinem Judy!«, schnauzt sie ihn an.

»Ich habe den Job«, betone ich. Und dann kann ich den Mund nicht halten. »Auf dich hat doch niemand geachtet. Es ging doch um mich.«

»Das reicht«, sagt sie und ihre Stimme wird voll leise.

Wenn ihre Stimme leiser wird statt lauter, dann ist es viel schlimmer. Ich spüre, wie ich mich steif mache, obwohl sie mich schon lange nicht mehr geschlagen hat. »Schlag es dir aus dem Kopf.«

Es folgt eine gewaltige Stille. Walker und ich gucken uns an.

»Was soll ich mir aus dem Kopf schlagen?«, frage ich schließlich.

»Den Job«, sagt sie. »Du nimmst ihn nicht an.«

»Was?«

»Du nimmst ihn nicht an.«

»Was ist mit dem Geld fürs College?«

»Das spielt keine Rolle«, macht sie mich nach.

»Judy, das kann doch nicht dein Ernst sein«, versucht es Walker.

»Fang du nicht auch noch an!«, schreit sie ihn an.

Ich brülle nicht. Ich krieg die Worte kaum raus.

»Du bist ein gottverdammtes Aas«, flüstere ich. »Und ich hasse dich.«

Sie schlägt kräftig zu. Mit der Faust. Der Schlag haut mich um und ich taumele rückwärts zu Boden. Mein Kopf fühlt sich oberhalb des Ohres so an, als wäre er explodiert. Ich weine nicht. Ich starre sie bloß an, bis sie schließlich in ihr Zimmer geht. Walker hilft mir auf die Beine, dann geht er.

Am nächsten Morgen verstecke ich mich unter der Zuschauertribüne und warte darauf, dass China und Ebony mich finden. In der zweiten Stunde tauchen sie auf.

»Sie haben dich nicht genommen?«, fragt China.

»Sie haben mich genommen.«

»Und warum schwänzt du?«

Normalerweise weinen wir nicht, wenn die anderen dabei sind. Ich gebe mir große Mühe, es nicht zu tun.

»Was war denn?«, fragt Ebony. Die beiden sehen voll besorgt aus.

»Meine Mutter ist ein verdammtes Aas.«

»Sollen wir bei dir bleiben?«

»Vielleicht abwechselnd«, sage ich. »Das ist sicherer.«

China bleibt zuerst.

»Mach's trotzdem«, sagt sie zu mir. »Scheiß auf deine Mom.«

»Ich sollte mich an die Fürsorge wenden«, sage ich. »Wenn Mom ins Gefängnis kommt, könnten sie mich bei Walker wohnen lassen.«

»Keine gute Idee«, sagt China. »Sie würden dich wahrscheinlich in eine andere Familie stecken und da würdest du missbraucht werden oder so was.«

»Sie hasst mich.« Das habe ich noch nie ausgesprochen.

»Tut sie nicht«, sagt China. Trotzdem nicke ich.

»Als ich klein war. Als sie noch getrunken hat.« Ich halte inne, weil das, was ich sagen will, vielleicht einfach zu blöde ist.

»Was?«, will China wissen.

Da hat sie mich richtig schön geknuddelt und ganz plötzlich hat sie mich von ihrem Schoß gestoßen und angefangen zu schreien.

»Was?«, drängt China.

»Sie hat mich Miststück genannt und Schlampe und ein

Stück Scheiße und Nervensäge, die keiner brauchen kann«, flüstere ich. Mein Kopf tut weh.

China legt ihre Hand auf meine Handfläche. Ihre Fingernägel sind babyblau angemalt, mit kleinen Wölkchen an den Spitzen. Für diesen Himmel hat sie drei Wochen lang ihr Taschengeld gespart.

»So einen Scheiß hat sie zu dir gesagt?«, haucht China.

Ich nickte.

»Baby.« China küsst mich auf die Wange. »Das hättest du mir früher erzählen sollen.«

»Tut mir Leid«, sage ich.

Sie tätschelt mein Bein. Sanft. »Sei still.«

Ebony kommt zur nächsten Schicht gehuscht und hält mir einen Schokoriegel hin.

»Ich habe keinen Hunger«, erkläre ich ihr.

»Carl mag dich«, sagt sie und zieht das Papier ab wie eine Bananenschale.

»Alle mögen mich«, stöhne ich.

»Du Ärmste«, sagt sie. »Schlampe.«

»Hat China dir was erzählt?«

Sie beißt von dem Riegel ab. »Hat sie. Du hättest uns das früher erzählen sollen.«

»Ihr denkt doch, so einen Scheiß gibt's bei Weißen nicht.«

»Weiße vertrauen ihren Freunden nicht.«

Ich sehe frische Kratzer an ihrem Handgelenk. Das Papier vom Schokoriegel scheuert daran. Ebony sieht, wie ich gucke.

»Wenn du China davon erzählst, brauchst du nicht drauf zu warten, dass deine Mutter dich umbringt«, erklärt sie mir.

»Zeig's mir«, sage ich.

»Häh?«

»Zeig mir, wie's geht.«

Ebony schluckt erst runter, bevor sie antwortet.

»Das tut weh, Mädchen«, mahnt sie. »Das ist nichts für dich.«

»Zick nicht rum«, sage ich.

Sie zieht eine Riesenshow ab, verdreht die Augen und saugt an ihren Zähnen, aber da ich nicht nachgebe, zieht sie eine kleine Pappschachtel aus ihrer Gesäßtasche. Die Klingen sind einzeln in kleinere Stückchen Pappe verpackt und liegen dicht nebeneinander gestapelt. Ebony zieht eine Klinge aus der Schachtel und hält sie mir hin.

»Halt sie so, dass du dir nicht in die Finger schneidest«, sagt sie und deutet auf die stumpfen Seiten. »Drück nicht zu doll. Nur gerade so, dass es weh tut, aber nicht so doll, dass es richtig blutet. Sonst gibt's eine Riesenschweinerei.«

Ich beschließe, es an meinem Knöchel zu machen, weil Socken besser abdecken als Ärmel. Beim ersten Schnitt zittern meine Finger ein bisschen. Ich will nicht, dass sie zittern, weil ich nicht will, dass Ebony sich über mich lustig macht. Doch sie tut so, als merke sie nichts, und isst ihren Schokoriegel auf, während ich den zweiten Schnitt mache, der gerader ist und gleichmäßiger. Zwar tut es weh, aber Ebony hat Recht mit dem Schmerz. Es tut weh, aber es tut auch gut. Als ich drei rote Striche habe, höre ich auf. Es geht mir viel besser.

»Ich krieg so einen Metallgeschmack im Mund«, erkläre ich Ebony.

Sie verzieht ihr Gesicht. »Du bist verrückt«, sagt sie und dann klingelt es.

Zu Hause finde ich eine Nachricht auf dem Anrufbeantworter, in der meiner Mutter die Uhrzeit, das Datum und der Ort meiner Dreharbeiten mitgeteilt werden: in zwei Wochen in der Stadt. Eine ganze Weile starre ich auf den Anrufbeantworter. Ich lasse das Band noch einmal laufen. Dann greife ich zum Telefon.

»Hier ist Grace Sanborn«, sage ich der Sekretärin meiner Agentur. »Ich habe einen Anruf wegen der Future-Werbung bekommen.«

»Ach, ja, Grace. Glückwunsch.«

»Hat meine Mom schon zugestimmt?«

Die Sekretärin lacht, es ist dasselbe Lachen, das ich von meinen Lehrern nach Elternabenden zu hören bekomme.

»Aber ja«, sagt die Sekretärin. »Wir waren den ganzen Tag mit ihr in Verbindung.«

Als wir uns nach der Sportstunde anziehen, sieht China meinen Knöchel. Sie schmeißt mich gegen meinen Schrank.

»Was soll denn der Scheiß?«, flüstert sie und drückt mich an das Metall. Das runde Schloss bohrt sich in meinen Rücken. Ein paar Leute sammeln sich um uns. Schlägereien mögen sie.

»Lass mich los«, sage ich. »Alle gucken zu.«

»Wir wollen aufs College gehen«, zischt sie.

»Hör schon auf«, sage ich und winde mich ein bisschen, um sie abzuschütteln. Klappt aber nicht.

»Kämpfen!«, skandieren einige aus der Achten. »Kämpfen! Kämpfen! Kämpfen!«

Das Schloss bringt mich um.

»Du kannst nicht aufs College, wenn du total im Arsch bist«, zischt sie mir ins Ohr.

»Jede Menge Leute, die im Arsch sind, gehen aufs College«, erkläre ich ihr. Ihr Atem riecht nach Pfefferminzkaugummi. »Meine Mutter war auf dem College.«

Sie donnert mich noch mal gegen den Schrank und mein Kopf knallt nach hinten.

»Schlampe«, sagt sie und dann fängt sie an zu weinen.

Ms. Evans und Ms. Lumus zerren uns auseinander und zerstreuen die Meute um uns. China kann nicht aufhören zu weinen und ich kann nicht anfangen.

»Es tut mir Leid«, erkläre ich immer wieder. »Es tut mir Leid. Es tut mir Leid. Es tut mir Leid.«

Ich stelle mir vor, wie ich meiner Mutter alles sage:

Heute hab ich mich mit China geprügelt, jedenfalls beinahe.

Wirklich? Warum denn?

Das ist schwer zu sagen.

Versuch's trotzdem.

Dann regst du dich auf.

Diesmal nicht. Versprochen.

Sie war sauer auf mich, weil ich was Abgedrehtes und Schlimmes getan hab.

Was hast du denn getan?

Das will ich dir noch nicht erzählen.

Okay. Und warum hast du das getan?

Weil du mich immer so wütend machst. Und du hörst mir nie zu. Du magst mich nicht.

Ach, Liebes. Das tut mir so Leid. Ich mag dich. Ich liebe dich. Ich werde mir Mühe geben. Wirklich.

Ich trau mich nicht, dir den Rest zu erzählen.

Was denn?

Was ich gemacht habe.

Versuch's doch einfach.

Okay. Ich hab mich geschlitzt.

Was soll das heißen: Ich habe mich geschlitzt.

Ich habe mir absichtlich mit einer Rasierklinge am Knöchel die Haut aufgeschlitzt.

Warum?

Ich weiß nicht.

Ich habe keine Ahnung, was danach passiert.

Am Morgen des Drehtags klingelt es, während meine Mutter im Bad ist. Unser Summer geht nicht, also muss ich die zwei Stockwerke nach unten laufen.

»Was wollt ihr denn hier?«, frage ich.

»Wir wollten dir Glück wünschen«, sagt China. Seit unserem Kampf haben wir beide einen merkwürdigen Waffenstillstand geschlossen. Wir reden und reden dabei doch nicht. Ebony hat die Pausen ausgefüllt, hat wie aufgezogen geplappert und uns jede Menge Schimpfwörter an den Kopf geworfen. Sie schneidet sich immer noch und China hat sie noch nicht verraten. Ich habe es nicht wieder gemacht, aber ich habe ein paar Mal bei Ebony zugeguckt. Jedes Mal läuft mir die Spucke im Mund zusammen.

»Dass du dich ja an uns kleine Leute erinnerst, wenn du berühmt wirst«, mahnt Ebony.

»Ich wünschte, ihr könntet mitkommen«, antworte ich und das meine ich auch so.

»Grace!« Wir hören meine Mutter von oben runterkreischen.

»Nein, danke«, sagt China und wir prusten los.

Meine Mom und ich sind stundenlang in einen engen Raum eingepfercht und keiner kommt mich holen. Ich habe kein Buch dabei, keine Zeitschrift, gar nichts. Meine Mutter auch nicht. An einer Wand hängt ein Spiegel zum Schminken. Er ist von kleinen Glühbirnen umrahmt. Meine Mom und ich blicken uns dauernd gegenseitig im Spiegel an.

»Hast du Lust, was zu spielen?«, fragt sie mich.

Ich zucke die Achseln. Seit sie mich geschlagen hat, haben wir nicht viel miteinander geredet.

»Wie wär's mit: Ich sehe was, was du nicht siehst?«

Was für eine bescheuerte Idee. Hier drin gibt's überhaupt nichts, was man nicht sehen könnte.

»Okay«, fängt meine Mom an, als hätte ich zugestimmt. »Ich sehe was und das ist rund.«

»Der Rauchmelder an der Decke«, rate ich.

Sie guckt mich im Spiegel an und runzelt die Stirn.

Jemand klopft an die Tür und öffnet sie im selben Moment, ohne eine Antwort abzuwarten. Er sieht aus wie fünfzehn und er sieht *gut* aus.

»Huch«, sagt er. »Tut mir Leid. Ich dachte, das wäre meine Garderobe.« Seine Haut hat dieselbe Farbe wie unsere

Holzstühle, sein Haar ist ein bisschen verwuschelt; und er hat große, grüne Augen. Ich kann's gar nicht abwarten, China und Ebony von ihm zu erzählen.

»Ich bin Sam«, erklärt er uns. »Ich bin der andere Darsteller.« So werden Schauspieler und Models am Set genannt: »Darsteller.«

»Ich heiße Grace«, sage ich. »Das ist meine Mutter.«

Als sie ihm die Hand gibt, wird sie rot, und ich möchte sterben.

Sie lassen uns den ganzen Vormittag lang warten, und während wir warten, kriegen Sam und ich raus, dass wir auf dieselbe Schule gehen. Wir haben uns noch nie gesehen, weil er ein Jahrgang über mir ist und in die Schlauen-Kurse geht, so dass wir nie im selben Kurs waren. Zwar haben wir beide die zweite Mittagspause, aber ich esse immer unter der Zuschauertribüne und er immer in der Cafeteria oder auf der hinteren Treppe an der Sporthalle. Ich weiß, dass unsere Schule ziemlich groß ist – sie geht von der achten bis zur zwölften Klasse –, trotzdem ist es schwer zu glauben, dass China oder Ebony oder ich diesen Jungen nie bemerkt haben sollen.

»Wie kommt es, dass wir uns noch nie gesehen haben?«, frage ich ihn.

Er zuckt die Achseln – voll sexy – und lächelt. Ein unglaubliches Lächeln.

Aber es stellt sich heraus, dass er es nicht einsetzen darf. Keiner von uns beiden darf lächeln. Wir sollen nur in allen möglichen verschiedenen Posen abhängen und gelangweilt aussehen. Sagt jedenfalls der Regisseur. Ich habe niemals

Schauspielunterricht gehabt, und ich weiß nicht so genau, wie das geht mit dem Gelangweilt-Aussehen, aber der Regisseur sagt, ich soll mir keine Gedanken machen. Einfach nur ganz natürlich sein, denn ich würde von Natur aus gelangweilt aussehen. Als er das sagt, lacht Sam, und sie müssen abbrechen und noch mal von vorne anfangen, weil er ja nicht lächeln soll.

»Redet miteinander«, ordnet der Regisseur an. »Es spielt keine Rolle, was ihr sagt. Quatscht einfach.«

»Warum hast du über mich gelacht«, frage ich Sam.

»Umarme sie, Sam, und richte ihr Gesicht auf die Kamera.«

Sam legt seine Arme um meine Taille und zieht mich zu sich heran. Mir ist das peinlich vor den vielen Leuten, die zugucken, vor allem vor meiner Mom, die direkt neben mir auf einem Holzstuhl sitzt. Aber anderseits möchte ich auch nicht, dass Sam loslässt.

»Ich habe nicht über dich gelacht«, flüstert er mir ins Ohr. »Tut mir Leid.«

»Merkt man, dass ich so was noch nie gemacht habe?«, frage ich ihn.

Er lässt mich los.

»Verschränkt die Arme«, sagt der Regisseur zu uns.

Wir tun es.

»Bisschen schon«, sagt Sam. »Aber das spielt keine Rolle. Ich hab auch erst vor ein paar Monaten angefangen. Du lernst schnell.«

»Gib Sam 'ne Kopfnuss«, sagt der Regisseur. »Und guck gelangweilt.«

Aber ich kann Sam nicht mit den Knöcheln auf den Kopf knuffen, ohne zu lachen. Meine Mutter ist mir inzwischen egal.

Eine Weile später, nachdem sie unsere Gesichter mit Schwämmen abgetupft haben, kommt der Teil mit dem Dialog. Ich wusste nicht, dass ich reden muss.

»Was stellt ihr euch vor, wenn ihr an die Zukunft denkt?«, fragt der Regisseur uns beide.

Wir sollen antworten: »Die Zukunft?« Als wäre dies die große Frage, über die wir uns Gedanken machen. Ich komme mir total blöde vor.

»Guck mich nicht an«, verlange ich von Sam. »Du bringst mich bloß zum Lachen.«

Ich glaube, er macht das echt gut, aber dem Regisseur gefällt Sams Gesichtsausdruck nicht. »Du sollst grübeln«, sagt der Regisseur nach mehreren Versuchen. »Lass mich spüren, dass du grübelst.«

»Die Zukunft?«, fragt Sam in die Kamera.

»Hilf mir mal, Grace«, ruft der Regisseur. »Flüstere ihm etwas Ernstes ins Ohr.«

Ich habe das nicht geplant oder so. Es kommt einfach raus. »Ich habe mir mal mit einer Rasierklinge die Haut aufgeschlitzt, absichtlich«, sage ich leise zu Sams Hals.

»Wunderbar«, sagt der Regisseur, als ich zurücktrete. »Perfekt.«

Hinterher geht meine Mutter mit mir zu Serendipity, ich nehme an, sie will mit mir feiern. Ich habe Sams Telefonnummer in der Tasche. Er sagte, ich könnte ihn jederzeit anrufen. Ich fühle dauernd nach dem Zettel, um sicherzugehen, dass er noch da ist.

»Grace«, versucht es meine Mutter, kurz bevor mein Eis mit heißer Schokolade kommt. Ich antworte nicht.

Später, während sie darauf wartet, dass der Ober ihre Kreditkarte zurückbringt, sagt sie: »Es tut mir Leid.«

MONIQUE

Mitten in der Nacht wache ich auf. Mein Bein fühlt sich warm und nass an, und ich brauche eine Sekunde, bis ich checke, dass ich ins Bett gemacht habe. Das Nasse wird fast sofort kalt, aber ich bin so müde, dass ich nicht mal aufstehen mag, um das Laken zu wechseln. Verdammte Scheiße.

Ich denke erst am Morgen wieder dran, als meine Schwester vorbeikommt und mir abgelegte Babysachen bringt, von der reichen Tussi, für die sie hurt.

»Die Sachen sind sauber«, sagt Molly. »Ich habe sie selber gewaschen.«

»Was ist das denn?«, frage ich. Es ist eine Lumpenpuppe ohne Augen, auch das gelbe Haar ist fast ganz ab.

»O je«, sagt Molly. »Das ist Ms. Nelly. Die kannst du nicht haben. Caitlin wird fuchsteufelswild.« Fuchsteufelswild. So ein Wort benutzt nur meine Schwester. »Als sie Ms. Nelly das letzte Mal verloren hat, hat sie in ihr neues Bett gemacht.«

Ich versuche rauszufinden, wen ich letzte Nacht verloren habe.

»Was ist los?«, fragt Molly.

Ich frage mich, ob ich ihr sage, dass ich ins Bett gepisst habe. Ich frage mich, ob ich ihr sage, dass ich mit dem Vater vom Baby endgültig Schluss gemacht habe.

Molly legt ihre Hand auf meinen Bauch. »Wie geht's dir?«

»Ich kotze immer noch mein Frühstück raus«, antworte ich.

Sie verzieht ihr Gesicht. Molly findet mich widerwärtig. Bin ich auch.

»Wann ist dein nächster Termin?«, fragt sie.

»Dienstag.«

Sie legt noch einmal ihre Hand auf meinen Bauch. »Du kannst es immer noch loswerden, wenn du willst«, flüstert sie.

»Leck mich«, flüstere ich zurück.

Der Vater des Babys ruft mich aus seiner Therapie an.

»Ich hab gedacht, du darfst noch nicht telefonieren«, ist das Erste, was ich sage.

»Wie geht's dem Baby?«, ist das Erste, was er sagt.

»Ich hab's wegmachen lassen«, lüge ich.

Große Stille. Ich weiß, dass er jetzt weint.

»O Gott«, höre ich ihn nach einiger Zeit wimmern. »O Gott.« Wenn er hier wäre, würde er mir stattdessen eine reinhauen. Dreckskerl.

»Und ich ziehe um«, lüge ich weiter. Mein Herz macht einen Satz wie ein Felsen, der umkippt. »Ich ziehe aus der Stadt weg, und versuch ja nicht, mich zu finden.«

Jetzt heult er. Ganz tief, wie ein vergnatztes Gespenst. Ich muss mich gleich übergeben.

»Monique! O Gott! Monique! Bitte!« Es nervt, dass er immer dieselbe Scheiße sagt, egal, ob er fickt oder schlägt oder heult.

Er blubbert was von wegen, er ist jetzt seit drei Monaten clean und er ist jetzt ganz anders als früher und bitte bitte bitte.

»Wahrscheinlich habe ich dich mal geliebt«, erkläre ich ihm, weil das stimmt. »Aber ich hoffe, du wirst noch vor Sonntag dreifach in den Arsch gefickt und stirbst.« Dann lege ich auf. Ich bin widerwärtig.

Montag will ich in die Schule gehen, aber ich schaff's nicht. Ich lande bei den Ballplätzen und rauche. Da kommt Ms. Crosky, die Vertrauenslehrerin des zehnten Jahrgangs, aus einer Seitentür und überrascht mich. Eigentlich ist sie tagsüber in der Mittelschule.

»Du siehst einsam aus«, sagt sie.

Ich zucke die Achseln.

»Und du siehst schwanger aus.«

Ich habe nicht gedacht, dass man schon was sehen würde.

»Verpissen Sie sich«, sage ich.

»Willst du abgehen?«

Sie kennt mich noch nicht mal.

»Ich habe Sie freundlich gebeten, sich zu verpissen«, erkläre ich ihr. Ich hoffe, dass sie danach verschwinden wird, aber sie bleibt. Ich rauche eine ganze Zigarette zu Ende, bevor sie wieder was sagt.

»In diesem Bezirk gibt es eine Oberschule mit einer Krippe«, sagt sie. »Vielleicht wäre das was für dich.«

»Vielleicht lass ich's ja wegmachen«, sage ich.

»Vielleicht«, antwortet sie.

»Vielleicht«, sage ich.

Wenn ich wirklich umziehen würde, dann würde ich meinen ganzen Krempel und Mutters Murmeln zusammenpacken und nach Grönland gehen. Der einzige Mensch, dem ich schreiben würde, wäre Molly, und sie dürfte niemandem sagen, wo ich bin. Über Grönland habe ich mal einen Film gesehen. Da gibt's nichts als Weiß und Blau und Kälte und Leute in braunen Felljacken, die auf Hundeschlitten fahren. In Grönland kann man immer sehen, wie die Luft dick aus dem Mund herausquillt, und an den Wimpern wachsen einem kleine Kristalle, und jede Sekunde ist reiner, schwereloser Frieden.

Mutters Murmeln würden da richtig gut hinpassen. Es gibt ganz genau tausend Stück, alle aus Milchglas. Sie gehören an einen Ort, wo es kalt und eisig ist. Sie sehen aus, als wären sie direkt aus einem Gletscher entsprungen. Meine Mutter zählt sie jeden Sonntag. Sie schüttet sie aus einem schwarzen Beutel und sie zählt sie immer und immer wieder.

Sie hat sie auch an dem Morgen gezählt, an dem ich ihr sagte, dass ich nicht mehr zu meinem Vater gehen will. Ich war sieben und er hatte mich gerade nach meiner Sonnabend-Übernachtung abgesetzt. Molly kam aus unserem Zimmer gerannt, weil sie sehen wollte, was er mir gekauft hatte.

Sie hat ihren Vater nie kennen gelernt, und meiner hat mir nicht erlaubt, dass ich ihn mit ihr teile.

»Ich will da nicht mehr hin«, habe ich meiner Mutter erklärt. Ich fühlte mich schmutzig.

»Ich zähle«, antwortete sie.

»Du sollst mich nächste Woche nicht zu ihm schicken«,

sagte ich, lauter. Sie blickte nicht auf von ihren Zehnergruppen.

Molly zog an Mutters Hand. »Monique weint.«

Meine Mutter schlug Mollys Hand weg und ich habe mich auf die ordentlichen Murmelhäufchen gestürzt, mit den Fingern bin ich durch sie durch und habe über sie drüber geharkt und habe sie zu klickerndem Glasgekuller zerstreut. Meine Mutter hat mich an den Haaren gepackt und mich mit der einen Hand auf dem rauen Teppich festgehalten, bis die andere alles aufgeräumt hatte.

Sie hat mich nie gefragt, warum, und als Molly mich am nächsten Sonntagmorgen fragte, wusste ich, dass es zu schmutzig war, um es auszusprechen.

In der gynäkologischen Klinik auf der Fourth Avenue ist mir ein Typ aufgefallen. Er ist Latino, trägt einen weißen Laborkittel und ist für die Blutabnahme zuständig. Er ist mir aufgefallen, weil er mich anguckt und weil seine Augen nicht braun oder grün sind, nicht mal blau. Sie sind weiß. Weiß wie der Frost.

»Was glotzt du?«, frage ich ihn, nachdem mir gesagt wurde, das Baby lebt und ist gesund und ich soll keinen Alkohol trinken. »Was glotzt du?«, frage ich noch mal.

Er lächelt ein breites Lächeln. Er hat jede Menge weißer Zähne.

»Was ist denn so komisch!«, rotze ich.

»Du«, sagt er und ich würde ihn am liebsten umbringen. »Du gibst dir solche Mühe, hässlich auszusehen, aber das schaffst du nicht, weil du so schön bist.«

Ich hätte ihm auf der Stelle eine reingehauen, aber dann meint die mit den rot gefärbten Haaren, die das Telefon bedient: »Oooooh, Hectoh, ich werd allen erzählen, dass du endlich ein Mädchen angesprochen hast.« Sie guckt mich an. »Das nimm liebäh ernst, meine Liebäh, Hectoh macht nämlich keine Faxen.«

Während ich noch überlege, wem von beiden ich zuerst eine knalle, hört er auf zu lächeln.

»Du bist so schön«, sagt er.

Er meint nicht hübsch. Das weiß ich, weil ich nicht hübsch bin und weil seine Stimme so klingt. Er meint, ich bin schön, ich, irgendwo in mir drin. Arschloch.

Ich habe keine Träne vergossen, seit ich sechs war, und jetzt plötzlich sitze ich draußen auf dem Rinnstein und weine so sehr, dass ich fürchte, das Baby geht kaputt, und er sitzt neben mir und fragt: »Gehst du auch mit Dunkelhäutigen?«

Am nächsten Abend, an meinem sechzehnten Geburtstag, will ich bei Molly übernachten. Ihr Zimmer im New-York-Uni-Wohnheim ist so groß wie ein auf die Seite gelegtes Etagenbett, aber Molly hat Regale und Schubladen an den Wänden angebracht und eine Schreibtischplatte, die man flach wegklappen kann. Molly ist ein Scheiß-Genie. Ihre Zensuren, ihre Aufnahmeprüfung und ihr Bewerbungsaufsatz, der davon handelte, wie verrückt unsere Mutter ist, allerdings meistens sonntags, waren so gut, dass sie ein volles Stipendium gekriegt hat.

»Herzlichen Glückwunsch!«, ruft Molly und reißt ihre Tür auf, während ich noch am anderen Ende des Flurs bin.

Sie hat das ganze Zimmer mit gelben und weißen Luftballons und Luftschlangen geschmückt und einen kleinen, runden Kuchen mit weißem und gelbem Zuckerguss hingestellt. Sie lässt mich Päckchen mit lavendelfarbenen Schleifen auspacken, eins nach dem anderen. Ich bekomme einen Gutschein für eine dreißigminütige Massage, ein Videoband über die Entbindung, eine Fleece-Mütze mit drei silbernen Glöckchen oben drauf, eine gebundene Ausgabe von *Ein Baum wächst in Brooklyn* und eine Tüte Schokoladenbretzeln.

»Du alte Schlampe«, sage ich zu ihr und schüttele meinen Kopf, dass die Glöckchen klingeln. »Du weißt genau, dass ich dir zu deinen Geburtstag nicht so 'n Scheiß besorgen kann.«

»Gern geschehen«, sagt sie und versucht mich zu umarmen.

Ich schüttele sie ab, nicht zu doll allerdings, denn es fühlt sich gut an, wenn sie mich berührt.

Das Telefon klingelt. Es ist meine Mutter. Das weiß ich, weil Molly superhöflich klingt. Sie reicht mir den Hörer. Ich gebe ihn ihr zurück. Sie gibt ihn mir wieder.

»Du hättest mir sagen sollen, dass du dort feierst«, beschwert sich meine Mutter. »Ich wäre gekommen.«

»Ach ja«, murmele ich. Sie hat nur Scheiße im Kopf.

»Was brauchen wir?«, fragt sie.

»Klopapier und Rosinenbrötchen«, antworte ich.

Sie hat einen Friseurladen. Der hat von acht Uhr früh bis zehn Uhr abends geöffnet, Montag bis Sonnabend. Ich sehe sie nie, wenn ich's einrichten kann. Ich sorge dafür, dass ich um Viertel vor zehn aus dem Haus oder in meinem Zimmer eingeschlossen bin und Sonntags ganz und gar weg.

»Herzlichen Glückwunsch zum Geburtstag«, sagt sie. »Du kriegst einmal Haareschneiden mit Föhnen umsonst.«

»Vertrocknete, alte Hure«, murmele ich, nachdem ich aufgehängt habe, bloß um von Molly zu hören, dass ich widerwärtig bin.

Hector lädt mich an seinem freien Nachmittag zu einer Pizza ein. Diesmal kein weißer Kittel. Nur diese Zähne und Augen. Er fragt mich nach dem Vater des Babys.

»Der ist cracksüchtig«, sage ich.

»Hast du ihn sehr geliebt?« Seine Stimme ist tief und er hat einen Akzent. Seine Augen haben dieselbe Farbe wie Mutters Murmeln. Ich verstehe nicht, wie ein Latino Augen haben kann, die wie Glas aussehen. Ich verstehe nicht, wie überhaupt jemand solche Augen haben kann.

»Wieso kannst du sehen?«, frage ich ihn. »Du siehst aus, als wärst du blind oder so was.«

Er zuckt die Achseln. »Hast du ihn sehr geliebt?«, fragt er noch mal.

»Nicht sehr.«

Hector erzählt mir, dass er vor zwei Jahren die Oberschule abgeschlossen hat und dass er jetzt halbtags eine Krankenpflege-Ausbildung macht. Sein Vater hat ihn regelmäßig verprügelt, weil Krankenpflege was für Frauen und Schwule ist, aber dann ist sein Vater an einem Herzinfarkt gestorben. Die Jungs aus der Nachbarschaft haben Hector ständig aufs Maul gehauen, bis er sich schließlich Spritzen einsteckte und behauptete, da wäre Aids-Blut dran, und dann war Schluss mit der Scheiße.

»Hast du Aids?«, frage ich ihn.

Er schüttelt den Kopf. »Du?«

Ich schüttele auch den Kopf.

»Ich habe gedacht, dass du vielleicht deswegen dauernd so geladen bist«, sagt er.

Er lädt mich zu sich nach Hause ein. In der Gegend wohnen hauptsächlich Puertoricaner. Sie sprechen schnelles Spanisch, grinsen mich verstohlen an und würzen ihre Sätze mit *puta*, was so viel heißt wie Fotze oder Schlampe oder so was.

Vor der Treppe zu seinem Haus raffe ich es endlich. »Du Arsch«, sage ich zu ihm.

»Was?«

»Du willst bloß irgendeine weiße Muschi, damit du beweisen kannst, was für ein toller Stecher du bist?«

»Was?«, wiederholt er. Ich schubse ihn.

»Du alter Schlappschwanz.« Ich spucke ihm vor die Füße. Die Jungs an der Ecke grölen lauter und lachen.

Ich schubse ihn noch mal und er taumelt nach hinten. Ich warte drauf, dass er mich schlägt und brüllt: »Monique! O Gott! Monique! Bitte!«

Aber Hector rührt sich nicht. »Das musst du nicht tun«, sagt er. Er tut gerade so, als würde er die Typen, die zu uns rüber kreischen und schreien, gar nicht hören. »Du bist schön«, sagt er. »Das musst du nicht tun.«

Als ich nach Hause komme, bin ich total außer Atem und

muss so nötig pinkeln, dass ich fast in die Hose mache, da fällt mir ein, dass ich die Schlüssel in meinem Zimmer auf dem Fensterbrett liegen gelassen habe. Verdammte Scheiße. Kaum, dass ich die Flatbush Avenue erreicht habe, fange ich wieder an zu heulen, obwohl ich dachte, ich hätte mich einigermaßen unter Kontrolle, und dann verfluche ich mich, weil ich wegen so einem Sack wie Hector heule. Ich bin immer noch am Heulen und Fluchen, während ich die Ersatzschlüssel suche, die eigentlich hinter den Mülltonnen, unten auf der dritten Stufe, versteckt sein sollen. Als ich dort aber nichts weiter als alte Hundescheiße in Plastiktüten und dreckige Haufen verklumpter Verpackungsmäuse aus Styropor finde, höre ich auf zu heulen und zu fluchen und stoße stattdessen die Mülltonnen der Nachbarn um und denke mir dabei, es wäre Hector, und ich muss immer noch ganz nötig pinkeln.

Auf dem Weg zum Friseurladen will die Heulerei wieder losgehen, und damit das nicht passiert, muss ich tief Luft holen und alles mit dem Wort *Scheiße* rauslassen, denn meine Mutter soll mich nicht heulen sehen, ums Verrecken nicht.

»Ich brauche die Schlüssel«, sage ich, noch bevor ich ganz durch die Tür bin, bevor mir der Dunst von Erdbeeren und getrockneten Haaren und Chemikalien in die Nase beißt.

»Schon wieder?«, fragt sie, als ich an ihr und der Kasse vorbeifege, einem alten Teil aus Messing und glänzenden schwarzen Registerknöpfen und einem Hebel an der Seite, so einem Teil, was außer ihr niemand mehr bedienen kann.

»Du hast gehört, was ich gesagt habe«, sage ich und knalle die Klotür so heftig zu, wie ich kann, um die bescheuerten

Kunden und die bescheuerten Angestellten meiner Mutter und ganz besonders meine bescheuerte Mutter zu nerven.

Nach dem Pinkeln denke ich darüber nach, wie ich Hector geschubst habe und wie er mich schön genannt hat, und am liebsten würde ich mit der Hand oder der Stirn den Spiegel zerschmettern. Aber stattdessen hänge ich mein Gesicht einfach eine Weile unter den geschwungenen Wasserhahn und trockne mich mit einem der grünen Baumwollumhänge ab, die gestapelt im Regal liegen.

Als ich vom Klo komme, geht ein Typ ungefähr in meinem Alter auf eine Frau zu, die unter einem Trockner sitzt. Der gehört überhaupt nicht hierher, weil erstens, er hat kurz geschorene Haare, zweitens, er ist männlich, plus, er ist unter vierzig.

»Drew«, sagt die Frau, als sie ihn sieht, und macht einen auf überrascht.

»Ich habe mich ausgeschlossen«, erklärt er der Frau.

»Ist das nicht komisch«, sagt meine Mutter laut zu allen und gibt mir ihr Schlüsselbund, so dass ich unseren Wohnungsschlüssel abdrehen kann.

Niemand antwortet, nur ich. »Zum Schreien.«

Die Frau kramt in einer Lederhandtasche. Sie trägt eine Rolex, und zwar eine echte, und ihr Kostüm sieht aus wie das, was die Chefin von meiner Schwester trägt. Affenteuer. Als die ihrem kleinen Drew den Schlüssel gibt, rutscht ihr Ärmel hoch, und man sieht eine Reihe von blauen Flecken, die sich verfärbt haben wie der Himmel an einem beschissenen Tag. Und überall sind Abdrücke von Fingern. Solche, wie sie mir mein Vater verpasst hat, als ich klein war.

Ich starre wie blöd dorthin, und als die Frau den Ärmel runterzerrt und ihr kleiner Drew so rot wird wie ihre Fingernägel, fühle ich mich augenblicklich besser.

»Was ist denn mit Ihnen passiert?«, flüstere ich laut, bloß um widerwärtig zu sein. »Sieht so aus, als wären Sie jemandem tierisch auf die Nerven gegangen.«

Die Worte sind noch nicht zur Hälfte aus meinem Mund, da reißt der Junge den Kopf zu mir rum und sagt: »Arschloch!«

Dann fliegt der misshandelte Arm heraus, um ihm eine zu knallen, und er zuckt blitzschnell zurück, und er hätte es auch geschafft, aber dann hält er still und nimmt den Schlag entgegen, und dann lässt sie ihre Hand fallen und sitzt einfach da, und er steht einfach da, und die Kunden und die Angestellten sind ganz still und leise, und meine Mutter räumt die Shampoos in der Vitrine hin und her und tut so, als könnte sie nichts davon sehen oder hören, nur bei mir kommt die Heulerei wieder hoch, und ich kann mir nicht helfen, ich sage: »Tut mir Leid. Scheiße. Tut mir Leid.«

Hector ruft viermal bei mir an, bevor ich mit ihm rede. Die Nachrichten, die er hinterlässt, sind ruhig und knapp: »Monique. Hier ist Hector. Bitte ruf mich zurück.« Jedes Mal, wenn er anruft, könnte ich heulen, und ich wünsche mir, dass er gleich wieder anruft, und ich zerschlage irgendwas. Einen Teller, eine Ketchup-Flasche, noch einen Teller. Mutters Murmeln kann ich nicht finden.

Beim fünften Mal, am fünften Tag, gehe ich ran. »Was willst du?«

»Ich möchte, dass du ein Teil meines Lebens wirst.«

»Wo hast du denn die Scheiße her? Guckst du Serien im Fernsehen?«

»Du bist echt, Monique. Ich brauche jemanden, der echt ist.«

»Schwuchtel.«

»Das ist doch unreife Kacke«, erklärt er mir.

Ich verdrehe die Augen.

»Für so was bist du viel zu klug«, sagt er. »Solchen Blödsinn kannst du dir schenken.«

»Ach, bist du etwa ein Scheiß-Experte oder wie?«, frage ich ihn.

»Du etwa?«, feuert er zurück.

»Ich hasse dich«, erkläre ich ihm.

Wir verabreden uns für fünf Uhr auf dem Ballplatz. Bevor ich gehe, rufe ich Molly an. »Ich kann das nicht«, sage ich.

»Weinst du?« Sie braucht nicht so erschrocken zu tun.

»Nein«, schluchze ich.

»Geh nicht«, sagt sie. »Was hat der Typ dir denn angetan?«

»Ich glaube, ich muss mich mit ihm treffen.«

»Okay«, sagt sie dann, voll ironisch. »Dann geh.«

»Kommst du mit?«, frage ich.

»Jetzt?«

»Bitte!«

»Monique, ich bin bei der Arbeit.«

»Bring Caitlin mit.«

»Nach Brooklyn?«

»Bitte! Ich will, dass du ihn kennen lernst.«

»Von einmal sehen kann ich doch gar nichts sagen!«, wendet sie ein.

»Kannst du wohl«, bettele ich. »Du kannst so was gut.«

»Um acht habe ich ein Seminar«, sagt sie. »Ich kann nicht lange bleiben.«

Die Ballplätze sind leer wie immer, wenn ich dort hinkomme. Während ich auf Hector und Molly warte, stelle ich mir vor, wie die beiden sich angucken und sich sofort ineinander verlieben. Ich stelle mir vor, wie sie sich auf den Asphalt fallen lassen und gleich dort, vor Caitlins Augen, ficken. Ich stelle mir vor, wie Hector der Schwanz aus der Hose hängt und er nicht mehr weiß, wie ich heiße, und wie Molly sich mit hochgeschobenem Rock bei mir entschuldigt und mich bittet, Caitlin zurück nach Manhattan zu bringen.

Während ich mir das alles vorstelle, kommen mir die Doritos hoch, die ich vorhin gegessen habe. Zuerst denke ich, mir ist vor Wut auf Hector und Molly schlecht, weil die auf dem Teerbelag gefickt haben, aber dann fällt mir ein, dass ich schwanger bin. Meine Knie geben nach und im selben Augenblick ist Hector da und fängt mich von hinten auf.

»Alles klar?«, fragt er mich und hält mich fest in seinen Armen. Als er mich schließlich freigibt, kommt Molly mit Caitlin an der Hand.

»Hallo«, sagt Molly.

Caitlin starrt mich an. »Du hast ein Baby im Bauch?«

»Richtig«, sage ich. Caitlin ist so klein. Ihr ganzes Gesicht passt praktisch in meine Handfläche. Bald werde ich auch so was Kleines haben. Verdammte Scheiße.

»Ich bin Molly«, sagt Molly zu Hector, der verwirrt guckt.

»Das ist meine Schwester«, erkläre ich ihm.

»Ich bin Caitlin«, sagt Caitlin. »Molly ist meine Babysitterin, und wir sind mit zwei Zügen und einem Bus gefahren, und im Bus waren Männer, die haben Ausdrücke zu uns gesagt. Willst du wissen, was sie gesagt haben?«

»Nein«, sagt Molly zu ihr. »Das hab ich dir doch gesagt.«

»Ich wollte, dass ihr zwei euch kennen lernt«, murmele ich zu Hector.

»Hat sie dir gesagt, was passiert ist?«, fragt er Molly nach einer Minute.

»Ich glaube nicht«, sagt sie, verschränkt die Arme und schaut mich an.

»Letzte Woche ist sie auf mich losgegangen. Hat mich fast umgeschmissen.«

»Das geht Molly nichts an«, erkläre ich ihm.

Molly pustet sich die Haare aus der Stirn und schaut mich immer noch an.

»Warum sind deine Augen so?«, fragt Caitlin Hector. »Molly, warum sind seine Augen so?« Er kniet sich hin, damit sie sein Gesicht besser sehen kann, aber sonst kümmert er sich nicht weiter um sie.

»Hast du zurückgehauen?«, fragt ihn Molly.

»Molly!«, sage ich, laut.

»Bei so was spiel ich nicht mit«, sagt er und guckt zu mir hoch, als wäre ich ihm wirklich wichtig. »Wenn sie noch mal ihre Hand gegen mich erhebt, ist Schluss. Das ist mein Ernst.«

Molly ist tief beeindruckt. Caitlin auch. »Sie sehen aus

wie kleine Schneebälle«, flüstert sie. »Wie hast du das gemacht?«

»Warum magst du sie?«, fragt Molly Hector und versucht, ihm Caitlin vom Leib zu halten.

Caitlin stößt Molly weg, legt ihre kleinen Händchen auf Hectors Wangen und geht mit ihrem Gesicht so nah wie möglich an seines heran. Ihre Nasen stoßen zusammen, während sie seine Augen genau betrachtet.

»Darum«, antwortet Hector Molly, als würde das alles erklären.

So viele Dinge geschehen, bevor wir überhaupt mal alleine in einem Zimmer sind. Hector bringt mich dazu, mit Ms. Crosky wegen der anderen Oberschule zu reden. Er meldet uns für einen Geburtsvorbereitungskurs an, der erst in vier Monaten anfängt. An einem Sonntagvormittag besucht er meine Mutter und schaut ihr beim Murmelzählen zu. »Warum tun Sie das?«, fragt er sehr höflich. »Man kann nie wissen«, sagt sie. Ich pisse noch zweimal ins Bett und rede nicht mit ihm darüber und wechsele auch nicht das Laken. Wir leihen uns einen Film über Grönland aus und schauen ihn mit Molly in ihrem Zimmer an, auf einem geliehenen Videorekorder. Wir essen jede Menge Pizza und ich suche immer wieder Streit. Manchmal wird er wütend auf mich und muss weggehen, um sich zu beruhigen, aber dann kommt er zurück, und ich muss ihm zuhören, ohne zu fluchen, ohne ihn zu unterbrechen, ohne die Augen zu verdrehen.

Es ist sehr schwer.

Erst legen wir uns nur angezogen hin, Bauch an Bauch, und umarmen uns. Er schmiegt sich um den Babybauch und streichelt meinen Kopf. Da weine ich schon und dann fange ich an zu fluchen.

»Verdammte Scheiße, wag ja nicht, mich zu ficken, du Sack! Untersteh dich, sonst zerlege ich dich mit einem stumpfen Messer in eine Million Teile und schicke die deiner Mutter.«

»Das musst du nicht tun«, flüstert er. »Du weißt, dass du das nicht tun musst.«

»Ich bin so widerwärtig«, widerspreche ich, aber seine Hände und seine Stimme und seine Augen, Mutters Glasklickeraugen, lassen es nicht länger wahr sein.

»Nein«, sagt er, »du bist schön.«

JAHR VIER

Eric
Mickey

Molly
Monique
Linnette
Hector
Caitlin
Jackson

ERIC

Ich und Ms. Hudson, das war Hass aufn ersten Blick. Die guckt mir immer so an, wie wenn ich ihr alle machen will oder so'n Scheiß. Englischlehrerin isse, ne weiße Schlampe, die nich mal peilt, dass ich bis drei zählen kann. Der ihr Unterricht is scheißlangweilig, aber sie denkt, sie is von Gott geschenkt. Sie sagt zu die Schüler, sie sollen rausgehen, wenn sie stören, und sie sagt zu die Schüler, was glaubste denn, wer du bist, mit dein ungewaschenes Maul. Zuerst gibtse dir ein glattes A, und dann streichtse dir immer wieder ne Zahl weg von deine Zensur, wenn du keine Hausaufgaben machst oder dir nich meldest oder sie nich in' Arsch kriechst. Sie macht ne Zeitung, die sieht aus wie vom Kiosk, und diese Streber schreiben dann voll langweilige Geschichten und Scheiß über die Schule, dafür kriegen die dann ne Zahl zu ihre Zensur zu, und schon haben se wieder ein A. Scheiß Streber, Mann, für ein A lutschen die ihre Oma die Muschi.

Ich hab in mein ganzes Leben nich ein A gekriegt. In der Sonderklasse habense mir zweimal sitzen lassen. Wenn ich Glück hab, lassense mir im nächsten Jahr die neunte machen.

Ich mach den ganzen Scheiß sowieso bloß wegen Mickey.

Mickey is sieben, aber echt schlau, aus dem wird vielleicht mal was, wenn der groß is. Ich war echt schon so weit, wollt alles schmeißen, bloß auf die Franklin Avenue abhängen, Gras rauchen und bei Super Mart Uhren abgreifen, da hat Mickey angefangen, mir mit so *Jeopardy*-Fragen zu nerven. He, hat er gesagt, wie kriegt der Fernseher die Bilder rein? Und wieso flimmert das? Wo kommt Wasser her? Wieso stecht Mama sich mit Nadels? Der hat mir bald erschlagen mit die ganzen Fragen, weil, ich muss ihm jede beantworten und so kaputte Fragen beantworten is echt Stress. Aber der Mickey, Mann, der is ne Nummer. Jeden Abend macht der mir ne Campbell Hühnersuppe mit Klößchen, er baut mir echt geile Tüten, wenn ich's ihm sage, er pisst nie auf meine Seite vom Bett. Und zu die anderen Bälger inner Schule sagt er, er brauch kein Daddy, weil, er hat ja mich.

Ms. Hudson, die kann mir mal am Schwanz lutschen, aber ich muss noch ne Weile aushalten, weil, wenn sie mir einknasten, dann is da bloß noch meine Alte, die auf die Fourth Avenue abhängt oder mit eim Kerl fickt, der sie weiße Weihnachten verspricht, und was wird dann mit Mickey? Der wird in so'm Scheißheim in Queens gesteckt, mit jede Menge Jungs, die Mickey zu Brei schlagen und ihm zwingen, mit ihre Katze zu ficken. Ms. Hudson, die will, dass ich Scheiße bau, so dasse mir rausschmeißen kann, aber nich mit mir. Weil, wenn ich nich in die Schule geh, bin ich auf die Fourth und verticke Shit oder klaue Shit. Schule is sicherer. Mir wichst niemand an, weil, in eim Monat wer' ich fünfzehn, und ich bin groß. Die Lehrer lassen mir meist in Ruhe, weil ich nich mehr Scheiße baue. Außer die alte Schlampe, die will mir loswerden, weil, die denkt, ich kann nich mal bis drei zählen.

Schule is nich mal so übel, besonders seit Mickey sagt, er will Wörter zu meine Bilder schreiben, weil, schreiben tut er gern und er tut das richtig gut machen. Jeden Tag lass ich mir von so'm Streber ein Blatt Papier geben, nehm ein Bleistift, setz mir nach hinten und dann mal ich dem Mickey sein Scheiß. Der findet diesen ganzen kaputten Kinderkram geil. Er steht auf Raumschiffe, er mag Dinosauriers, er mag Knarren und Monster und Ninja Turtels. Er denkt sich voll kaputte Geschichten aus und schreibt die neben meine Bilder und wir machen uns Mickey- und Eric-Comics. Er mag diesen Basketball-Typen, den ich mir ausgedenkt hab, so'n Mix aus Jordan und Rodman, und dann hab ich dem Typen Flügel an die Beine gemalt, also wie so ne Art Superheld oder so'n Scheiß, und Mickey is bald ausgeflippt. Mickey nennt den Typen Jordman und Jordman is jetzt der Held von jede Geschichte. Micky mag so Helden, also hab ich lauter Sachen gemalt, wo Jordman Heldensachen macht, kleine Bälger rettet und arschige Lehrer alle macht. Mickey, der findet die Scheiße voll geil. Er kriegt nie genug davon, seine Wörter auf meine Bilder zu schreiben. Er sammelt sie alle in dem Ordner, den ich bei Super Mart abgegreift hab für ihm. Den versteckt er immer ganz sicher im Bad unterm Waschbecken.

Mickey is schon ne Marke, der hat erst mein Namen gesagt und dann meine Mutter ihren, was meine Mutter gar nich gemerkt hat, weil die ihre Pfeife oder ihre Nadel so tief im Arsch hat, dass die sowieso nix mehr peilt. An Joints hat sie immer gehängt, immer seit ich klein war, aber als Mickey zwei wurde und Mickey sein Vater wegen irgendeiner Scheiße nen Bullen abgeknallt hat, is noch die Pfeife zu gekommen. Mickey und ich mussten Käseflips und Bier und Kaubonbonrollen und Hühnersuppe mit Klößchen klauen, weil sie ihr Geld nicht behalten hat. Ich klau auch Windeln für Mickey, weil, der kann seine Pisse nich immer so gut halten. Er weint schrecklich, wenn er eingemacht hat, aber ich brüll ihm deswegen nich mehr an.

Also sitz ich ganz still in Ms. Hudson ihrem Unterricht, und sie fängt an, von irgend so'm Aufsatz zu reden, und ich merke, dass die Kinder nich inner Nase popeln, sondern lachen und ihr mit alle mögliche Fragen nerven. Sie sagt, wir sollen ein Aufsatz schreiben, über wie wir uns unsere Freundin oder Freund vorstellen. Also sie meint, mit wem wir gern ficken würden, aber sie sagt nicht ficken, sie sagt, mit wem wir gern gehen würden, und alle lachen. Sie sagt, wir sollen schreiben, was wir wollen, aber für »ficken« und »Titten« sollen wir richtige Wörter benutzen, und jeder Wichser, der schmutzige Wörter schreibt, kriegt ne schlechte Note. Sie gibt uns die ganze Stunde Zeit und wir sollen jetzt anfangen. Ich, ich kann nich gut schreiben, ich kann Aufsätze schreiben nich leiden, kann mich gar nich erinnern, wann ich mal zuletzt einen geschrieben hab. Aber heute hab ich irgendwie kein Bock mehr auf Jordman, und ich hab schon immer ma dran gedacht, wie soll ich Mickey helfen, wenn er größer is, wenn ich nich selber irgendwann anfange, die Scheiße zu lern. Also schreib ich. Und ich weiß nich wie, plötzlich hab ich drei Seiten voll und es hat noch nich ma geklingelt. Hier is, was ich geschrieben hab:

Als Erstes muss ein Mädchen nach was aussehen. Sie muss gut aussehen. Das meine ich mit gut: Die Frau ihre Hautfarbe is egal, bloß nich weiß. Aber warm muss die Farbe sein, so warm wie der bunte Teil vom Auge. Die Frau muss so groß sein, dass sie mir bis zu meine Augenbrauen geht. Sie muss dünn sein in die Mitte und der Hintern muss dick sein und die Brüste müssen dick sein. Aber sie müssen klein genug sein, dass meine Hand um jede Brust passt, ganz leicht. Der Hintern muss richtig auf die Beine passen und die Beine müssen groß sein. Haare kann sie haben, wie sie will. Hat sie schöne Haare, okay. Hat sie nich schöne Haare, okay. Sie kann Zöpfe haben, sie kann Verlängerer haben, sie kann Farbe drin haben, egal. Alles okay, bloß nich Schnecken. Sie muss große Augen haben, Augen und Nase und Mund, die müssen alle richtig zusammenpassen, und weiße Zähne muss sie haben. Ich mag, wenn die beiden Vorderzähne nicht ganz eng zusammenstehen. Sie würde supergut aussehen, wenn die zwei Vorderzähne ein bisschen auseinander stehen. Sie muss gut riechen ausn Mund und sie muss sich sauber halten. Das is eine schöne Frau.

Und dann muss sie von innen schön sein. Das meine ich mit innen schön: Sie nimmt keine Drogen. Sie trinkt nicht mal Bier. Aber sie is kein Streber. Sie hat Grips im Kopf. Sie is klug, aber kein Klugscheißer. Sie geht zur Schule, sie kriegt Bs und Cs und manchmal As, aber sie gibt damit nich an. Sie is gerne gut drauf. Sie macht gerne Liebe, aber sie will es nur mit ihren Mann machen. Sie macht nicht mit sonst wem Liebe. Sie will keine Babys haben, bevor sie mit die Schule fertig is. Aber sie kümmert sich selber drum. Sie zwingt dir nicht, ein Gummi zu nehmen. Sie hört dir zu, wenn du was sagst, und es macht ihr nichts, wenn du mal nichts sagst. Sie geht gerne ins Kino, sie geht gerne tanzen, sie hängt gerne ab. Vielleicht hat sie eine kleine Schwester, die sie mag. Sie hat eine Moms und einen Daddy zu Hause und sie mag Hühnerklößchensuppe. Sie mag mich.

Wie ich fertig bin, guck ich hoch und hab Ms. Schlampe voll im Gesicht, von vorne von ihrem Schreibtisch her. Es klingelt. Sie glotzt immer noch. Ich knüll ihren Scheißaufsatz zusammen und schmeiß ihn auf den Boden. Soll sie mir doch den Schwanz lutschen, wenn sie Bock hat.

Meine Moms is zu Hause, ganz dünn is sie. Sie versucht zu schlafen. Sie is im Bett.

»Warum kann Mama nicht stillliegen?«, fragt Mickey mir. Er guckt ihr gerne beim Schlafen zu, wenn sie zu Hause is. Er findet sie komisch.

»Sie hat einen Alptraum«, erklär ich ihm.

»Wo is sie, wenn sie ein Alptraum hat?«, fragt Mickey. »Is sie beim Alptraum oder is sie hier?«

Bei der Hälfte der Fragen, mit die er mir nervt, weiß ich nich mal, was er damit meint.

»Weiß nich«, sag ich. »Bau mir 'ne Tüte.«

»Alles alle«, erklärt er mir. Wenn ich mehr will, muss ich zur Franklin Avenue. Ich muss mir Shit klauen, mit den Jungs abhängen. Ich bin müde.

»Mama hat was«, erklärt mir Mickey. »Sie hat zwei fertige Tüten. In ihrem Mantel.« Er bringt sie mir. Sie sind nicht besonders gut gebaut, aber geht schon.

»Wann krieg ich was?«, fragt mich Mickey.

»Nie nich«, erklär ich ihm.

Wir gucken meine Moms an. Wir hoffen beide, dass sie aufwacht und geht, bevor wir müde wern, weil, es gibt kein andres Bett.

Die Schlampe sagt, ich soll nach die Stunde dableiben.

»Ich hab doch nix gemacht«, sag ich. Ich zieh eine Fresse. Das macht weiße Leute Angst, wenn du dein Gesicht ganz schmal machst. Aber die Schlampe sieht nich aus, wie wenn sie Angst hat. Die Schlampe lacht über mir. Die ganze Stunde hat sie mir ausgelacht. Wegen ihrem blöden Lachen hab ich nich zeichnen können. Ich wollte zeichnen, wie Jordman der Schlampe ihren Kopf auf'm Auto zerschmettert, aber ich hab's nich gebacken gekriegt. Dann hat sie irgendeine Scheiße vorgelesen. Das tut sie an andere Tage auch, aber da hör ich nie zu. Heute liest sie nur eins vor. Ich hör richtig gut zu, denn sie liest mein Aufsatz vor. Ich seh, er is ganz zerknittert. Sie hat ihn aufgehoben und angeguckt. Sie liest laut vor und alle hören zu. Wie sie fertig is, sagt sie, das is ein A, außer, die Grammatik is so falsch. Sie gibt ein C. Sie sagt, es is der beste Aufsatz von alle. Sie sagt meinen Namen nicht. Niemand weiß, dass es meiner is.

»Warum ham Se das gemacht?«, frag ich ihr, nachdem sie gesagt hat, ich soll bleiben.

Sie zeigt mir mein Aufsatz. Am Rand hab ich Bilder von Jordman und so'm Scheiß und von ein hübsches Mädchen gezeichnet. Sie sagt mir, ich kann gut zeichnen. Sie fragt mir, warum ich zeichne.

»Für mein Bruder«, sag ich. Mein Herz schlägt voll schnell. Ich bin nervös. »Er mag Geschichten dazumachen.«

Sie fragt mich nach Mickey. Sie fragt mich, was ich mit mein Leben machen will. Sie redet, wie wenn sie mich nich mehr hassen tut.

»Was soll das?«, frag ich. Ich bin wütend. Voll wütend. Sie will mir reinlegen. »Was hacken Sie auf mir rum?«

»Ich hacke nicht auf dir rum, Eric«, sagt sie, voll leise. »Ich interessiere mich für dich.« Was soll'n der Scheiß? »Ich habe mich immer gefragt, was du da hinten machst«, sagt sie. Sie zeigt nach hinten vom Klassenzimmer. »Ich freue mich, dass ich endlich weiß, was du da hinten tust.«

»Ich bin nich blöd«, erklär ich ihr. Sie denkt, ich bin blöd.

»Natürlich bist du nicht blöd«, sagt sie. »Aber wenn wir nicht bald was tun, dass du in der Schule besser wirst, halten die Leute dich für blöd, und das ist noch schlimmer, als blöd zu sein.«

Ich glaub, ich träume. Bin ich hier und träume oder lieg ich im Bett, mit Mickey neben mir? Die Lehrerin fragt, ob ich nach die Schule bleiben will, um Nachhilfe zu kriegen, damit keiner mehr denkt, ich bin blöd. Die Lehrerin sagt mir, ich kann Mickey mitbringen, wenn das sein muss. Die Lehrerin sagt, ich kann drüber nachdenken und ihr jederzeit Bescheid sagen. Die Lehrerin sagt, sie hofft, ich lerne so ein Mädchen kennen, wie ich es beschrieben habe. Diese Schlampe, die ganze Zeit hat sie mir was vorgemacht. Hat mir denken lassen, sie wartet drauf, dass ich ihr alle mache.

»Ich komme«, sag ich ihr. Sie lächelt mir an. Außer Mickey hat mir lange keiner mehr angelächelt. Sie hat eine Lücke vorne zwischen die Zähne. Verdammt.

Mickey kommt mit zum Super Mart, so dass ich die Scheiße für die Schule abgreifen kann. Der Kurze is auch hier, der klaut Kaugummi. Er mag Big Red. Das kaut er, wenn er high is. Dann schluckt er die Scheiße runter. Der muss innen schon ganz voll davon sein. Wenn sie dem mal den Magen aufschneiden, dann finden sie einen dicken Klumpen Big Red.

»Wo warste?«, fragt mir der Kurze. Ich hab noch nichts abgegreift. Ich muss warten, bis er weg is. Will nich, dass der rumerzählt, ich wär'n Streber, weil ich Hefte klaue, und so'n Scheiß.

»Nirgends«, sag ich.

»Hab heut Früh deine Mama gesehen«, sagt der Kurze zu Mickey.

»Lutsch deiner Schwestern ihrn Tampon«, sagt Mickey. Mickey is giftig.

»Wo warste?«, fragt der Kurze noch mal.

Schulter hochziehen is auch ne Antwort.

»Kannst den kleinen Mick doch mitbringen«, sagt der Kurze. »Wir dröhnen ihn mit richtig gutes Gras zu. Dann kann er die fetten Teile abgreifen. Echt, ihr sollt öfter mit uns abhängen.«

»Schon gut«, lüge ich.

»Was lügst du?«, fragt mir Mickey, wie der Kurze weg is.

Wir sitzen vorne, Mickey und ich, in Ms. Hudson ihr Klassenzimmer. Dreimal in die Woche gehen wir nach die Schule dahin. Da sind noch vier andere Schüler. Keine Streber. Solche wie ich. Erst denk ich, die sind blöd, sind sie aber nicht.

Wir machen Englisch und Mathe. Ms. Hudson hilft uns. Wer Scheiße baut, den schmeißt sie immer noch raus, und sie is immer noch sauer, wenn einer Ausdrücke sagt. Aber sie hilft uns. Mickey hilft uns auch, weil, er liest besser wie wir. Erst sag ich ihn, gib bloß nich an, sonst kriegste eins auf die Nüsse. Aber Mickey, der is kein Angeber. Er hilft uns auf seine Art. Er tut so, wie wenn er nich mehr weiß wie wir.

Alle mögen Mickey. Alle mögen seine Geschichten. Alle mögen Jordman. Mickey sagt mir, wir sollen es andersrum machen. Er erzählt die Geschichte und ich male dann die Bilder. Das is die erste Geschichte von Mickey, die wir so gemacht haben.

Es war einmal eine hübsche Frau, die mit Männer gegangen is und immer Alpträume hatte. Die hübsche Frau hatte ein Jungen. Die hübsche Frau hat ihren Jungen ganz doll lieb gehabt, aber ihre Alpträume bringten sie an ein andern Ort, so dass sie niemals bei ihrem Jungen war. Jordman war ein Mann mit Flügel an die Füße, dass er fliegen konnte und ein Held war. Jordman war voll nett und stark und seine Hände riechen immer gut, wie Gras. Eines Tages is die hübsche Frau auf die Straße schlecht worden, und sie war an dem Alptraumort, und sie weiß nich, wie sie nach Hause kommen konnte. Jordman klappt seine Flügel auf und fliegt durch die Straßen, um sie zu finden. Der find sie und fliegt mit ihr zu eim Raumschiff. Das Raumschiff war voll hoch. Da drin war ein McDonald's und die Frau isst Pommes. Dann hat sie gebadet. Dann isst sie noch mehr Pommes und sie war nich mehr so dünn. Jordman sagt ihr, dass der Junge sie vermisst hat. Jordman fliegt die hübsche Frau wieder runter zur Third Street Nummer 301.

Sie bringt dem Jungen ein Spielzeug von dem Raumschiff-McDonald's. Und sie lebten glücklich, bis sie gesterbt sind.

Ich hab irre gute Bilder für diese Geschichte gezeichnet, und Ms. Hudson hat so'n Plastikscheiß drumrum gemacht, damit es ganz bleibt. Ms. Hudson sagt zu mir: »Ich wünschte, du würdest kein Marihuana mehr rauchen, Eric. Das ist nicht gut für dich.«

»Wie wissen Sie, dass ich rauche?«, frage ich.

»*Wieso* wissen Sie, dass ich rauche«, sagt sie. Dann sagt sie: »Ich bin nicht blöd, Eric.« Verdammt.

Sie fragt, ob ich meine Bilder in ihre Zeitung tun will. Sie sagt, sie sind gut und alle mögen sie. Sie sagt, sie passen gut auf die Kunstseiten. Ich sag ihr, ich bin kein Streber. Sie sagt, sie möchte meinen Namen drunterschreiben, aber ich muss nich. Ich denk drüber nach. Ich lass sie meinen Scheiß in ihre Zeitung tun. Ich lass sie aber nich meinen Namen drunterschreiben.

Sie kommen Mickey und mich holen. Wir sind zu Hause, schlafen, sie kommen einfach rein. Sie sagen, Mickeys Lehrerin hat sie angeruft. Sie sagen, wir kommen zu verschiedene Orte. Mickey in eine Familie. Ich in eine Wohngemeinschaft. Ich will nich. Ich schreie Arschlöcher und Schwuchteln und jede Menge Scheiß. Sie sagen, meine Moms is 'ne Nutte. Ich geh auf ein los, weil, die bringen Mickey zum Weinen. Ich sag zu Mickey, ich werd ihm holen. Ich sag zu Mickey, mach dir kein Kopf über gar nix, denn ich komm dir holen. Die wollen mir sogar festnehmen, aber ich sag, sie sollen Ms. Hudson anrufen. Ich sag, die wird sie alles erklären. Ich seh, dass Mickey sein Heft von unterm Waschbecken mitnimmt.

In die erste Nacht in die Wohngemeinschaft lassen sie mir in Ruhe. In die zweite Nacht versucht so ein Bruder, mir in den Arsch zu ficken. Ich reiß ihm die Nase ab. Schlag ihm drei Zähne aus. In die dritte Nacht sprechen die Jungs mit mir. Sie sind okay. Am vierten Tag muss ich in die Schule gehen. Ms. Hudson hat mir alle mögliche Telefonnummers gegeben, wo sie angeruft hat. Sagt, sie tut alles, um zu helfen. Sagt, sie kümmert sich drum, dass ich Mickey seh. Sie fragt, ob's mir gut geht. Sie macht die Tür zu und ich soll mir setzen.

Ich ruf die Nummers an, die Ms. Hudson mir gibt. Die Leute sagen, sie helfen mir, dass ich mit Mickey zusammenkomme. Plötzlich hab ich echt zu tun. Ich muss mir mit die Leute treffen. Die sind nett. Die denken nich, dass ich blöd bin. Die sagen, klar, ich muss mit Mickey zusammen sein. Das Sozialamt sagt mir nich, wo er is. Die Leute von Ms. Hudson sagen, ich hab ein Recht, dass ich das weiß. Sie sagen, die hätten gegen ganz viele Gesetze verstoßen.

Ich sag zu Ms. Hudson: »Warum können Mickey und ich nicht bei Sie wohnen?« Sie antwortet nich. Ich nehm an, sie hat selber Kinder. Ich nehm an, sie kann nich noch mehr brauchen.

Und sie is weiß. Ich kann nich bei 'ne weiße Schlampe wohnen.

Ich ess, ich schlaf, ich kacke. Ich geh zur Schule. Ich guck Fernsehen. Ich mal. Ich red nich mit Ms. Hudson. Ich geh nach die Schule hin, aber ich red nich mit sie. Sie merkt das nich, vielleicht. Sie redet trotzdem mit mir.

Sie sagen, meine Moms macht eine Therapie. Sie sagen, sie darf eine ganze Weile mit niemand reden. Ich hör, dass der Kurze eingelocht worden is. Ich rauch mein Gras. Ich wart drauf, dass sie Mickey finden. Ich versuch, ob ich ihm in meine Träume find. Einmal hat es geklappt. Er sagt: *Wie bist du hergekommen?*

Ich sag: *Bau mir 'ne Tüte.*

Wie sie ihn gefunden haben, geht Ms. Hudson mit mir nach Queens oder in so'n anderes Scheißviertel. Hab ich mir doch gedenkt. Ms. Hudson sagt, ich soll neue Bilder mitbringen, damit Mickey Geschichten schreiben kann. Ihre Leute sagen, noch eine Woche, und dann komm ich mit Mickey irgendwohin. Aber wir müssen auf andere Schulen.

Ms. Hudson sagt: »Warum kommst du diese Woche nicht jeden Tag? Es ist unsere letzte Woche.« Wir sitzen in die Bahn, wie sie das sagt. Ich tu so, wie wenn ich nich zu ihr gehör, denn ich bin kein Streber.

»Wer wird mir lernen, so dass keiner denkt, ich bin blöd?«, frag ich voll leise.

»Du musst dir alle Lehrer ganz genau angucken«, sagt sie. Sie guckt nach vorne und bewegt ihren Mund kaum, wie wenn sie weiß, ich will nicht, dass uns jemand zusammen sieht. »Du musst dir jemanden ausgucken. Du musst den Anfang machen.«

»Sind doch alles Arschlöcher.«

»Hüte deine Zunge«, sagt sie. Sie is gar nich so übel.

Mickey wohnt in ein richtiges Haus. Zuerst seh ich eine hübsche Frau mit ein Baby im Arm. Eine Katze seh ich nicht. Die Frau sagt hallo, ganz nett. Zeigt zu einem Zimmer hinter dem Zimmer. Alles sauber. Dann seh ich Mickey. Er springt mit noch ein Balg auf einem Bett rum. Er springt doll, aber er lächelt nich. Er springt so, wie wenn er mir eine Tüte baut. Gibt sich große Mühe, nimmt es voll ernst. In meiner Brust hämmert es wie blöd, meine Augen sind voll komisch. Ich glaub, ich bin irgendwie am Heulen. Mickey sieht mir. Er hört auf mit Springen und er wird ganz still. Er guckt mir an und ich ihm. Er saust vom Bett, wie wenn er Flügel anhat. Er fliegt direkt an meine Brust. Ich drück ihm ganz doll, wie wenn ich seine Mutter bin oder so'n Scheiß.

Er riecht so gut.

Molly

»Ich kann die Hausaufgabe nicht machen«, sage ich nach dem Seminar zu meiner Professorin für amerikanische Kultur und Gesellschaft. Sie hat es eilig, schaufelt Papiere und Bücher von ihrem Schreibtisch in ihre schwarze Tasche.

»Äh häh«, sagt sie.

»Ich hab kein Geld.«

»Es sind sieben Dollar«, informiert sie mich, als könnte das die Sache klären.

»Ich habe keine sieben Dollar«, sage ich. Ich schäme mich nicht mehr so sehr wie früher, als ich jünger war.

»Warum wenden Sie sich nicht an den Sozialfonds?«, schlägt sie vor und hängt sich die Tasche um. »Vielleicht übernehmen die die Kosten.«

»Meinen Sie, die ersetzen mir meinen Tageslohn, den ich verliere, wenn ich nicht erscheine?«, frage ich höflich. »Das sind ungefähr 60 Dollar.« Ich will keine Schwierigkeiten machen.

Sie seufzt und guckt mich dann tatsächlich das erste Mal an. Ein Glück habe ich mich heute Morgen gegen meinen Kaschmirpullover und meine Lederjeans entschieden. Die sehen nicht gerade wie abgelegte, geerbte Klamotten aus. Sie blickt auf ihre Uhr. Hinter mir setzen sich die Studenten des nächsten Seminars, und ihr Professor steht still, aber sehr dicht neben uns und wartet darauf, dass wir ihm Platz machen. Meine Professorin marschiert los.

»Wir werden einen Weg finden«, sagt sie über ihre Schulter. »Ich sage Ihnen nächste Woche Bescheid.«

Sie vergisst es, aber das spielt keine Rolle, denn als Monique und ich in meinem Zimmer chinesisch essen, findet Monique eine Lösung.

»Wo ist denn da das Problem?«, fragt sie. »Caitlins Mutter findet es bestimmt toll, wenn du mit Caitlin zur Freiheitsstatue gehst.« Sie hat Recht. Ich weiß auch nicht, wieso mir das nicht eingefallen ist. Dabei denke ich doch sonst immer an alles. In letzter Zeit bin ich allerdings reichlich daneben. Verkrame meine Schlüssel. Lege meinen Lippenstift in den Kühlschrank.

Monique kaut mit offenem Mund, wahrscheinlich, um mich zu provozieren. Schafft sie aber nicht. Zum Teil deswegen, weil Hector mir vor ein paar Wochen erklärt hat, je länger ich an unseren »kleinen Mustern« festhielte, umso schwieriger wäre es für Monique. Eine Art unbeabsichtigte Gehirnwäsche. Ich habe keine Ahnung, wie meine selbstzerstörerische kleine Schwester einen Typen wie Hector finden konnte, jedenfalls ist er bei allem, was sie betrifft, einfach genial. Ich denke, er müsste Psychiater sein statt Krankenpfleger, aber er sagt, er hat keine Lust, sich von allen Leuten anzuhören, wie tragisch ihr Leben ist. Das hört er sich nur von denen an, die er liebt.

Er ist wirklich ein Phänomen. Sogar ohne seine Augen

würde er mich an Teiresias erinnern. Den blinden, weisen Mann. Aber mit den Augen gibt es gar keinen Zweifel. Sie sind so hell, dass sie fast durchsichtig scheinen. Manchmal sind sie sogar milchweiß. Bei seiner dunklen Haut und seinen dunklen Haaren scheinen diese Augen unmöglich, beinahe irre.

Oder heilig, wenn man wie ich, eher in diese Richtung tendiert.

»Willst du mitkommen?«, frage ich Monique.

»Und wo soll ich die sieben Dollar hernehmen?«

»Von Caitlin«, erkläre ich ihr. »Mrs. Anderson gibt mir für solche Ausflüge immer mehr mit, als ich brauche.«

»Kann Hector auch mitkommen?«

»Natürlich«, sage ich.

Sie lächelt. Ich habe mich immer noch nicht dran gewöhnt, sie lächeln zu sehen. Angefangen hatte sie damit, kurz nachdem sie Hector kennen lernte, aber dann als sie das Kind verlor, war für eine ganze Weile Schluss.

»Okay«, sagt sie, »wir kommen mit.« Und dann macht sie tatsächlich den Mund zu.

Für den Job eines Teilzeit-Kindermädchens spricht einiges und einiges spricht dagegen. Dafür spricht, dass ich die meiste Zeit im Luxus lebe. Die Andersons haben zwei Kühlschränke – einen nur für Limonade und Saft –, ein Badezimmer, das größer ist als mein Wohnheimzimmer, einen riesigen Fernseher und eine unglaublich bequeme L-förmige Ledercouch. Außerdem habe ich den ersten Zugriff auf Mrs. Andersons abgelegte Kleider, die sie meist nur zweimal getragen hat und die mir nur ein klein wenig zu groß sind. Ich darf bei den Andersons meine Wäsche umsonst waschen und so oft telefonieren, wie ich will, solange es keine Ferngespräche sind. Was kein Problem ist, denn ich kenne niemanden in der Ferne, den ich anrufen könnte.

Dagegen spricht, dass ich abgesehen vom Kinderhüten jede Menge Putzarbeiten zu verrichten habe und dass von mir erwartet wird, von nun auf jetzt mein eigenes Leben zu vergessen, falls die Andersons mich plötzlich benötigen. Das ist meistens sehr schwierig, weil die Andersons nicht zu verstehen scheinen, dass ich versuche, durchs College zu kommen, und nur an der NYU bleiben kann, wenn ich einen bestimmten Notendurchschnitt halte. Und das hängt natürlich immens davon ab, ob ich an einer Prüfung teilnehme oder nicht oder ob ich am Lernen gehindert werde, weil ich babysitten muss, damit die Andersons in die Oper gehen können.

Im letzten Jahr haben die Andersons mich beinahe rausgeschmissen, weil ich nicht in der Lage war, zwei Stunden länger zu bleiben.

Normalerweise würde ich ja, habe ich Mrs. Anderson gesagt. *Das wissen Sie doch.*

Hastig zog ich Stiefel und Mantel an. Vor fünf Minuten hatte mich Hector angerufen.

Das kann wirklich zum Problem werden, hatte Mrs. Anderson gesagt, als ich die Tür öffnete und gehen wollte, *dass Sie nicht abkömmlich sind, wenn wir Sie alle Jubeljahre einmal brauchen.*

Meine Schwester hat gerade eine Fehlgeburt, erklärte ich ihr. Ganz ruhig. Ich habe nicht geschrien. Das ist Moniques Abteilung. Mrs. Anderson hat trotzdem ausgesehen, als hätte ich sie geschlagen.

Was ist eine Fehlgeburt?, hatte Caitlin gefragt.

Ich habe nie erfahren, wie Mrs. Anderson das erklärt hat, denn ich bin gegangen.

Später hat mir Mrs. Anderson ausrichten lassen, dass sie hoffe, Monique hätte sich erholt, und dass sie sich freue, wenn ich wieder zur Arbeit käme.

Ich dachte, Ihre Schwester wäre jünger als Sie, sagte sie ein paar Wochen später.

Ist sie auch, sagte ich. *Sie ist sechzehn.*

Danach war Mrs. Anderson etwas höflicher zu mir. Das war mir aber nicht so wichtig, denn mit den Eltern habe ich sowieso nicht so viel zu tun. Schlimm wär's, wenn ich ein blödes Gör hüten müsste. Das ist Caitlin nicht. Sie ist schlauer, als es ihr gut tut, und sie ist ziemlich verzogen, aber im Grunde ist sie ein netter, kleiner Mensch. Einmal, bevor Monique schwanger war und bevor sie Hector kennen lernte, hat sie mich mit Caitlin auf Caitlins Lieblingsspielplatz in der Upper East Side aufgesucht. Und obwohl Monique behauptete, Kinder nicht ausstehen zu können, kam sie hin und wieder unter irgendeinem Vorwand vorbei und buddelte dann im Sandkasten oder schubste Caitlin auf der Schaukel an.

Dieses Mal entdeckte Caitlin Monique, noch bevor meine Schwester durchs Tor gekommen war. Caitlin kreischte Monique entgegen, sie solle mit ihr die Rutsche runterrutschen.

Bitte, bitte, bitte!, hatte Caitlin gebettelt. Ich war dagegen, denn ich konnte meine Schwester schon von weitem riechen, und ich glaube nicht, dass Betrunkene mit kleinen Kindern auf die Rutsche sollten. Also habe ich Monique nach Brooklyn zurückgeschickt und Caitlin hat geweint.

Wenn ich noch mal klein sein könnte, erklärte mir Monique am Zaun des Spielplatzes mit schwerer Zunge und mit dem Blick auf die weinende Caitlin, *dann würde ich eine Freundin wie sie haben wollen.*

Im Seminar liest meine Professorin Aufsätze vor, um uns eine Orientierung zu geben, worauf wir bei unserer Exkursion zur Freiheitsstatue achten sollen.

In den Aufsätzen wimmelt es nur so von Familie und Freiheit. Urgroßeltern küssen ihre eigenen Tränen in die Erde und träumen von Straßen, die mit Gold und Glück gepflastert sind. Verfolgte und unterdrückte Großonkel und Großtanten jubeln auf überfüllten Schiffsdecks, während die Sonne über der Fackel der Freiheitsstatue aufgeht. Träume werden wahr.

»Sich die Zeit zu nehmen, darüber nachzudenken, wo wir herkommen und wie wir uns in unsere Gesellschaft einfügen, ist sowohl lehrreich als auch bewegend«, sagt die Professorin. »Diesen Weg an einer öffentlichen Gedenkstätte zu beginnen, die für viele so bedeutend ist, kann zu der lehrreichsten und bewegendsten Erfahrung werden, die Sie je gehabt haben.«

Die Annahme, dass ihre Hausaufgabe unsere Welt erschüttern wird, fasziniert mich. Als wäre unsere Kindheit eine Art Vorbereitung für diese andere, wertvollere Existenz. Als hätten wir die lehrreichsten und wichtigsten Lektionen nicht schon einfach dadurch gelernt, dass wir unser Leben gelebt haben.

Sobald Caitlin Monique und Hector neben dem Fahrkarten-Schalter an der Fähre auf uns warten sieht, lässt sie mich wie eine heiße Kartoffel fallen. »Ich geh bei denen an der Hand!«, ruft sie und rennt auf die beiden zu. »Ich geh bei denen an der Hand.«

Ich beobachte, wie Monique Hector beobachtet, der Caitlin hochhebt und sie herumwirbelt, und während ich denke, wie schön es ist, Monique halbwegs glücklich zu sehen, rumort es in meinem Bauch. Ich versuche, das einfach zu ignorieren, und hole die drei ein.

»Du kannst das dämliche Grinsen abschalten«, sage ich zu Monique. Das war nett gemeint, aber irgendwie klingt es brummig.

»Leck mich«, antwortet sie. »Ich habe nicht gelächelt. Das waren Blähungen.«

»Sehr komisch«, versuche ich es noch einmal, aber jetzt klinge ich ironisch, und in dem Moment meldet sich mein Magen wieder, und ich fange an zu grübeln, ob die Spiegeleier von heute Morgen auch richtig durchgebraten waren.

»Was ist komisch?«, fragt Caitlin.

Hector stellt sie ab und küsst mich auf die Wange.

»Monique hat gefurzt«, erkläre ich.

Caitlin kichert wie verrückt.

»Habe ich nicht«, protestiert Monique. »Molly hat gefurzt. Molly ist ekelhaft.« Worauf Caitlin sich vor Lachen fast auf den Boden schmeißt.

»Ich fühle mich ekelhaft«, murmele ich Monique zu.

»Das ist natürlich was anderes«, sagt Hector. »Was hast du?«

Ich schüttele den Kopf.

»Ich hole die Fahrkarten«, bietet er an und ich gebe ihm das Geld.

»Kann ich bezahlen?«, höre ich Caitlin fragen, als die beiden losziehen.

Monique runzelt die Stirn. »Was ist los mit dir?«, fragt sie.

Sonst bin ich nie so. Ich zucke die Achseln.

»Willst du eine Zigarette?«, meint sie.

»Na gut.«

»Manchmal hilft das.« Sie zieht eine zerdrückte Schachtel aus ihrer Gesäßtasche und hält sie mir entgegen.

»Ich habe gedacht, du willst aufhören?«, sage ich.

»Will ich auch.«

»Ich bin bloß sauer«, sage ich ihr und schiebe die Zigaretten weg. »Ich hasse diese Aufgabe, ich hasse dieses Seminar.«

»Jetzt klingst du wie ich«, sagt sie und in meinen Därmen zwickt es heftig. »Mein Gott!«

Wir schauen zu, wie Hector Caitlin hilft, das Wechselgeld zu zählen. Er hat die Karten zwischen die Lippen geklemmt, so dass er beide Hände frei hat.

»Aber was ganz anderes«, sagt Monique. »Kann sein, dass ich wieder in die normale Schule komme und sogar wieder in meinen Jahrgang.«

»Keine Chance«, erkläre ich ihr.

»Doch.« Sie nickt.

»Das ist klasse«, sage ich, während der Grapefruitsaft und der Toast von heute Früh sich den Platz streitig machen. Das ist mein voller Ernst. »*Du bist klasse.*«

Ich schnappe sie mir und nehme sie einfach in die Arme. Obwohl sie immer so tut, als könnte sie das nicht ausstehen, weiß ich, dass es ihr gefällt.

»Leck mich«, sagt sie und grinst.

Auf der Fähre ist eine Schulklasse mit Kindern in Caitlins Alter, die alle karierte Uniformen tragen. Sie kreischen und rennen und schubsen sich gegenseitig und stecken die Köpfe zusammen, und Caitlin kann gar nicht aufhören, sie anzustarren.

»Hast du keine Lust, aufs Wasser zu gucken?«, frage ich sie und denke, wenn ich nicht noch zwei Stück Erdbeergebäck hinterhergeschoben hätte, würde es mir jetzt gut gehen. Ihh! »Oder die Statue? Guck doch mal, dort drüben ist sie. Ist sie nicht riesig?«

Aber sie lässt die Augen nicht von den Kindern.

»Was ist denn so toll an denen?«, fragt Monique.

»Sie haben Uniformen«, sagt Caitlin. »Sie gehören zusammen.«

»Na und?«, sagt Monique.

»Ich gehöre nirgends dazu.«

»Quatsch«, erklärt Monique. »Du bist schlauer und niedlicher und witziger als all die kleinen uniformierten Monster zusammen.«

»Monique«, murmele ich.

»Was?«, fragt sie. »Ist doch wahr.«

»Hör auf, sonst schwillt ihr noch der Kamm.«

»Mein Kamm kann gar nicht schwellen«, widerspricht Caitlin, »der ist aus Plastik.«

»Vielleicht nimmt Hector dich und deinen Plastikkamm auf die Schultern, wenn du ihn lieb drum bittest«, schlage ich vor. Sie tut das und er auch.

»Ich muss mich übergeben«, sagte ich zu Monique.

»Bist du schwanger?«

»Bitte«, stöhne ich. Sie weiß, dass ich eine echte, lebendige, neunzehnjährige Jungfrau in Person bin. Sie weiß, dass ich für Männer immer viel zu beschäftigt bin.

»Ohh«, stöhne ich. Mein Gesicht ist verschwitzt und kühl zugleich.

»Seekrank?« Wir gucken uns an, und ich sehe, wie sehr sie sich Mühe gibt, nicht zu lachen.

»Das ist nicht komisch«, fauche ich.

»Ich weiß. Tut mir Leid«, erklärt sie. »Dauert nicht mehr lange. Wir sind fast da.«

»Ich hasse diese Aufgabe«, stöhne ich. »Ich hasse das Seminar.«

Sie legt mir ihren Arm um die Schultern, so wie ich das normalerweise bei ihr mache. Bei ihr wirkt das unsicher, linkisch.

»Wir waren noch nie auf einem Schiff«, sagt sie, als wollte sie etwas erklären. Sie spricht mit ihrer neuen Seit-sie-Hector-kennt-Stimme. Es ist schön, wie sie »wir« sagt, wie ihr Arm meinen Nacken wärmt.

Als wir anlegen, ist mir so schlecht, dass ich nur noch an Land taumeln kann.

»Musst du dich übergeben?«, fragt Caitlin immer wieder.

»Nee«, erkläre ich ihr.

»Wer passt auf mich auf, wenn dir ganz doll schlecht wird?«, fragt sie.

»Mir wird nicht ganz doll schlecht«, antworte ich. »Mir geht's gleich wieder besser.«

Aber mir geht's nicht besser. Vor dem Klo am Andenkenladen ist eine lange Schlange, also zerrt mich Monique zu dem Uferweg, der die Freiheitsstatue umgibt, und ich kotze über das Geländer, runter in die kleinen Wellen.

»Ich kann mich gar nicht erinnern, wann du das letzte Mal gespuckt hast«, erklärt Monique, während sie mein Haar zurückhält und mir dann eine Flasche mit Wasser reicht, damit ich mir den Mund ausspülen kann.

»Es gab kein letztes Mal«, sage ich, gurgele und spucke aus. »Du warst die, die sich übergeben hat.«

»Du hast mir immer ein sauberes Handtuch und einen Eiswürfel aus Ingwerlimonade gebracht«, erinnert sie sich.

»Jede Woche«, sage ich.

Jeden Freitagabend habe ich Ingwerlimonade in die Eiswürfelform gegossen, weil ich wusste, das würde sie brauchen, wenn sie bei ihrem Vater war. Ich weiß nicht mehr, wie ich darauf gekommen bin, aber es schien zu helfen. Es hat viele Jahre gedauert, bis ich gemerkt habe, dass es ein Muster gab. Es hat viele Jahre gedauert, bis ich gemerkt habe, dass ihr nicht mehr schlecht wurde, nachdem ihr Vater verschwunden war und sie ihn nicht mehr besuchen musste.

»Es tut mir Leid, dass ich nicht mitgekriegt habe, was da lief«, erkläre ich ihr jetzt. Meine Knie sind wackelig, meine Spucke schmeckt sauer.

»Dir tut es Leid?«, sagt sie, als hätten wir schon oft und ausführlich darüber gesprochen. Haben wir aber nicht. »Dir muss überhaupt nichts Leid tun.«

»Ich hätte mich besser um dich kümmern müssen«, erkläre ich ihr.

Manchmal träume ich, ich stehe über meiner Mutter, die sich Murmeln in den Mund stopft, und ich schreie voller Entsetzen: *Wo ist Monique, Mom? Wo ist Monique!* Und meine Mutter stopft sich immer weiter Hände voll Murmeln in den Mund, zerknirscht sie zwischen den Zähnen, und auf ihren Lippen schäumen Glassplitter.

»Mein Gott«, sagt Monique. »Du hast dich unglaublich um mich gekümmert. Du hast mich gerettet.«

Habe ich aber nicht.

»Molly, ich mein das ernst«, erklärt sie mir. »Wenn du nicht gewesen wärst, wäre ich gestorben.«

»Ich hätte was tun müssen.«

»Ohne Quatsch«, sagt sie. »Ich hätte mich umgebracht.«

Wir beschließen, dass Hector mit Caitlin hinauf in die Krone der Statue steigt und Monique mit mir unten bleibt. Hector fühlt meinen Puls und wirft noch einmal einen Blick auf meine Augen und meine Zunge.

»Wasser trinken«, ordnet er an. »Und wenn's im Andenkenladen Cracker gibt, dann iss welche.«

Monique läuft mit mir auf der kleinen Insel herum. Über

unseren Köpfen jagen sich Seemöwen. Die Freiheitsstatue sieht auf ihrem Steinpodest kleiner und grüner aus, als ich sie mir vorgestellt habe. Die Skyline von New York sieht größer und bunter aus. Ich erbreche mich noch zweimal über das Geländer.

»Rosa«, ruft Monique beim zweiten Mal. »Zuckerwattenrosa. Was hast du heute Morgen gegessen?«

»Hör auf«, sage ich. Sie hört auf und wir gehen weiter. Langsam.

Als wir kleiner waren, haben wir so was oft gemacht. Einfach zusammen sein. Mutters Schweigen während der Woche und Mutters Verrücktheit am Sonntag überstehen. In unserem Zimmer Bücher lesen oder draußen zu Fuß durch den Prospect Park streifen. Ruhig.

Wir schauen einem Jungen zu, der mit einem Fußball jongliert, während seine Schwester mitzählt. Er ist nicht schlecht. Sie ist bei 103, als ich die beiden entdecke. Bei 110 verspringt ihm der Ball.

»Scheiße«, murmelt er.

»Du sollst keine Ausdrücke sagen, Jackson«, erklärt ihm das Mädchen, und da erkenne ich sie.

»Und du solltest nicht so hässlich sein«, gibt er zurück. Monique prustet.

»Ich kenn das Kind«, sage ich.

»Welches?«, fragt Monique.

»Das Mädchen. Sie war mit Caitlin beim Kinderturnen. Vor ein paar Jahren. Sie heißt Linnette.«

»Na, dann sag ihr doch hallo.«

Aber ich habe keine Lust und wir laufen weiter.

»Ich habe mir immer gewünscht, wir wären Zwillinge«, verkündet Monique nach einer Weile. »So dass du mit zu meinem Vater kommen konntest und er denken würde, du wärst ich.« Als ich nicht antworte, zieht sie mich am Arm, damit ich stehen bleibe und sie angucke.

»Verstehst du, was ich dir sagen will?«, fragt sie.

»Absolut«, sage ich. Sie drückt ihr Kinn raus, um hässlich auszusehen, so wie sie es immer gemacht hat, bevor Hector auftauchte. »Du hast gewünscht, wir könnten zum Verwechseln ähnlich sein, damit er manchmal mich genommen hätte statt dich«, erkläre ich ihr, damit sie versteht, dass ich sie verstehe.

»Ein ekelhafter Wunsch«, sagt sie. »Das weiß ich.« Sie zieht ihre Zigaretten heraus. »Also, jetzt kannst du mich hassen, wenn du willst.«

»Sei doch nicht verrückt«, erkläre ich ihr, reiße ihr die Schachtel aus der Hand und werfe sie so weit weg, wie ich kann. »Ihn hasse ich.«

Im Andenkenladen sehen wir einen Jungen aus einer Straßengang Schokoriegel und ein T-Shirt abfassen und sich die Sachen in seine Hosen stopfen, die so weit sind, dass es nicht auffällt. Mit einer Hand krallt er seine Beute, mit der anderen hält er einen kleinen Jungen an der Schulter fest.

»Kann ich dir behilflich sein, junger Mann?«, fragt eine Verkäuferin den kleinen Jungen.

Monique drückt meinen Arm, weil sie Angst hat, die Verkäuferin könnte den großen Jungen beim Stehlen gesehen haben. Sie ist immer auf der Seite derer, die gegen das Gesetz verstoßen.

»Müssen Sie ihn fragen«, meint der Kleine und deutet voller Ernst auf seinen großen Bruder. »Eric is der Mann.«

Wir lassen uns neben der Freiheitsstatue im Gras nieder. Mir ist nicht mehr so übel, aber ich fürchte mich vor der Rückfahrt.

»Und was schreibst du jetzt in deinem Aufsatz?«, fragt Monique.

»Ich weiß nicht. Vielleicht denke ich mir was aus.«

»Ich habe mir mal einen Familienstammbaum ausgedacht«, erzählt sie mir.

Sofort muss ich an ihr Kind denken, das nie gelebt hat. An ihr Nicht-Baby. Wie es als kleines Blatt aussieht, das von einer gepunkteten Linie runterhängt, die die Blätter von Monique und ihrem Exfreund verbindet. Wie sich durch das Blatt ein Strich zieht, der für den Tod steht, und der Name fehlt.

»Was für ein Familienstammbaum?«

»Wir sollten in Geschichte einen machen«, erklärt sie. »Du weißt schon. So eine Ahnentafel.«

Ich erinnere mich daran, wie Hector ihr im Krankenhaus zugeflüstert hat: *Es ist besser so, du warst noch nicht so weit, es ist besser so, sein Geist wird wiederkommen, beim nächsten Mal, wenn es unseres sein wird, dasselbe Kind wird wiederkommen, wenn alle so weit sind, es ist okay, es ist besser so …*

»Also habe ich mir was ausgedacht.«

»Aha.«

Das musste sie auch. Die einzige Verwandte, die wir kennen, ist meine Mutter, und meine Mutter ist, um es freundlich zu formulieren, ein wenig aus dem Gleichgewicht. Solange ich mich erinnern kann, hatte ich die Verantwortung, immer.

Ich habe dafür gesorgt, dass wir nach der Schule die Hausaufgaben erledigten, und ich habe das Essen gemacht. Makkaroni und Käse oder arme Ritter oder Eier oder Haferbrei oder Erdnussbutterbrote mit Banane. Mittags haben wir in der Schule gegessen oder im Ferienprogramm, je nach Jahreszeit.

Meine Mutter gab uns genug Geld, um unsere Mägen anzufüttern, aber nie genug, um sie zu füllen. Sonnabends haben wir in der Seventh Avenue Pizza gekauft. Für jede ein Stück, dazu eine halbe Limo. In den Jahren, in denen Monique am Wochenende bei ihrem Vater war, bin ich Sonnabends alleine gewesen. Ich habe unsere Wohnung geputzt, den ganzen Tag lang, unterbrochen nur durch einen kleinen Mittagsschlaf in Moniques Bett.

Gewaschen habe ich eine Straße weiter im Waschsalon. Monique musste mir helfen. Die Leute kannten uns. Sie haben uns die Vierteldollar gegeben, die sie übrig hatten. Abgesehen von Moniques Erbrechen nach den Besuchen bei ihrem Vater, sind wir nie krank geworden. Niemals. Ich erinnere mich an eine der wenigen Gelegenheiten, als meine Mutter tatsächlich mit uns gesprochen hat. Sie hat uns gesagt, wir dürften nicht krank werden. Niemals. Ich denke, es hat gewirkt.

Sonntags hat meine Mutter Murmeln gezählt. Soweit ich weiß, tut sie das immer noch. Sie bewahrt die Murmeln in einem kleinen, selbst genähten Sack auf, und sonntags schüttet sie sie aus und zählt sie und zählt sie wieder und wieder, den ganzen Tag lang. Das hat sie mein ganzes Leben lang getan. Sonntags geht sie nicht ans Telefon und sie isst nicht. Sonntags durften wir sie auf gar keinen Fall belästigen. Wenn wir es doch taten, hat sie wie irre geschrien oder uns geschlagen. Einmal bin ich draußen auf der Straße gestürzt und habe mir an einer kaputten Flasche den Arm aufgeschnitten. Wir hatten viel zu viel Angst, um damit zu meiner Mutter zu gehen, also hat Monique die klaffende Wunde mit altem Stoff und Klebeband verbunden. Ich habe immer noch eine krumpelige weiße Narbe.

Jahrelang habe ich geglaubt, alle Mütter würden sonntags Murmeln zählen. Ich dachte, wenn ich groß bin und erwachsen, würde ich wissen, warum, und würde auch Murmeln zählen. Als ich im vierten Schuljahr begriff, dass nur *meine* Mutter das tat, habe ich tagelang überlegt, ob ich es Monique erzählen sollte oder nicht. Am Ende habe ich gedacht, sie müsste es wissen. Als ich es ihr sagte, hat sie nicht etwa geweint oder mir was an den Kopf geschmissen oder mich angebrüllt, sondern bloß die Augen verdreht und *tzz* gemacht.

»Hallo! Ist da wer?«, sagt Monique jetzt und bewirft mich mit einer Hand voll Gras.

»Entschuldigung«, antworte ich. »Ich war kurz weggetreten.«

»Mein Gott! Ich wollte dir was erzählen.«

»Richtig. Vom Stammbaum.«

»Schon gut«, sagt Monique.

»Nein. Komm schon. Ich will's hören.«

»Wo zum Teufel warst du gerade?«, beschwert sie sich. »Du hast ausgesehen wie Mom am Sonntag.«

»Leck mich«, fauche ich. »Mir ist schlecht.«

Eine Welle von Übelkeit schwappt mir die Kehle hoch. Ich möchte aufstehen und mich wieder über das Geländer hängen, aber ich bin zu müde. Also beuge ich mich einfach vor.

»Tut mir Leid«, entschuldigt sich Monique. »Alles klar?«

Ich kämpfe gegen die Übelkeit an, bis sie vergeht.

»Ich bin kein bisschen wie sie«, sage ich. »Weder wie sie am Sonntag noch überhaupt.«

»Ich weiß«, stimmt sie zu. »Tut mir Leid.«

»Das war echt Scheiße, dass du das gesagt hast.«

»Tut mir *Leid.*«

Eine Weile schaue ich einer Ameise zu, die eine Insel aus Kieselsteinen überquert, dann muss ich blinzeln und verliere sie aus den Augen.

»Also, der Stammbaum?«, frage ich schließlich. »Wie hast du dir den ausgedacht?«

»Ich habe so getan, als wäre ich Caitlin, und habe mir einen ausgedacht, der zu ihr passen könnte.«

»Und was passt zu ihr?«

»Ihre Eltern sind verheiratet, leben zusammen und sind gesund. Beide arbeiten in Manhattan. Ihr Vater ist Anwalt, ihre Mutter Bankerin.«

»Das stimmt alles.«

»Klar, aber alles andere musste ich mir ausdenken. Ich bin drei Generationen zurückgegangen. Keine Scheidungen, keine Sucht. Allerdings habe ich ihr einen Albino-Großvater verpasst, so als Kick. Beiden Eltern habe ich ein paar Geschwister gegeben, den Großeltern einen ganzen Haufen. Ich habe ein paar eineiige Zwillinge reingestreut, ganz früher, die mit zehn beinahe an Grippe gestorben wären, aber wunderbarerweise genesen sind. Zwei der Vorfahren mütterlicherseits sind waschechte *Mayflower*-Amerikaner. Die Verwandten väterlicherseits kamen alle aus Europa. Alle waren erst arme Bauern und haben sich dann hochgearbeitet.«

»Deine Lehrerin muss gewusst haben, dass du dir das ausgedacht hast.«

»Sie hat mir ein A gegeben.«

Ich lächele.

»Es ist eine großartige Familie.«

Ich fange an zu lachen.

»Caitlin hat ein tolles Leben«, sagt Monique.

Ich lache lauter.

»Das ist nicht so komisch«, sagt Monique und dann kann ich gar nicht mehr aufhören. Es sprudelt aus mir heraus, aus einer verborgenen Tiefe, wie ein Brunnen oder ein Geysir, lindert den bitteren Kotzgeschmack, mildert das Brennen und Stechen.

»So komisch war das nicht«, beklagt sich Monique noch einmal, nachdem mein Lachen zu einem Schluckauf wurde und dann ganz verging.

»Da sind sie!«, hören wir Hector rufen, und ich sehe, wie er uns zuwinkt und gleichzeitig versucht, Caitlin auf uns aufmerksam zu machen.

Caitlins Haare sind nass geschwitzt und ihr weißes T-Shirt

hat einen Schokoladeneisfleck. Sie hat die kleine Linnette erkannt, und die beiden gucken sich schüchtern von der Seite an, wahrscheinlich versuchen sie rauszukriegen, wie sie wieder Freundinnen werden könnten. Zwei Jahre sind eine lange Zeit im Leben eines kleinen Kindes.

Als von den uniformierten Kindern ein Frisbee geflogen kommt, fängt Hector es aus der Luft weg, und sofort bemerken alle seine Augen. Das ist genau das, was Caitlin braucht.

In etwa zwei Sekunden hat sie Hector dazu gebracht, sich hinzuknien, so dass sich die Kinder aus der Nähe von der Echtheit der Augen überzeugen können. Ich sehe, wie Linnette umgerannt wird, bis ihr Bruder sie packt und durch die kleine Menge nach vorne schiebt.

»Lasst sie gucken!«, ruft er. »Lasst sie gucken!«

»Danke, dass du bei mir geblieben bist«, sage ich zu Monique, während ich beobachte, wie sie Hector und Caitlin beobachtet.

»Sie hat alles, was ein Mädchen sich wünscht«, sagt Monique, während Caitlin Hector vor ihrem Publikum herumkommandiert. Er ist so ein gutmütiger Kerl.

»Das hat sie«, stimme ich zu.

»Außer einer Schwester.«

Auf der Rückfahrt mit der Fähre denke ich über meine Hausaufgabe nach. Versuche über Freiheit und Chancen und mit Gold gepflasterte Straßen nachzudenken. Über Immigranten, deren Geschichten für Generationen reichen. Über Stammbäume, die sich verzweigen und verästeln, in der Horizontalen und der Vertikalen zu Kästchen führen, die für ganze Leben stehen. Nur – niemand verrät einem die Details. Niemand spricht darüber, wie diese Leben wirklich ausgesehen haben. Was sie tatsächlich geformt hat. Niemand beschreibt Schwestern, die einem den Kopf halten, während man kotzt, oder einen verfluchen, weil man sie zwingt, Unterwäsche zusammenzulegen. Niemand bemerkt ältere Jungs, die sich Geschenke für Jüngere in weite Hosen stopfen, oder Geschwister, die sich durch Fußballjonglieren oder sicheren Umgang mit einer Menschenmenge hervortun, Geschwister, die einen schützen und beleidigen und veralbern und vergöttern, deren Stimmen denselben Tonfall haben, deren Gesichtsausdruck dieselben Geheimnisse teilt. Die Einzigen, die wissen, was du weißt. Die Einzigen, die je wirklich verstehen können.

Ich denke darüber nach, dass Monique glaubt, ich hätte sie gerettet, obwohl in Wirklichkeit sie mich gerettet hat.

Ich denke darüber nach, was ich für meine Professorin schreiben werde. Dass man von eisernen und steinernen Monumenten viel halten kann, dass die aber, verglichen mit dem Arm meiner Schwester, der zum ersten Mal auf meiner Schulter gelegen hat, gar nichts wiegen.

JAHR FÜNF

Lebkuchen
Keisha
Drew
DeShawn
Mara
Tory
Nick

Ebony
Grace
China
Sonia
Carl
Mattie
Elaine

LEBKUCHEN

Ich hab einen runden Kopf und runde Augen und eine runde Nase und klitzekleine Ohren und eine Haut wie Abendrot, und alle nennen mich Lebkuchen, weil ich so aussehe: wie ein Lebkuchen-Mann, aber das macht mir nichts. Ich bin hyperaktiv und kann mich schlecht konzentrieren und ich muss jeden Tag meine Rita-Linn nehmen, aber das macht mir nichts. Ich habe irgendwo auf dieser Erde eine cracksüchtige Mutter, die vielleicht auch tot ist, aber das macht mir nichts, denn seit mein kleines Lebkuchengesicht auf diese Welt gekommen ist, hab ich eine richtige Mama und einen richtigen Papa. Meine Mama ist weiß, und mein Daddy ist schwarz, und Idioten machen daraus ein Problem, aber das macht mir nichts.

»Du kommst mir vor wie einer, der gerade aus einer Popcornmaschine gehüpft ist«, sagt Keisha in der ersten Woche der zehnten Klasse zu mir, und ich schenke ihrem schönen Wesen mein Lebkuchen-Lächeln, und sie lacht und lacht wie Menschen lachen, und ich bin so froh, auf dieser Welt zu sein.

»Er ist noch Jungfrau«, verrät ihr mein bester Freund DeShawn, aber das macht mir nichts.

»Bin ich auch, du Trottel. Und was hast du für'n Problem«, fertigt Keisha ihn ab, aber ich seh das Flackern hinter ihren Augen, und das macht mir was, weil ich, wie meine Mama sagt, »sensibel« bin. Meine Mama ist das auch. Als ich elf wurde, hat sie mich meine Sachen und meine Bettwäsche selber waschen lassen, erst war ich wütend, aber ein paar Monate später war ich froh, denn die Lust, ein Junge zu sein, hat die Baumwolle eingesaut, wie du's noch nie gesehen hast, und so'n Scheiß ist nichts für die Mama.

»Hast du Lust, nachher 'n bisschen mit abzuhängen?«, frag ich Keisha.

Sie so: »Gleich nach der achten Stunde muss ich meine Kusine abholen. Wie wär's mit später?«

Und ich so: »Cool.«

Mein Daddy kommt zur selben Zeit wie ich nach Hause, wie gewöhnlich. Er handelt mit Aktien an der Börse, dort fangen sie bei Tagesanbruch an und hören zur selben Zeit auf wie die Lehrer, vielleicht sogar noch früher.

»Ich hab ein Mädchen kennen gelernt«, erkläre ich ihm und er wirft mir unseren Basketball an die Brust.

»Willst du mich loswerden?«, fragt er und ich lächele wie verrückt.

Erst hilft er mir bei meinen Hausaufgaben, was schwierig ist, denn ich will immer aufstehen und rumgucken und mit meinem Bleistift klopfen und mit den Füßen trappeln und ein Lied summen, es ist schwierig, aber mein Daddy hilft mir. Fünfzehn Minuten Mathe, fünf Minuten Ballspielen hinterm Haus, fünfzehn Minuten Englisch, fünf Minuten Ballspielen hinterm Haus, fünfzehn Minuten Sozialkunde und ich hab einen baseballschlägergroßen Steifen. Oh, bitte, Daddy, ich hoffe, du siehst das nicht.

Gleich bin ich mit Keisha verabredet, aber erst will ich mir noch einen runterholen, aber dann verpasse ich sie bei McDonald's, oh, Daddy, was tue ich bloß mit diesem Ding, und je mehr ich an Keisha denke, umso mehr schwillt es an.

»Brauchst du Geld?«, fragt mein Daddy, obwohl er das nicht soll, denn ich krieg jeden Sonntagabend mein Taschengeld.

»Das sag ich Mama«, drohe ich ihm, während er beide Handflächen hoch in die Luft hält, wie zum Abklatschen, und schon bin ich weg, stoße mich an meinem Steifen, bete ihn klein, damit ich mit erhobenem Haupt die Straße entlanglaufen kann. Oh, Keisha, hier komme ich, du Süße.

Die übliche Clique ist da, die Leute knabbern an Strohhalmen, lutschen an Pommes, und einer versucht den anderen zu beeindrucken, so wie wir das eben machen, und alle albern rum und kloppen sich zum Spaß, und im Laden summt es, so wie es überall summt, wo wir sind, und da ist Keisha.

»Warum heißt du Lebkuchen?«, fragt mich ihre Freundin Mara und ich lege meine dürren Hände wie einen Rahmen vor mein Gesicht und sage: »Was meinst du wohl, warum?«

Und dann prusten alle los, mädchenmäßig.

»Willst 'n bisschen spazieren gehen?«, frage ich Keisha.

Sie so: »Klar«, und alle meinen: »Oooch«, und ich so: »Oochhh!« gleich hinterher.

Und DeShawn so: »Haste 'n Gummi dabei, Mann?«, und

Keisha so: »Das soll 'n Gespräch werden und kein Guss, De-*Ding*«, und alle lachen.

Als Keisha und ich ein Stück weg sind, sagt sie: »Du bist echt komisch«, worauf ich so lächle, dass sich die ganze Welt in meinem Gesicht versammelt, und kurz darauf wuseln wir um Ritzen und Hundescheiße und Kinderwagen und trampeln auf turnhallenparkettfarbenen Blättern herum, und es ist schön, wie unsere Beine zusammengehen.

Bald sind wir weit weg von McDonald's und wir kommen an einen Spielplatz und da gehen wir rauf und Keisha setzt sich auf eine Reifenschaukel und tappt mit den Füßen auf den Boden. Sie hat richtig große Stiefel an, die sind fast so groß wie die von meinem Daddy, und als ich mit einem Stock dran pike, streckt sie sie nach hinten weg.

»Komm schon«, sage ich. »Zeig her.«

»Sie sind zu groß«, widerspricht sie.

Ich meine: »Stimmt, sie sind groß. Sie sind irre groß und total niedlich«, und sie stößt mir ihre hübschen Knie in den Bauch, und ich platsche auf den Hintern und rolle mich schnaufend wie ein verwundeter Rambo über den Boden.

Ich bleib eine Weile liegen, schaue hinauf in den Himmel, kühl blau ist der wie die Lieblingsschüssel meiner Mutter, zu der sie Fiesta-Geschirr sagt, was Spanisch ist und so viel wie Party-Geschirr heißt.

»Du könntest als Model gehen«, sage ich nach einer Weile und wende dabei meinen Kopf, damit ich sie besser sehen kann. »Du könntest als Stiefel-Model gehen. Als Schuh-Model. Sandalen und Slipper und …«

»Halt die Klappe«, sagt sie, aber sie lacht auch. Also halte ich die Klappe und strahle sie einfach an, schaue mir ihren kurvigen Mund an und ihre Wangen, die so hoch stehen im Gesicht, und ihre Haut, die glatt ist wie ein neues Stück Seife, und ich spüre, wie mein Schwanz sich regt, und setze mich schnell auf.

»Also wirklich«, sage ich ganz ernst. »Was willst du mal werden?«

»Präsidentin.«

»Nein, in echt«, sag ich. »Was willst du werden?«

Und sie sagt ganz leise: »Glücklich.« Und sie lässt sich vom Reifen runter und klettert eine Rutsche hoch, und ich hüpfe auf eine Schaukel, stoße mich ab und schwinge.

»Findest du, dass ich blöd bin?«, fragt sie und ich fliege hoch, bringe das ganze Teil zum Wackeln und Quietschen und Schaukeln und Knirschen und dann springe ich weit hinaus und lande im Stehen.

»Wichtig für dich, was ich denke?«, frage ich sie und sie rutscht runter und einen Augenblick später stehen wir Brust an Brust, bloß ihre Nase reicht nur bis zu meinem Atem.

»Wichtig für dich, dass es für mich wichtig ist?«, fragt sie zurück.

Ich hab so zu tun, meine Hände stillzuhalten, dass ich kaum antworten kann, und ich glaube, ich zerplatze in tausend Stücke und jedes davon lacht und hüpft auf dem ganzen Spielplatz herum und Keisha tritt zurück und ich so: »Magst du mal mit zu mir kommen?«

Und sie so: »Gerne.«

Beim Dinner kann Mama mich nicht ausfragen, weil unsere

Nachbarn sich mal wieder fetzen. Der Mann brüllt seine Frau fürchterlich an und mein Daddy schüttelt den Kopf und meine Mama sagt: »Was für ein Leben«, und wir spitzen die Ohren, ob es klatscht oder kracht, hoffen, dass die Bullen wiederkommen, und sie kommen auch und ich denke an ihren Sohn Drew, der sich endlich abseilen konnte, er geht auf irgendeine Eliteschule. Und mein Daddy streicht mir über den Kopf und meine Mama hält ihm die andere Hand und wir konzentrieren uns auf das Klipper-Klapper unserer Messer und Gabeln und seufzen ein paar Mal und ich denke, auch wenn ich ein komisches rundes Gesicht habe, so habe ich doch eine gute Mama und einen guten Daddy und das möchte ich für nichts auf der Welt eintauschen.

Erst später, beim Tischabräumen, fragt mich Mama nach Keisha und ich möchte sagen: *Sie hat gute Zensuren, aber sie buckelt nicht, und sie ist hübsch, aber nicht eingebildet, und sie hat dieselben Freundinnen seit der sechsten Klasse, aber sie quatscht sie nicht an die Wand, und sie lebt bei ihrer Tante Eva statt bei ihrer Mama und sie lacht wie ein kleines Kind und hinter ihren Augen, da weint sie,* aber heraus kommt nur: »Sie ist voll nett.« Und wir räumen ab und ich spüle und Mama trocknet ab, und wir finden unseren Rhythmus, wie bei einem Tanz oder einem Gespräch oder einem Basketballspiel und meine Mama sagt:

»Bring sie doch mal mit, wenn du magst«, und ich nicke und frage, wie sie meinen Daddy kennen gelernt hat, und sie erzählt, dass sie im College ihre Briefkästen nebeneinander hatten und da haben sie gerappt und gespielt und sich angeschielt und ihre Stimme legt sich über das Geklapper und Gerubbel von Geschirr im Ausguss und im Handtuch und mein Daddy tut so, als würde er so tun, dass er nicht zuhört, sein Gesicht CNN zugewandt, und ich muss an Keisha denken und ich weiß, dass mir einer abgeht, sobald ich die Küche verlasse, und das passiert auch und ich danke dem Herrn, Jesus, Gott, Allah, Buddha, Wemauchimmer dafür, dass es sich so schön anfühlt.

DeShawn geht mir heute nicht von der Pelle, weil er auf Mara steht und weil er will, dass Keisha und ich was für ihn tun, irgendwie, irgendwas.

»Mit Keisha und mir, das ist was Besonderes«, stecke ich ihm, obwohl ich das schon mal gesagt habe. Jeden Augenblick muss es zur Mittagspause läuten, wir sind sprungbereit, berühren kaum noch die Kante unserer Stühle. »Wenn du in Maras Hosen willst, musst du dir selber was ausdenken.«

»Kuchen, Mann, ich will mit Mara auch was Besonderes haben. Du sollst mir doch nur helfen«, und die Klingel klingelt und weg sind wir, sausen durch das Getöse von Schranktürklappern und Turnschuhquietschen, durch den Duftschwall von Haarschmiere und parfümiertem Mädchenschweiß, überlagert von Gerüchen nach neuem Leder, Leinen, Baumwolle. Überall Körper, jede Form, jede Größe, und dank dir DA OBEN für weite Jungshosen und da sind Keisha und die Clique auf der Treppe in der Ecke und sie mampfen Doritos und Kaubonbonrollen und Erdnusscracker mit den roten, rechteckigen Messern in der Packung. Damit schnipsen sie nach Tauben, wenn sie fertig sind.

»Was hast du bei Nummer achtzehn?«, fragt mich Keisha.

Und DeShawn schreit: »Gleichschenkeliges Dreieck.«

Und Mara meint: »Nee, nee. Das war ein Trapez.«

Und ich meine: »Notorische Narren. Falsch und wieder falsch. Oktagon.«

Und Keisha lächelt und sagt: »Genau, hab ich auch«, und wir wissen einfach, dass wir zusammengehören.

DeShawn so: »Wie bist du darauf gekommen?«

Und Mara so: »Sag schon, Lebkuchen. Wie bist du darauf gekommen?« Und was soll man sagen, wenn es schon schwer genug ist, die Antwort zu finden und dabei still sitzen zu bleiben, ohne Daddy, ohne Basketball, ohne sich zwischendrin einen runterzuholen?

Und DeShawn weiß das und er sagt: »Der kann nicht gut erklären, ihr kennt ihn doch«, und er zieht meinen Hals mit seiner Armbeuge an sich ran und poliert mir meinen Lebkuchenschädel und Keisha übernimmt die Sache und ich gucke zu, voll stolz, wie sie ihren schwarzen Rucksack aufmacht und ihre Hefte rausholt und unser ziegelsteindickes Mathebuch, und sie erklärt den anderen, wie es geht, voll klug und sanft und schön, und dabei gucken mich ihre großen Füße an und betteln um einen Kuss.

Mara fragt: »'Kuchen, Mann, was starrst du mich an?«

Und alle gucken auf und Keisha wird bis in die Augen rot und ich sag zu Mara: »Dein krauser Kopf hat's mir angetan.«

Und DeShawn meint: »Leg dich mal nicht mit meiner Frau an.«

Und Mara klatscht ihm eine aufs Ohr und sagt: »Und wer meint, ich bin deine Frau, Mann?«

Und DeShawn bringt sein Engel-Bengel-Lächeln und als Mara lacht, fragt mich Keisha, ob ich nachher vorbeikommen will und die beiden machen »Oooh« und ich grinse wie ein Volltrottel.

Ich benutze das Telefon bei ihr in der Küche, um meinem Daddy Bescheid zu sagen, und er sagt: »Machst du deine Hausaufgaben dort oder wollen wir sie heute Abend zusammen machen?«

Keisha hat ihre Bücher schon auf den Tisch gelegt, neben unsere Limogläser und eine Schale mit Chips.

»Wir machen sie jetzt«, erkläre ich ihm.

Und er fragt: »Wer ist außer euch noch da?«

»Ihr Bruder«, erkläre ich ihm und sie verdreht ihre stillen, traurigen Augen, weil alle immer denken, man würde jede Gelegenheit zum Vögeln nutzen.

»Wo ist er?«, frage ich, als ich mit meinem Daddy fertig bin, wobei ich ihren Bruder meine.

Sie zuckt die Achseln und sieht böse aus hinter ihrem Gesicht und sagt: »Hinten, in seinem Zimmer«, und ich will noch mehr fragen, aber das tue ich nicht und wir wollen uns an die Englischaufgaben machen, aber sie ist genauso zappelig wie ich und am Ende toben wir durch die ganze Küche, springen auf, um mehr Chips zu holen oder ziehen Schubladen auf, als hätten wir irgendwo da drin unsere Mamas verloren, und sie liest mir aus der Hand, ihre Fingerspitzen finden meine und das knallt mir voll in die Hosen, wie passiert das nur, und ich winde mich wie ein Kind beim Zahnarzt.

»Du wirst ein langes Leben haben«, sagt sie mir, voll sanft, und mir geht er hoch unter dem Tisch und ich habe eine Scheißangst, dass sie mich für pervers hält und nicht bloß für verliebt, und sie fährt mit ihrer Fingerspitze durch eine andere Rille in meiner Haut und meint: »Du bist wirklich noch Jungfrau.«

Und ich so: »Wie alt werde ich sein, wenn ich's zum ersten Mal mache?«

Und sie wirft meine Hand von sich, als wär sie plötzlich stachelig, und reißt die Augen weit auf und seufzt und sagt: »Kann ich dir nicht sagen«, und wir machen wieder Englisch, aber nicht lange. Wir spekulieren über Mara und DeShawn und sie sagt mir, Mara mag ihn, und ich warne sie, DeShawn ist zwar okay, aber der behält seinen Schwanz nicht lange in seiner Hose und bei Mädchen, da vergisst er manchmal, was sich gehört und was nicht und er langweilt sich schnell, das sollte Mara besser wissen und Keisha sagt mir, die beiden passen klasse zusammen, denn Mara ist genau so, eine echt gute Freundin, sie ist nicht schlecht, macht's den Jungs aber nicht immer recht.

Da fürchte ich mich, komm mir ganz klein vor, denke, will Keisha weiter nichts als meinen Schwanz und ist sie wirklich noch Jungfrau oder soll ich benutzt werden und ich muss lachen, denn es ist doch so, was soll eine so tolle Frau wie Keisha an so einem Kuchenkrümel wie mir schon finden, und wie lange hab ich mir schon was vorgemacht und Keisha sagt: »Was ist denn jetzt schon wieder so verdammt komisch?«

Und ich: »Du magst mich?«

Und sie: »Du magst mich?«

Und ich: »Ich hab zuerst gefragt.«

Und sie: »Ja.«

Und dann ich: »Ja«, und dann sitzen wir da und machen eine Weile lang Englisch.

DeShawn ist schlimmer als meine Mama, er will jedes kleinste bisschen wissen und er spult sich total auf, weil ich keinen Pieps sage.

»Bist du in ihre Hosen reingekommen?«, fragt er mich, während wir vorm Kino auf die Mädchen warten.

»Ich hab's dir doch gesagt, Shawn«, erkläre ich ihm noch einmal, »ich rede über Keisha nicht so und wir haben weiter nichts gemacht, wir haben nur wie die Blöden auf dem Küchentisch ihrer Tante gefickt«, und er weiß, das ist eine Lüge größer als Gott und er nennt mich einen verrückten blöden Lügner und da tauchen Keisha und Mara in ihrer Sonnabendausgehkleidung auf, die Haare aufgedonnert, die Lippen glänzend, Kirschkaugummiduft atmend, an den Händen kaum getrocknete Fingernagelpracht.

Wir ergattern die letzte Reihe, um eine Alien-Action-Love-Story anzugucken, und es läuft noch der Vorspann, da stößt Keisha mit ihrem Knie an mein Knie und erst denke ich, sie will mich antörnen, und dann sehe ich, was sie sieht, nämlich dass Mara und DeShawn voll zur Sache gehen.

»Wollen wir abhauen?«, frage ich und wir müssen über die beiden rüberkrabbeln und ich muss echt staunen über den alten DeShawn, weil der sein Ding schon raushat und Mara voll gleichmäßig drauf reitet und im Nu sind Keisha und ich draußen auf der Straße.

»Wo sollen wir hin?«, frage ich.

Und Keisha meint: »Wir können zu mir gehen«, und das

machen wir auch und auf dem Weg dorthin nehme ich ihre Hand und sie lässt mich auch und wir müssen beide kichern.

»Hättest du Lust, es im Kino zu machen?«, fragt sie, während unsere Beine zusammen über die Ritzen und die Hundescheiße und vorbei an Kinderwagen und nachtfarbenen Blättern gehen.

»Nee«, sag ich. Und dann meine ich: »Warum haben sie für einen Film Eintritt bezahlt, wenn sie auf ein anderes Programm scharf sind?«, und sie lacht und dann bleibt sie wie angewurzelt stehen, als wir bei ihr zu Hause durch die Tür kommen und auf dem Boden ein kleines Kind sitzt und Fernsehen guckt. Keishas Augen werden wütend hinter ihrem Gesicht, aber sie bleibt Keisha-ruhig und sagt: »Hey, Tory, wo ist Tante Eva?«

Und das kleine Kind sagt ganz freundlich: »Sie ist bei Freunden Karten spielen.«

Und Keisha: »Wo ist Nick?«

Und das kleine Kind: »Hinten in seinem Zimmer.« Keisha steht so still wie eine Lehrerin vor der Kaffeepause, beißt auf ihre schöne, kurvige Lippe und ich sage: »Was ist los, Keisha?«

Und sie guckt und guckt das kleine Kind an und sagt ganz leise, als ob sie mit sich selber spricht: »Nichts, so lange ich hier bin«, und bevor ich fragen kann, was das zu bedeuten hat, sagt sie auf einmal laut: »Das ist meine Kusine Tory.«

»Hallo, Tory«, sage ich.

»Das ist mein Freund Lebkuchen«, erklärt Keisha ihrer Kusine und das Gesicht von dem kleinen Kind bricht auf und ein Ozean von Gelächter platzt heraus, so wie bei allen, die meinen Namen hören und mein Gesicht sehen, und ich freue mich, auf dieser Welt zu sein.

»Alles klar?«, fragt Keisha Tory nach einer Weile und das kleine Mädchen sagt ja.

Keisha schaut durch den Flur auf eine geschlossene Tür und dann schlägt die Tür auf und ein Mann-Junge steht in der Tür und schreit: »Tory!«

Und Keisha schreit: »Nick!«

Und der Mann-Junge knurrt voll mürrisch und fiesäugig: »Scheiße«, und dann geht die Tür zu und Keisha steht stocksteif.

»Ich geh da nicht rein«, erklärt Tory Keisha und ich komm mir blöder vor als blöd, weil ich nicht weiß, was los ist, und Tory sagt: »Ich bin nie mit ihm da drin.« Und Keisha sagt: »Cool.«

»Habt ihr was zu essen?«, frage ich, denn die Luft ist dick und obendrein geladen und ich will, dass Keisha lächelt und das Kind auch wieder lacht und sie finden eine Schachtel mit Lucky Charms, aber es gibt keine Milch, also essen wir sie wie Chips mit den Händen. Ich trommele auf den Tisch und werfe die Teilchen hoch und fang sie mit dem Mund auf und Tory kichert und will mehr davon und Keisha tut so, als wäre sie gelangweilt, und Tory pickt alle lila Marshmallows heraus.

»Warum hüpft der immer so rum«, fragt Tory Keisha.

Und Keisha sagt zu ihr: »Schht!«

Und ich so: »Ich bin mit einem Matschhirn geboren, macht mich voll hyperverrückt.«

Und Tory so: »Echt wahr? Echt wahr?«

Und Keisha so: »Tory, sei still.«

Und dann grabsch ich das letzte lila Teil und schmeiß es in die Luft und Tory schreit: »Das ist unfair!«

Und ich fang es mit der Hand, nicht mit dem Mund, und ich sage: »Verrat mir, warum Keisha Nick nicht mag, und du kannst es haben.«

»Das weiß sie nicht, Lebkuchen.«

Keisha hat mich voll scharf angeblafft und ich krieg Angst, dass ich alles versaut hab, und Tory bettelt: »Gib!«

Und Keisha sagt zu ihr: »*Bitte.*«

Und Tory sagt: »Bitte, Mr. Lebkuchen, bitte.«

Und ich geb es ihr und guck Keisha an und sage: »Frieden.«

Sie antwortet nicht und mein Herz bummert und mein Schwanz kringelt sich wie ein belämmerter Hund, aber dann lächelt sie. Oh, dieses Keisha-Lächeln.

Keisha und ich, Mara und DeShawn, wir wollen unser Geschichtsprojekt zusammen machen, und alles läuft schief. Erst wollten wir über Martin Luther King arbeiten, aber dann hat Keisha gesagt, wenn sie noch irgendwas über Dr. King machen muss, Gott segne seine Taten und Gott segne seine Seele, dann wird sie ein für alle Mal sterben. Und dann wollten wir Harriet Tubman nehmen, und Mara und ich sagen, das ist genauso schlimm und dann hört mein Daddy das, als er sich unserer Vortreppe nähert, und er sagt: »Wie wär's mit dem Zweiten Weltkrieg und den schwarzen Truppen?«

Daddy, in seinem guten Anzug, nimmt meinen Ball und dribbelt damit und er erzählt uns alles darüber und dass es dazu ein Buch und einen Dokumentarfilm gibt und wir sollen auch an die Bibliothek denken.

»Machen wir das«, sagt Mara.

Und DeShawn so: »Fett.«

Und ich so: »Ja.«

Und Keisha gibt mir mit ihrer schönen Hand einen sanften, sexy Klaps und sagt: »Doofkopp.«

Und ich kreische: »Wieso?«

Und Mara und DeShawn nicken wie weise Könige, als Keisha sagt: »Du hast uns nie erzählt, dass du so einen Daddy hast.«

Und Daddy grinst und grinst und steigt über uns rüber und geht ins Haus und ich stell mich voll blöd, weil ich froh bin, dass sie ihn mögen, weil das mein an der Wallstreet arbeitender, Basketball spielender, mir bei den Hausaufgaben helfender, früh nach Hause kommender und für Mama Essen kochender echter Mann Daddy ist und danke dir Herr, Jesus, Gott, Allah, Buddha und Wemauchimmer für alles, was ich habe.

Also sind Keisha und ich in der Bibliothek und gucken nach den Truppen und Keisha muss lächeln, weil sie liest, wie eine jüdische Frau, die in einem dieser gemeinen Todeslager zum Skelett abgehungert und beinahe gestorben ist, wie die gedacht hat, Engel wären schwarzhäutige Männer, denn die haben sie gerettet, waren aus dem Nichts gekommen, haben sie mit ihren schwarzen Armen aufgehoben und haben außer ihr noch hunderte ihrer Brüder und Schwestern aus den Kerkern des Todes gerissen, und sie hatte nicht einmal gewusst, dass es auf dieser Erde Menschen gibt, die so eine Hautfarbe haben.

»Glaubst du, Gott ist weiß?«, flüstert Keisha hinten zwischen den Regalen.

Wir sind ganz alleine hier und ich möchte sie anfassen und drücken und jedes Mal, wenn ich diese großen, lieben Augen und diese großen, lieben Füße sehe, spüre ich das Zittern in meinen Knien, also versuche ich, mich zu konzentrieren.

»Erst musst du mich fragen, ob ich an Gott glaube«, erkläre ich ihr.

Und sie reckt mir ihr ganzes Gesicht entgegen und sagt: »Was? Du glaubst nicht?«

Und ich tippe mit den Fingern auf die Buchrücken, tippe auf jeden Buchstaben in jeder Zeile, tipp-tipp.

»Lebkuchen?«, sagt Keisha.

Und ich sage: »Ich weiß nicht.« Und sie ist still, und ich sage: »Glaubst du an Gott?« Und neben dem Duft von Keishas Puder, Parfüm und Haargel rieche ich die Bücher, altes Papier, Millionen Jahre alten Ruß von Bäumen, staubig, wie flimmernde, gepunktete Zauberluft gefangen im Strahl eines Filmprojektors, und ich möchte Keisha einfach anfassen, also tippen meine Finger noch doller.

»Ich glaube an Gott, bloß weiß ich dann nicht, warum er den Menschen so was antut«, erklärt sie mir und sie hat dieses traurige, ernste Gesicht, das, was mich davon abhält, rumzuzappeln.

»Warum bist du so traurig?«, flüstere ich und komme mir wieder mal blöder als blöd vor. Sie bleibt still, guckt mich nur voll sanft und fest und echt an und ich möchte sie so halten, sie voll umarmen.

»War Gott gemein zu dir?«, fliegt es aus meinem Mund heraus, von ich weiß nicht woher, und ich denke, ich sollte lieber meine Mama oder meinen Daddy fragen, weil sie wissen, was ich weiß, aber nicht zu fassen kriege und sie schüttelt den Kopf.

»Du bist echt lieb, Lebkuchen«, erklärt sie mir. Dann verschwindet das Traurige aus ihrem Gesicht wie in der Fernsehreklame der Fleck aus dem Hemd und sie zwinkert mit den Augen, voll sexy, und ehe ich mich versehe, küsst sie mich mit ihrem kurvigen Mund und alles ist so still, wie ich still noch nicht kannte, und dann ist da die schöne Keisha-Zunge, die Lippen gleiten auseinander, saubere Buch-Staub-Luft, herb-süßer Atem, Wange, Kinn, steifer Schwanz, o Herr.

»Bist du wirklich noch Jungfrau?«, fragt sie mich, sie steht so nah, dass sie meine Brust fragt, nicht meinen Atem und sie drückt sich so sexy gegen mein Ding, dass ich fürchte, mir läuft alles in die Hose.

»Äh häh«, sage ich und wir sind auf dem Teppichstreifen unten am Boden, unter den Augen von all den Millionen schönen Büchern, und oh, Herr, ich bin auf ihr, sie drückt nach oben, ich drücke nach unten, nasser Mund und warme Haut unter dünnem Mädchenhemd, meine Hand streichelt, kommt überall lang, schwitzige Finger schieben sich in meine Hose, krabbeln zu meinem steifen, steifen Schwanz, halten, quetschen, drücken, fühlen, die Finger halten inne und ich möchte weinen, aber sie zieht meine Hand in ihre Jeans,

Reißverschluss auf, Schlüpfer, Gummiband, Hitze, glitschige, schwitzige Finger schieben meine hinein, sie rutschen, gleiten, Hüften schwingen, ein Finger, zwei Finger, schaukeln, stöhnen, ziehen, schieben, oh, Herr, oh, Herr, schöne Keishas nasse, heiße Muschi fickt meine Finger, bitte, bitte, bitte, lass meinen Schwanz und dann packt mich jemand von hinten und zieht mich hoch und Keisha schreit und ist blitzschnell auf den Füßen und wir rennen, die Hosen offen, die Hemden raus, durch die Buchreihen, durch den modrig muffigen Baumrußgeruch, winden uns, schlängeln uns, schnaufen heftig vom Sex und vor Angst.

Ich wische mir die Hand an meinen Jeans ab, bevor ich Keisha an mich ranziehe, und wir laufen leise, Schritt für Schritt für Schritt, nicht reden, nur atmen, nicht gucken, nur gehen, den ganzen Weg bis zu unserer Vortreppe. Mein Schwanz ist unten, aber in meiner Brust hüpft ein Hampelmann herum und Keisha hält meine Hand ganz fest und hält den Mund still.

Wir setzen uns auf die zweite Stufe von unten und ich mache auf ihrem Rücken tap-tap-tap.

»Glaubst du jetzt, ich bin eine Hure?« Sie will richtig sauer klingen, aber ich höre, wie es unter ihren Worten fröhlich sprudelt, und ich möchte sie ganz doll umarmen, ohne steifen Schwanz, nur lieb umarmen, und ich lege meine Hand flach auf ihren Rücken.

»Niemals, Keisha. Ich glaube, du bist wunderschön.«

»Ich bin wirklich noch Jungfrau«, erklärt sie mir. »Noch nicht mal so was hab ich gemacht.«

»Ich auch nicht«, erkläre ich ihr.

»Es war schön.«

»Es war echt schön.«

»Ich bin noch nicht fertig.« Bum, bum, bum macht der Hampelmann, Schwanz steht steif wie ein Soldat.

»Ich auch nicht.«

»Aber ich will auf keinen Fall schwanger werden.«

»Ich auch nicht.«

»Ich will nicht, dass es wehtut.«

»Ich auch nicht.«

»Ich bin noch nicht so weit.« Schwanz zieht sich zurück. »Aber ich will, dass du es bist.«

Oh, Herr, Jesus, Gott, Allah, Buddha, Werauchimmer, dank dir, dank dir, dank dir.

Keisha und Tory kommen oft zu uns zum Essen und ihre Tante Eva erlaubt ihnen das, damit sie bei ihren Freunden essen und Karten spielen kann, und meine Mama und mein Daddy und die zwei kommen richtig gut miteinander aus.

»Glauben Sie an Gott?«, fragt Keisha Mama heute Abend beim Nachtisch.

»Keisha, so was darfst du nicht fragen«, zischt ihr Tory zu.

»Schon gut«, sagt meine Mama. »Fragen nach Gott sind bei mir gut aufgehoben.«

»Du wirst in der Hölle braten«, flüstert Tory.

Und Keisha funkelt sie an: »*Du* wirst in der Hölle braten. Jetzt sei still.«

Und Tory: »Sei selber still.«

Und ich warte auf die Antwort von meiner Mama und sie

sagt: »Ich will erst mal verstehen, warum Gott für Menschen so wichtig ist, bevor ich mir darüber Gedanken mache, ob Gott existiert.«

Und Tory denkt eine Weile darüber nach und dann sagt sie: »Lebkuchen glaubt nicht an Gott.«

»Das hab ich nie gesagt«, erkläre ich den anderen.

»Du wirst wirklich in der Hölle braten.« Tory nickt.

Und mein Daddy sagt: »Du glaubst nicht an Gott, Kuchen?«

»Gott ist keine Person«, sage ich. »Gott ist nicht irgendein weißer Mann, der uns von oben beobachtet.«

»Das ist wohl wahr«, murmelt meine Mama.

»Er hat lauter solche verrückten Ideen«, plaudert Keisha aus, aber so, als wäre sie stolz, und jetzt gucken alle zu mir her, wollen sehen, was ich zu sagen habe, und ich klopfe mit meinem Löffel an mein Glas und das Klingeling klirrt durch das ganze Zimmer.

»Gott ist alles in uns und um uns und vor uns und nach uns, wie Blut und Luft und Gerüche und Zeit und Dampf vom Asphalt, wenn's an einem heißen Tag regnet, und wie kleine Kinder, die alberne Witze erzählen, und wie Feuerschutzübungen und wie das Geräusch, wenn der Basketball durch den Korb rauscht, wie Autoalarm und wie Haareschneiden und den Schlüssel im Haus vergessen haben«, platze ich heraus, aus meinem Mund klingelt und klirrt und rattert und rappelt es unaufhörlich, aus dem Nichts, und ich komme mir blöder vor als blöde, und Keisha sagt: »Sehen Sie?«

Und mein Daddy macht echt das verrückteste Ding, er

schnappt sich einfach meinen Lebkuchenkopf und küsst ihn ab. Als meine Mama anfängt zu kichern, flüstert Tory laut: »Die Leute sind verrückt«, und Keisha lässt ihre Augen ganz groß werden und ist kurz davor, Tory die Hölle heiß zu machen, aber da platzt meine Mama vor Vergnügen, gibt einen Bauch-Pruster von sich und dann legt mein Daddy los, ha-ha-haa, lacht sich fast vom Stuhl und Keisha und Tory starren meine weiß-schwarz-lebkuchenbraune Familie an, als wären wir rätselhafter als Gott oder Werauchimmer.

Meine Mama und mein Daddy denken sich was aus, damit Tory noch im Haus bleibt, so dass Keisha und ich uns draußen auf der Treppe küssen und spüren können. Ich hab keine Angst mehr, wenn mein Schwanz jedes Mal steif wird, weil Keisha mich nicht für pervers hält, sie schiebt sich einfach hoch zum Rubbeln und manchmal sind wir ganz sanft und dann ist es nicht verrückt, sondern ein freundliches Umarmen und Berühren, als ob wir wieder kleine Babys sind, und Gott – DeShawn, vergib mir –, aber Keisha ist mein bester Freund.

Manchmal winkt unser brüllender Mr. Fies von nebenan und sagt hallo, Keisha winkt zurück, aber ich tu so, als hätte ich was im Auge, nur wenn seine Frau rüberruft, bin ich höflicher und Keisha versteht das nicht, weil sie nie die Schläge gehört hat, und ich erzähle ihr nichts davon, weil in ihren Augen sowieso schon so viel Traurigkeit ist.

Manchmal entwischt Tory meiner Mama und meinem Daddy und schiebt sich raus zu uns und nölt und nervt und stichelt.

»Warum magst du ihr so sehr?«, fragt mich Tory hier draußen nach Abendessen Nummer neun.

Und Keisha verbessert: »Warum magst du *sie* so sehr?«

Und sie tut so, als müsste sie sich auf der Stufe noch die Schuhe zubinden, und ich sage: »Weil sie cool ist und schlau und schön und niemandem was wegnimmt und sie ist irre, knall fall, blöde sexy toll«, und Tory hüpft kichernd die Stufen runter.

Und Keisha umarmt mich und macht mein Ohr nass, während sie flüstert: »Lass es uns bald machen.« Und mein lieber, verrückter Schwanz macht zoom bäng, bum, boing.

Keisha und ich finden einen Laden, bei dem die Gummis im Regal liegen und nicht hinter dem Ladentisch, und wir würfeln darum, wer sie kaufen muss, und es trifft sie und sie wird ganz rot und kicherig und sie windet und dreht sich und dann entscheiden wir, wir gehen zusammen. Also legt Keisha noch eine Zahnbürste und ein Taschenbuch und Hustensaft und eine Badematte dazu, allen möglichen Scheiß, den wir überhaupt nicht brauchen, um die Gummis zu verstecken, und die Frau an der Kasse ist so eine Art Zombie und wir rennen aus dem Laden, kein Stress, kein Problem, wackelige Knie, der Schwanz schon steif, kicherig, albern, ängstlich, Liebe.

Meine Mama und mein Daddy sind Essen gegangen und wollen dann ins Kino und dann auf eine Party und jetzt sind nur Keisha und ich in meinem Lebkuchenzimmer, mit dem Chaos auf dem Schreibtisch und dem frisch gemachten Bett mit von Kuchen gewaschenem Laken. Ich verriegele die Tür und Keisha legt die Gummis hin und wir sind ganz schüchtern und würden uns am liebsten verstecken, aber mein Zimmer ist so klein und schließlich liegen wir umarmt auf dem Boden.

Ich: »Willst du?«

Und sie: »Ja. Und du?«

Und ich: »Fühl mal« und lege ihre Hand auf meine Jeans über dem steifen Schwanz.

Sie lacht und sagt: »Tja, verdammt. Das ist doch nichts Neues«, und ich gucke in ihre tiefen Augen und auf ihre großen, lieben Füße und dann sind wir am Küssen, feuchte Zungen, weiche Lippen zuppeln und ziehen und wir legen uns hin und sie zerrt mir das Hemd runter und ich knöpfe ihren kurzen, hübschen Minirock auf und schon liegt Haut an Haut, warm, sexy, Mund und Hände fahren herum, streicheln über Titten und Po und Bauch, verloren, matschiges Hirn, Hitze, Rundungen, saugen, schaukeln, schlüpfen, angeschwollene, nasse, glänzende Muschi, schieben, puckern, atmen, stöhnen, angestrengter steifer Schwanz, Gummi riecht wie salziger Luftballon, klebt, über schmerzend steifes Ding rollen, schüchterne, verstohlene Finger, o Lord, seine Spitze küsst ihre schmelzende Spalte, er gleitet rein, tief, verschluckt, aufgesaugt, schaukeln, schmerzen, rammeln, pumpen, ficken, oh, Herr, Jesus, Gott, Allah, Buddha, Keisha, dank dir.

EBONY

Eb,

bin aus Venedig zurück und wieder in Rom. Ich mache meist Laufsteg-Sachen, aber ich bin auch ein paar Mal auf den Innenseiten der Vogue Italia *gewesen. Man sieht nur meine Lippen. Marty kennt die drei Typen auf dieser Postkarte, aber ich noch nicht. Marty sagt, ihre Gesichter sind nicht halb so geil wie ihre Ärsche. Kann man sich denken.*

Peace,

Grace.

Früher hätte ich China in etwa einer halben Minute gefunden, um ihr meine Post zu zeigen, aber es ist nicht früher, und es ist mehr als wahrscheinlich, dass China von Grace sowieso ganze Seiten geschickt bekommt, also pinne ich die rötlichen Ärsche an die Zimmertür meiner kleinen Schwestern. Dann suche ich mir noch eine Nadel und schiebe sie unter meinen Fingernagel, bis Blut kommt und in einer Linie auf das dunkelbraune Hautgeflecht meines Daumens tropft.

Lass das, du Schlampe, höre ich in Gedanken China sagen, und ich lasse mir Wasser über die Finger laufen, bis die Soße weggewaschen ist.

Ich muss mich hinter einem weißen Jungen aufstellen, dem ich im letzten Herbst einen geblasen habe. Carl. Ich kann mich nicht mehr an seinen Schwanz erinnern, weil man die Schwänze nach einer Weile nicht mehr auseinander halten kann, aber ich erinnere mich daran, dass er der Einzige war, der mir mittendrin gesagt hat, er liebt mich, und ich musste so lachen, dass ich ihn gebissen habe, und er ist nicht mal gekommen. Er weiß, dass ich direkt hinter ihm bin, denn wir waren schon mehrmals im gleichen Kurs, und mein Nachname kommt immer hinter seinem, und außerdem ist sein Nacken in dem Moment rot angelaufen, als ich mich hinter ihn gestellt habe.

Ich gucke zu China rüber, die auf der anderen Seite der Turnhalle mit dieser Sonia hinter ihr quatscht. Sonia ist so ein Mädchen von der Sorte braune Haut, langer Rock, lange Ärmel. Man kriegt nie die ganze verdammte Person zu sehen. China kennt sie. Die beiden haben diesmal denselben Stundenplan bekommen, weil sie beide richtig schlau sind, aber China sagt, das Mädchen wird nicht aufs College gehen, weil in ihrer Familie Mädchen das nicht dürfen. Stattdessen wird sie im Laden ihrer Eltern in der Fourth Street arbeiten, bis die sie mit irgendeinem braunhäutigen Kittelträger verheiraten.

China sagt, dem Mädchen macht das nichts aus, aber China macht es eine Menge aus. Sie findet das schlimmer als Mord, wenn jemand Grips hat und nicht aufs College darf. Sie findet es auch schlimmer als Mord, wenn man an sich rumschnippelt und jedem einen bläst, der drum bittet. Deshalb sind China und ich nicht mehr so eng befreundet.

Das Ding ist, in letzter Zeit mach ich die Scheiße kaum noch. Erstens törnt mich das nicht mehr so an wie früher. Weder die Schwänze noch das Blut, und außerdem wird's langweilig.

Vor ein paar Monaten hab ich was Besseres gefunden, als ich mit einem Typen, dem der Tanzclub auf der Flatbush gehört, in seinem Büro rumgemacht habe. Er ist stinkig geworden, weil ich nicht gemacht habe, was er wollte, und ich bin stinkig geworden, weil ich normalerweise beim Fummeln wenigstens nass werde, und an dem Tag ist mir nicht mal richtig warm geworden. Beim Gehen hab ich an der Wand eine Telefonnummer gesehen. 1900 DER CHAT (FÜR FRAUEN UMSONST). Kaum zu Hause, hab ich die Nummer angerufen, und jetzt ist Telefonieren so ungefähr das Einzige, was ich tue.

»Hallo, kleines Mädchen«, sagt Mike. »Was' los?«

»Hey«, sage ich.

»Magst du am Freitag mit mir clubben gehen oder hast du dir schon wieder das Bein gebrochen?«

»Mein Bein ist gebrochen«, erkläre ich ihm. »Wo gehst du hin?«

»Ins Trips«, sagt er. »Aber nicht allzu lange. Ich muss mein Baby von ihrer Mutter abholen, fürs Wochenende.«

»Hör auf, sie Baby zu nennen«, sage ich zu ihm. »Sie ist fast fünf.«

»Für mich wird sie immer mein Baby sein«, erklärt er mir.

»Rede mit mir, du süßes Ding«, sagt Punch.

»Wie läuft's auf der Arbeit?«, frage ich.

»Hab eine alte Dame, die genauso aussah wie meine Großmutter, mit dreizehn Männerunterhosen Größe 48 in der Tasche erwischt.«

»Das hast du dir ausgedacht.«

»Schön wär's.«

»Geht dir Smitty immer noch auf die Nerven?«

»Smitty geht allen auf die Nerven.«

»Gehst du Sonnabend weg?«

»Gehst du mit mir weg?«

»Du weißt doch, dass das nicht geht. Ich muss auf meinen kleinen Bruder aufpassen.« Ich hab gar keinen kleinen Bruder.

»Wann können wir uns mal treffen, du süßes Ding? Ich möchte wissen, wie du aussiehst.«

»Ich bin hübsch«, erkläre ich ihm. »Mehr brauchst du nicht zu wissen.«

»Was essen junge Damen in deinem Alter gerne?«, fragt mich Wesley.

»Lebensmittel«, erkläre ich ihm. »Warum? Ich geh nicht mit dir weg.«

»Ist mir klar«, sagt Wesley. »Meine Tochter kommt in die Stadt, und ich würde gerne von dir wissen, wohin ich mit ihr essen gehen soll.«

»Wo kommt sie noch mal her?«

»North Carolina«, erklärt er mir.

»Kannst du kochen?«, frage ich.

»Kaum.«

»Schade«, sage ich. »Sie würde es schön finden, wenn du für sie kochst.«

Mike und Punch und Wesley rufen mich jeden Tag an. Jones ruft nicht so oft an, aber er ist sowieso in meinem Alter, deshalb lege ich bei ihm oft auf. Inzwischen haben alle meine richtige Nummer.

Ich mag ältere Männer. Sie können total eklig sein, wenn man nicht aufpasst, aber wenn du nichts Schweinisches sagst, kriegst du schnell raus, wer einfach nur Freunde sucht. Sie erzählen alles. Ich erfahre von Geldproblemen und Schwiegermüttern und Vorgesetzten und Träumen – ich meine die echten, die man im Schlaf hat, nicht die anderen. Ich erfahre von Freundinnen und Ehefrauen und Rückenschmerzen, und wie sie eine CD bekamen, weil sie der hundertste Anrufer waren, und wie sie als Kinder einen Rechtschreibwettbewerb gewonnen haben und welchen Weg sie nach Hause nehmen, wenn die U-Bahnen ausfallen. Ich helfe ihnen, sich nach einem Streit zu versöhnen und Geschenke und Filme auszusuchen und sich zu entscheiden, ob sie diesen oder jenen Freund behalten sollen. Meine Spezialität ist Beratung in Fragen, die ihre Kinder betreffen.

»Du solltest Amber erklären, wo die Babys wirklich herkommen«, sage ich zum Beispiel. »Du willst doch nicht, dass sie blöde bleibt.«

Oder ich sage: »Hör mal, wenn du aufhörst, ihm Scheiße über seine Mutter zu erzählen, hört er vielleicht auf, Scheiße über dich zu erzählen.«

Manchmal flirten sie auch mit mir, aber sie bleiben dabei

sauber, und meistens verhalten sie sich ausgesprochen anständig.

»Was soll ich bloß machen, wenn du nach Harvard gehst?«, klagt Wesley die ganze Zeit.

Und Punch sagt immer: »Du bist was Besonderes, du süßes Ding. Deine Mama und dein Daddy gehen bestimmt rückwärts vor Stolz.«

Mike sagt manchmal: »Weißt du was, kleines Mädchen. Ich hab dich richtig lieb.«

»Wann erzählst du Mom die Wahrheit?«, fragt mich Mattie auf dem Weg zur Schule. Sie meint die Wahrheit über mich und das College. Meine Mutter ist immer davon ausgegangen, dass ich mit China aufs Howard-College gehe, aber ich habe mich noch nicht mal beworben. Ich habe ihr gesagt, ich möchte in New York bleiben. Ich habe ihr gesagt, ich bin von der NYU angenommen worden, und das stimmt auch, aber nur unter Vorbehalt. Das bedeutet, ich muss in diesem Semester in allen Fächern ein B bekommen, aber ich habe Mühe, überhaupt durchzukommen, und das ist echt wahr, bei der Farbe von meinem Arsch. Wenn einer meiner Lehrer bei uns zu Hause anruft, habe ich gedacht, stecke ich voll in der Scheiße, aber es hat keiner angerufen. Ich denke, wenn man im letzten Oberschuljahr ist, dann interessiert sich keiner mehr groß für einen.

»Das macht sie bestimmt total fertig, wenn sie's erfährt«, sagt Elaine.

»Warum sagt ihr's ihr denn nicht?«, sage ich.

»Ist das dein Ernst?«, fragt Elaine.

»Besser, sie macht euch fertig als mich«, sage ich.

Sie sind zwölf und sie haben glatte As. Früher waren sie total niedlich und jetzt werden sie richtig hübsch. Meine Mom sagt, sie sehen aus wie unser Daddy. Er ruft die beiden nie an, aber das macht ihnen nichts. Sie erinnern sich nicht an ihn, weil er uns ein paar Monate vor ihrer Geburt verlassen hat. Seine Hände haben wie Minisalamis gerochen und seine Schultern fühlten sich unter meinem Hintern wie aus Stein an. Wenn er lächelte, blitzte es silbrig auf, und er hat mir immer die Haare gekämmt.

»Dein Daddy ist einer der wenigen Männer, die was von Haaren verstehen«, hat meine Mutter gesagt und ich war richtig stolz.

Am letzten Montag vor Schulschluss treffe ich China zufällig auf dem Mädchenklo. »Hast du was von Grace gehört?«, fragt sie mich. Wir wollen uns beide die Hände waschen, aber die Wasserhähne geben nicht viel her.

»Neulich hab ich eine Postkarte gekriegt«, erkläre ich ihr und gucke prüfend in den Spiegel.

»Ich auch«, sagt China. »Hier.« Sie gibt mir einen Mocha-Cocoa-Stift. Das ist meine Lieblingsfarbe. Eigentlich kann die gar nicht zu uns beiden passen, denn unsere Hautfarbe ist ganz unterschiedlich, aber wir haben immer den gleichen Lippenstift getragen.

»Danke«, sage ich.

»Ich geh im August weg«, sagt China.

»Ist doch erst Juni«, sage ich.

»Du wirst mir fehlen«, erklärt sie mir.

»Wir chillen doch gar nicht mehr zusammen«, erinnere ich sie und klinge dabei so, als würde Grace das sagen.

»Trotzdem wirst du mir fehlen«, sagt China.

Ich schalte Wesley aus und schalte Mike ein und schalte Mike aus und denke, jetzt ist Punch dran, aber es ist jemand anders am Apparat.

»Wie geht's meinem Schatz?«, sagt er.

»Wer ist da?«, frage ich, denn ich hab seine Stimme noch nie erkannt. Ich hör sie nur zweimal im Jahr.

»Ich komme nach Brooklyn«, erklärt er mir.

»Äh häh«, sage ich. »Ich habe einen Freund auf der anderen Leitung.«

»Leg ja nicht auf, bevor wir uns verabredet haben«, sagt er.

»Warum schreibst du nicht?«, sage ich voll ironisch.

Das bringt ihn einen Moment zum Schweigen, denn er weiß, dass ich weiß, dass er noch nie eine Zeile geschrieben hat, ganz egal, was für einen Scheiß er mir früher aufgetischt hat.

»Das ist jetzt mein voller Ernst. Ich komme nach Brooklyn. Donnerstag. Ich komme zu deiner Schulabschlussfeier.«

»Weiß Mom davon?«

»Das hat nichts mit deiner Mama und mir zu tun. Das geht nur dich und mich was an.«

Er spricht nicht undeutlich und er klingt auch nicht so müde wie sonst. Vielleicht säuft er nicht mehr. Vielleicht meint er wirklich mal, was er sagt.

»Wir können uns Donnerstag irgendwo zum Essen treffen«, sagt er. »Dann haben wir vor dem großen Tag noch ein bisschen Zeit miteinander. Such du das Lokal aus.«

»Okay«, sage ich. »Gut. Um acht. Im *Bar and Grill* in der Fourth Avenue.«

Einen Moment ist es still, dann sagt er: »Tja, wie siehst du denn aus, mein Schatz? Ich hab ja noch nicht mal ein Bild von dir.«

»Ich hab ganz kurze Haare, praktisch total geschoren«, lüge ich. »Und meine Haut ist eher gelb und ich habe ganz lange Nägel, eckig geschnitten und silber lackiert.«

Ich frage nicht, wie er aussieht, denn alle wissen, dass er genau wie meine Schwestern aussieht.

Morgens beim Kaffee starrt mich meine Mom an.

»Was ist?«, sage ich.

»Die Zwillinge haben es mir erzählt.«

»Oh.«

Sie nimmt einen kleinen Schluck. Irgendwie erwarte ich, dass sie ein Gedicht aufsagt, was sie sonst immer getan hat, jahrelang, wenn ihr was ganz wichtig war.

»Warum bist du nicht sauer?«, frage ich, als sie still bleibt.

»Bin ich«, sagt sie.

»Oh.«

Sie streckt ihre Hand nach meiner aus und hält sie fest. »Ich hatte gedacht, du wüsstest, dass du mit allem zu mir kommen kannst.«

Sie ist eine gute Mutter. Sie ist klug, sie arbeitet hart und versucht immer, mit einem zu reden. Sie ist viel besser als manche andere Mutter.

»Ich habe gedacht, du wüsstest, dass ich dir immer helfen werde, gerade zu rücken, was schief läuft.«

Ich zucke die Achseln. Ich will nicht respektlos sein, aber was wahr ist, ist wahr.

»Du kannst nicht alles gerade rücken«, sage ich.

»Raus hier!«, sage ich zu den Zwillingen, die mir beim Anziehen zugucken.

»Wo gehst du hin?«, fragt Mattie.

»Geht dich nichts an.«

»Hast du eine Verabredung?«, fragt Elaine.

»Raus!«

»Das Teil hier ist neu«, sagt Elaine und zieht an dem Etikett von einem rotweißen Top.

»Du machst es kaputt«, sage ich und reiße es ihr aus der Hand.

»Du hasst deine Arme«, sagt Elainc. »Warum hast du dir so ein Teil besorgt?«

»Das passt hierzu«, ruft Mattie und zieht meine roten Shorts aus dem Schrank.

»Jetzt verschwindet endlich!«, fahre ich die beiden an.

»Wo gehst du hin?«, fragt Mattie noch mal.

»Ich treffe mich mit China«, sage ich.

»Du hast gesagt, China ist eine Schlampe«, sagt Mattie.

»Was ist mit Grace?«, fragt Elaine. »Wann kommt Grace zurück?«

»Niemals, wenn's nach ihr geht«, erkläre ich.

Beide kämmen mir abwechselnd das Haar, bis es richtig gut aussieht.

Er hat eine Glatze, aber sonst sieht er Original aus wie die Zwillinge, ganz und gar, in jeder Beziehung. Dasselbe Grübchen im Kinn, dieselben hohen Augenbrauen, sogar sitzen tut er auf dieselbe Art, wie er da mit hochgezogenen Schultern über seinem Drink hängt.

Ich rutsche auf den Barhocker neben ihm. Er sagt erst was, nachdem ich beim Barkeeper ein Glas Eiswasser bestellt habe.

»Willst du ein Bier?«, fragt er. »Ich geb dir ein Bier aus.«

»Nein, danke«, sage ich. Ob er meine Stimme erkennt?

»Ach, du trinkst keinen Alkohol, was?«, sagt er.

Ich zucke die Achseln.

»Schon gut«, sagt er. »Schon gut. Ist doch nicht schlimm, nicht zu trinken.«

Er wartet eine Weile, dann sagt er: »Möchtest du eine Ingwerlimonade oder so was?«

Ich lasse mir eine Cola spendieren. Ich bin gespannt, ob er sich nach seiner Tochter mit den kurzen Haaren und den silber lackierten Fingernägeln umguckt, aber er macht nicht den Eindruck, als würde er auf irgendjemanden warten.

»Bist du hier mit deinem Freund verabredet?«, fragt er, während ich mit dem Finger die Eiswürfel anstupse.

»Nein«, sage ich. »Bin bloß so hier.«

»Aber du hast doch einen Freund, oder?«, meint er. »Ein hübsches Ding wie du.«

Ich zucke die Achseln. »Was ist mit dir?«, frage ich. »Hast du eine Frau?«

Er lacht und bestellt noch ein Bier. »Auf eine Art schon«, erklärt er mir, »und auf eine Art wieder nicht.« Er holt eine

Schachtel Zigaretten aus der Tasche, zieht sich eine raus und zündet sie an. »Du solltest lieber fragen«, sagt er, »ob ich Frauen schätze.«

»Äh häh«, sage ich.

»Nun, die Antwort ist ja.« Er zieht an seiner Zigarette und bläst den Rauch zur Seite weg. »Ich lebe für Frauen.« Er beugt sich zu mir. »Obwohl manche Frauen sagen, ich lebe für den Alkohol.«

»Hast du Kinder?«, frage ich ihn. Er setzt einen Schlafzimmerblick auf und kommt ganz nah an mich ran, so dass sich mein Innerstes nach außen stülpt.

»Willst du welche machen, Süße?«, flüstert er.

»Sonia Kabir«, wird aufgerufen, und Chinas Braune-Haut-langer-Rock-lange-Ärmel-Mädchen tritt vor, um ihr Abschlusszeugnis entgegenzunehmen. »China Kabo«, und China tritt vor. Es wird noch ewig dauern, bis Carl und ich dran sind. Ich gucke ins Publikum, versuche Mattie und Elaine und meine Mom zu entdecken. Ich sehe sie nicht, aber eine Sekunde lang denke ich, ich habe meinen Daddy entdeckt. Eine Sekunde lang sehe ich sein Zwillings-Gesicht und es weint. Aber dann blinzele ich, und es ist irgendein anderer Mann.

Was ist das?, würde er vielleicht fragen, nachdem wir bestellt haben – hatte ich gedacht.

Bloß Narben, hätte ich gesagt, während ich zum ersten Mal seit langer, langer Zeit gespürt hätte, wie die kühle Luft der Klimaanlage an meinen Armen prickelt.

Wo hast du die denn her?, hätte er ganz besorgt gefragt.

Hab ich selber gemacht, hätte ich gesagt.

Was war denn los, dass du dir so was antun musstest?, hätte er gefragt und ich hätte die Achseln gezuckt. Er wäre von seinem Platz gegenüber aufgestanden und hätte sich neben mich auf die Sitzbank gequetscht. Er hätte seinen Arm um meine Schulter gelegt, fest und väterlich.

Ich war echt zornig, früher, hätte ich schließlich gesagt, und er hätte genickt, als wenn er das verstehen würde.

JAHR SECHS

Keisha
Lebkuchen
Grace
Sam
Tory
Nick

Lebkuchen
Keisha
Drew
Tory

Keisha

»Deine Mutter ist wieder schwanger«, erzählt mir Tante Eva, als ich die Hand nach der Butter ausstrecke. Sie flicht meiner Kusine Tory die Haare und zieht an einem der Zöpfchen, damit sie stillhält.

»Tante Cheryl?«, sagt Tory.

»Werden wir es nehmen?«, frage ich. Die Butter ist kalt und lässt sich nicht richtig auf meinem Toast verschmieren. Sie bleibt in gelben Klümpchen kleben.

»Hmm, hmm«, sagt Tante Eva und zieht eine Plastikhaarspange aus der Tasche ihres Männerhemdes und klemmt sie Tory dicht an der Kopfhaut ins Haar.

Mein Bruder Nick kommt aus seinem Hinterzimmer angeschlichen, öffnet den Kühlschrank und starrt rein, als hätte er vergessen, was er holen wollte.

»Deine Mama kriegt wieder Baby«, erklärt ihm Tory.

»Seine Mama kriegt wieder *ein* Baby«, verbessert Tante Eva. Mich guckt sie nicht an.

Nick beugt sich vor, mit dem Rücken zum Küchentisch. »Hier drin ist Soße ausgekippt«, sagt er und macht die Kühlschranktür zu.

Bevor Tory und ich zur Schule aufbrechen, fängt mich Tante

Eva im Badezimmer ab. Aber ehe sie was sagen kann, frage ich: »Warum hast du mir das nicht gestern Abend gesagt?«

»Was glaubst du wohl, warum?«, fährt sie mich an.

Ich könnte es abstreiten, aber natürlich weiß ich, was dahinter steckt.

Gestern Abend habe ich ihr erklärt, dass Lebkuchen und ich ficken. Ficken habe ich zwar nicht gesagt, aber trotzdem. Ich musste es erzählen, denn das einzige Geheimnis, was ich je vor Tante Eva hatte, das mit Nick, das bedrückt mich jedes Mal mehr, wenn ich Tory angucke. Also habe ich vor einer Weile beschlossen, die wichtigen Dinge sofort rauszulassen. Bevor sie sich in mir breit machen, bis ich gar nicht mehr sprechen kann und zulasse, dass sie auf mich einschlagen wie ein nasser Schnürsenkel, der sich in eine Rasierklinge verwandelt, wenn er nur lange genug zugeschlagen hat.

»Du sechzehnjährige Göre machst was?«, hat sie gesagt, nachdem ich sie zum Hinsetzen gebracht und ihr ein Glas Wasser mit einer Apfelsinenscheibe serviert habe.

»Du hast richtig gehört«, habe ich geantwortet und mich bemüht, mir nichts draus zu machen, dass sie schimpft.

Sie nippte seelenruhig an dem Wasser und dann sagte sie: »Sag's mir lieber gleich, wenn du schwanger bist.«

»Ich bin nicht schwanger«, habe ich ihr gesagt.

»Verhütet ihr?«, fragte sie. »Und komm mir bloß nicht mit Aufpassen, sonst schmeiß ich dich raus.«

Das würde sie nie tun.

»Kondome«, sagte ich.

»Jedes Mal?«

»Jedes Mal.«

»Hat er deswegen Stress gemacht?«

»Er kauft sie.«

Sie stupste mit dem kleinen Finger an die Apfelsinenscheibe und verzog ihr Gesicht. Sie hat ein gutes Gesicht, meine Tante Eva. Es hat Falten und Sommersprossen und die größte Nase, die du je gesehen hast. Lebkuchen sagt, Tante Eva sieht aus wie eine Art Muppet-Königin, und das stimmt auch.

»Hast du irgendwelche Fragen?«, hat sie mich schließlich gefragt.

»Ich glaub, die habe ich alle gestellt, als ich klein war«, behauptete ich. Das war gelogen, denn wegen Nick habe ich nie gefragt.

»Ich kann mir vorstellen, dass irgendwann einige auftauchen, weil du es jetzt tust und nicht mehr bloß darüber liest.« Manchmal kann sie ganz schön bissig werden.

»Äh häh.« Ich beobachtete, wie sie die Apfelsine in den Mund steckte und daran lutschte, wie sie das immer tut. Nach einer ganzen Weile sagte ich: »Bist du mir böse?«

»Pass bloß auf, dass ich nicht zufällig reinkomme«, warnte sie mich.

»Geht klar«, stimmte ich zu. Schon bei der Vorstellung wurde mir ganz kribbelig. Tante Eva hat das Apfelsinenstück direkt ins Wasser zurückgespuckt und so gelacht, dass sie sich verschluckte.

Jetzt sammelt sie Haare aus Torys Kamm und vermeidet, mir in die Augen zu gucken.

»Deine Mama wird den Sommer über bei uns wohnen, bis das Baby kommt.«

»Nein, das wird sie nicht«, sage ich.

»Keisha!«, schreit Tory aus dem Flur. »Wir kommen zu spät zu Schule!« Tante Eva verbessert Tory noch nicht mal.

»Ich habe gedacht, dann kommst du mal raus«, sagt Eva.

»Du hast es mir versprochen!« Meine Hände verkrampfen sich zu Krallen. »Du hast gesagt, sie darf nie wieder kommen.«

»Ich habe gesagt, du brauchst nicht mehr mit ihr zusammenzuleben«, sagt Eva. Sie zwirbelt die ausgekämmten Haare zwischen Daumen und Zeigefinger und mustert sie scharf, als suchte sie nach Ungeziefer oder so was. »Ich habe für dich einen Platz gefunden. Auf dem Land. Da ist es schön.«

»Auf dem Land?«, sage ich. »Nee, nee. Ich bleibe hier bei Lebkuchen.«

»Tust du nicht«, sagt sie und kneift den Mund zusammen. Gestern hätte sie ja gesagt. Verdammt.

»Keisha!«, schreit Tory.

»Ich fahre dich!«, bietet Nick von irgendwoher an.

Ich schiebe mich an Tante Eva vorbei aus dem Bad heraus.

»Warum kann ich nicht bei Linda oder Clancy bleiben?«, frage ich und schnappe mir meine Tasche, die neben dem Fernseher steht.

»Linda hängt wieder auf der Straße und Clancy ist nicht vertrauenswürdig.«

Ich kenne ihn gar nicht. Ich bin ihm nur ein paar Mal begegnet, Weihnachten, obwohl er irgendwo hier in der Gegend wohnt.

Ich laufe in den Flur, zu Tory. Nick wird sie nirgendwohin fahren.

»Nicht vertrauenswürdig?«, sage ich. »Clancy ist dein Bruder.«

Tante Eva folgt mir bis zur Tür und zupft an meinem Arm, so dass ich sie angucken muss. »Also müsste ich doch wissen, wovon ich rede, oder?«

»So was hast du noch nie über ihn gesagt«, sage ich.

»Über wen, was?«, fragt Tory. Sie dreht mir ihren Rücken zu, damit ich ihr die Zöpfe unter der Jacke vorziehen kann.

»Dafür bist du noch nicht alt genug, Fräulein Naseweis«, gibt Tante Eva zurück.

»Warum muss sie hier wohnen?«, frage ich. »Warum hier?« Dabei weiß ich genau, warum.

»Wegen dem Baby.«

Wenn Tante Eva meine Mama nicht zwingt, sich vernünftig zu verhalten, dann kommt das Baby mehr als kaputt auf die Welt.

»Ich geh, verdammt noch mal, nicht nirgendwohin.«

»Ohhh«, macht Tory.

»Irgendwohin«, sagt Eva. »Und bring mir ja kein verdammt in dieses Haus.«

»Ich gehe nicht.«

»Es ist höchste Zeit, dass du mal etwas anderes erlebst. Du bist noch nirgends gewesen.«

»Na und?«

»Reisen öffnet die Seele. Du kriegst was zu sehen.«

»Ich seh genug.«

»Du wirst lernen, Dinge anders zu sehen«, meint sie. »Das ist mein Ernst, Keisha. Du wirst die Dinge anders verstehen.«

»Ich verstehe genug.«

»Man fühlt sich anders, wenn man weggeht«, sagt sie.

»Woher weißt du das?«, frage ich sie. »Du bist noch nie irgendwo gewesen.«

»Eben«, erklärt sie mir, und ich will verdammt sein, wenn sie nicht kurz vor dem Heulen ist.

Lebkuchen gibt Tory ihr elektronisches Kuscheltier zurück.

»Du musst es füttern«, erklärt er ihr. »Es hat den ganzen Morgen gepiept, ich bin bald verrückt geworden.«

»Wir kriegen ein Baby«, quakt Tory noch, bevor eine Gruppe von ihren Freunden sie mit sich zieht.

»Keine Panik«, erkläre ich ihm schnell, bevor sein Gesicht gelb wird. »Nicht ich.«

»Hoffentlich nicht Eva«, sagt er und zieht mich an sich, obwohl wir das erste Läuten schon verpasst haben und noch nicht mal an der Ecke von der Schule sind. Er drückt meinen Hintern und küsst mich am Hals.

»Es ist alles Scheiße«, flüstere ich, obwohl er mich antörnt und mir diese kleinen Schauer über den Körper laufen.

»Du weinst?«, sagt er und tritt zurück, damit er mich richtig angucken kann. Er hat mich noch nie weinen sehen. Scheiße, das wird er auch jetzt nicht. »Ist sie ausgeflippt?« Ich schüttele den Kopf, aber das lässt er nicht gelten. »Also doch«, meint er. »Ich wusste, du hättest es ihr nicht erzählen sollen. Sie ist ausgeflippt, stimmt's?«

Jetzt umarmt er mich ganz lieb, und ich fange wirklich an zu weinen, weil, wie soll ich denn einen ganzen langen Sommer ohne ihn überstehen?

Zeit ist trügerisch. Es gibt ganze Monate, sogar Jahre, in denen sich nicht auch nur das klitzekleinste bisschen verändert, man geht nirgendwohin, tut nichts, fasst keinen neuen Gedanken. Und dann kommt ein Tag oder eine Stunde oder eine halbe Sekunde, da passiert so viel, dass du meinen könntest, du wärst neugeboren, du wärst eine brandneue Person, die du dir ums Verrecken nicht hättest vorstellen können.

Vor jenem Tag, an dem mich Lebkuchen zum ersten Mal angesprochen hat, hatte ich schon lange vergessen, wie man lacht, aber kaum hatte er seinen Namen laut ausgesprochen, wusste ich es wieder. Als wir dann miteinander gegangen sind, habe ich ihn gefragt, warum er so viel lacht, und er hat gesagt, als wäre das so selbstverständlich wie der Tag, *weil das Leben komisch ist.* Vielleicht war das der Moment, in dem ich mich verliebt habe.

»Ich muss mit dir reden«, sage ich zu Nick. Eva ist unterwegs und schlägt sich mit dem Arbeitsamt rum und Tory ist im Hort.

Nick schwingt seine Beine rum und lässt sie neben dem Bett fallen und setzt sich auf. Ich bleibe an der Tür. Ein Fuß drinnen, ein Fuß draußen.

»Du musst ausziehen.« Er kaut auf seiner Oberlippe rum, die Augäpfel Richtung Fußboden. »Noch vor meinem letzten Schultag.« Wenn er ein paar Wochen vor mir verschwindet, kann ich ziemlich sicher sein, dass er für immer weg ist. »Du darfst nie wieder zurückkommen.«

»Warum jetzt?«, fragt er.

»Was denkst denn du?«, sage ich.

»Ist lange her.«

»Beim ersten Mal war ich neun«, erinnere ich ihn. »Tory ist fast neun.« Er blickt auf.

»Ich habe Tory nie angefasst.«

»Und dabei bleibt es auch.«

»Ihr seid meine Schwestern.«

»Du darfst nie wieder zurückkommen.«

Ich hatte erwartet, dass er irgendeinen Scheiß vorbringen würde. Ich habe ein Steakmesser im Ärmel. Die Spitze liegt in meiner Hand, so dass es nicht rausrutschen kann.

Jahrelang habe ich für ihn nicht mehr als fünf Worte übrig gehabt. Ich habe keine Ahnung, was er den ganzen Tag lang tut. Ich weiß noch nicht einmal mehr, wie alt er ist. Dreiundzwanzig. Vielleicht vierundzwanzig. Ich weiß, dass er im Fernsehen am liebsten die Serie mit den Gerichtsverhandlungen guckt und zum Frühstück Lucky Charms mag. Er trägt Kapuzenpullis. Ich glaube nicht, dass er mit Drogen rummacht. Aber vom Aussehen her kommt er nach meiner Mama.

Als ich zwölf war, hat er sich entschuldigt. Er hat geweint. Daran erinnere ich mich nicht gerne. Ich erinnere mich lieber an die Zeit, als meine Mama noch clean war und Nick das Wort »Metamorphose« buchstabiert und erklärt hat. Er hat unsere Mama als Beispiel benutzt und dabei an dem

Plastik-Eisstiel gekaut, der noch vom Nachtisch übrig war. Als er lächelte, waren seine Zähne knallllila.

Wenn ich Migräne habe, macht mir Tante Eva eine Packung aus Eisstückchen in alten Schals und massiert mir den Kopf. Sie setzt sich hinter mich und zieht mich an ihren Oberkörper und versucht, den bohrenden Schmerz auszutreiben. Meistens klappt es nicht, aber es tut trotzdem gut. Sie erzählt mir Geschichten von früher, als meine Mutter für sie dasselbe gemacht hat. In unserer Familie hat es immer Migräne gegeben, abgesehen von Drogen und Straßenstrich. Aber alle sagen, keiner erbt mehr als eine schlechte Eigenschaft, also sind Tante Eva und ich Glückspilze, weil Kopfschmerzen einen nicht versauen oder verrückt machen oder in den Knast befördern oder umbringen.

»Ich gehe nicht«, erkläre ich ihr vor dem letzten Schultag.

»Äh häh«, sagt sie und reibt kräftig.

»Lebkuchens Eltern haben gesagt, ich kann bei ihnen wohnen.«

»Wissen sie, was ihr beide miteinander tut?«

»Wir tun doch nicht nur das«, sage ich. »Du klingst wie eine Kirchentante.«

»Na, wie soll ich's denn sonst sagen?«

»›Wissen sie, dass ihr fickt.‹«

»Keisha! Das ist mehr als geschmacklos!« Aber ihre Hände lassen nicht von meinem schmerzenden Kopf ab.

Wir nehmen nicht in irgendeinem Bett Abschied, so wie das vielleicht in einem Film laufen würde. Stattdessen machen mir Lebkuchens Eltern ein Abendessen mit gebackenem Huhn und schenken mir ein ledergebundenes Tagebuch, auf dessen Rücken mein Name in Gold steht, und eine Schachtel Pralinen für die Busfahrt, und anschließend scheuchen sie uns raus.

Bei McDonald's treffen wir uns mit meiner besten Freundin Mara und ihrem Macker DeShawn. Mara schenkt mir eine Sonnenbrille und eine Baseballkappe, und nachdem wir eine Weile rumgehangen haben, verabschieden sie sich, und nur Kuchen und ich sitzen noch in der Eckbank.

»Glitzerauge«, flüstert er und tippt mir unter dem Tisch mit den Fingern in die Handflächen. Ich beuge mich vor, um ihn zu küssen, und packe dann seine verrückten Stummelohren. Er sitzt neben mir auf der harten, orangenen Bank, und ich setze mich auf seinen Schoß und dann drücken wir Brust und Hals und Arme aneinander und halten uns ganz fest.

Meine Mutter taucht bei den Bussen in der Flatbush Avenue auf. Sie schiebt sich durch die wartenden Leute, um zu Tante Eva und mir zu gelangen.

»Wann hast du mit ihr gesprochen?«, frage ich Tante Eva schnell. »Wann hast du mit ihr gesprochen?«

Dann sagen wir beide: »Mist!«

»Schätzchen«, sprudelt meine Mama heraus und schiebt ihren Bauch direkt neben Tante Eva. »Wie geht's dir, Schätzchen?«

»Wer hat dich rausgelassen?«, frage ich.

»Keisha, sei nett zu mir«, sagt sie. »Ich bin den ganzen Weg von Jersey bis hierher gekommen.«

»Was? Brauchst du Geld?«

Diesmal hat sie ordentliche Sachen an, die Haare sind frisiert. Beim letzten Mal sah sie aus, als käme sie direkt aus einer Autowäsche und wäre danach in einen Trockner geschmissen worden. Das Kaputte ist, dass sie das alles besser verbergen kann als sonst wer. Sie kann sich drei Spritzen am Tag setzen und das zeitlich so hinkriegen, dass keiner was merkt.

Mamas und Omas und Tanten und ein paar Väter schieben Taschen unten in die Busse oder brüllen Kinder an, sie sollen sich benehmen. Die meisten Kinder sind ganz klein. Viele von ihnen weinen. Sie sehen so aus, wie ich mich fühle. Als hätten sie Angst, dass aus einem Ausflug ein Aussetzen wird, dass unsere eigenen Familien uns vielleicht gar nicht so richtig brauchen.

Trotzdem umarme ich Tante Eva, so doll ich kann.

»Ruf mich auf alle Fälle an, sobald das Ding da aus ihr rauskommt«, flüstere ich.

»Du sollst nicht Ding zu dem Baby sagen«, flüstert sie zurück. Dann sagt sie: »Du, lass es dir gut gehen da draußen, hast du mich verstanden?«

Durch das Busfenster ziehe ich Grimassen und winke Tante Eva zu. Ich gebe mir große Mühe, Mama zu ignorieren, während Tante Eva und meine Mama sich große Mühe geben, einander zu ignorieren.

Meine Mama war vierzehn Monate, elf Tage, drei Stunden und ich weiß nicht wie viele Sekunden clean. Da war ich acht und neun. In der Zeit hat sie mit Nick bei Tante Eva und mir gewohnt, und Tante Eva und sie haben nicht nur miteinander geredet, sondern auch gelacht. Mama wollte meistens nicht aus dem Haus gehen, weil sie Angst hatte, rückfällig zu werden, also kaufte sie sich ein Wörterbuch und einen Thesaurus und wir haben jeden Tag mit Wörtern gespielt. Nick und ich und sie, die ganze Zeit.

Charakter, Pseudonym, Fauxpas, Aphasie, Präteritum, Hypokrit, Utopie.

Meine Lehrer haben mich dann beschuldigt, ich würde schummeln und abschreiben, aber dann gewann ich in der Schule einen vom Schulamt ausgerichteten Aufsatzwettbewerb und den Rechtschreibwettbewerb unseres Bezirks, und dann ist meine Mutter mit einem Mann ausgegangen und nicht nach Hause gekommen, wochenlang nicht, und als wir sie das nächste Mal gesehen haben, hat sie Tante Eva nicht angeguckt und mir das Geld abgebettelt, das ich beim Rechtschreibwettbewerb gewonnen hatte, und dann habe ich ihr Wörterbuch und den Thesaurus in der Badewanne verbrannt und hätte beinahe die vierte Klasse wiederholen müssen. Da habe ich das Lachen verlernt.

Als unser Bus vorfährt, wartet schon eine ganze Gruppe weißer Leute mit einem Haufen Hunde auf dem Parkplatz vor einer Kirche. Die meisten von uns haben in der vergangenen Stunde geschlafen, so haben wir den ersten Blick aufs Land verpasst, doch als ich auf den Schotter trete, vor mir ein Gebäude mit einem Kirchturm, so weiß und klein und niedlich, dass ich hätte schwören können, es wäre eine Spielzeugkirche und keine richtige, spüre ich eine so milde Luft und eine

Stille, wie ich es mir niemals hätte vorstellen können. Obwohl die Taschen auf dem Boden herumscharren und Kinder aufwachen und weinen und überall Leute einander vorgestellt werden und frei laufende Hunde bellen und herumspringen, ist mir, als hätte ich bis jetzt auf MTV gelebt und wäre plötzlich in einem Tiefseefilm auf dem Naturkanal gelandet.

Jemand ruft meinen Namen, ich drehe mich um, und da stehen ein Mann und eine Frau mit Runzeln, wie selbst Joda sie nicht hat, mit Haaren so dick und weiß, dass sich ein Robbenbaby drin verstecken könnte.

Die Augen der Frau sind grün, wie mit Kreide gezeichnet, und seine sind blau, wie diese gefärbten Kontaktlinsen. Sie sind beide braun gebrannt, sind praktisch so dunkel wie ich, und beide treten auf wie Profi-Basketballspieler: aufrecht und geschmeidig und entschlossen, aber irgendwo zwischen Hacke und Zehe lugt ein kleines bisschen Überheblichkeit heraus.

»Schön, dass du da bist«, sagt er und schüttelt mir die Hand. Sie spielt mit und raspelt Süßholz, bevor ich überhaupt mitkriege, was sie will.

Es folgen fünfundvierzig Minuten im Jeep mit Marge und Tom, die mir von ihren beiden Pferden, ihren Hühnern, ihren drei Kühen, ihrer Ziege, dem Schwein und dem riesigen Gemüsegarten erzählen. Sie sagen, keine Bange, sie hätten sich nicht ein älteres Kind eingeladen, um jemanden für die Arbeit zu haben, sondern jemanden, dem es bei ihnen gefällt, dem sie aber nicht alle zwei Sekunden den Hintern abwischen müssten. So haben sie es zwar nicht ausgedrückt, aber ich lese es zwischen den Zeilen.

Die beiden scheinen in Ordnung zu sein, und ich bin auch noch nie in einem Jeep gefahren, wo man hoch oben sitzt, was ganz nett ist, obwohl ich zwischen den beiden eingepfercht bin und sein Bein meins berührt, und ich denke, wenn der mich auch nur schräg anguckt, wird jemand sterben müssen, aber anderseits kann er sein Bein gar nicht woanders hintun, so eng ist es. Und mir gefällt die milde Luft und dass ich durch das Jeepfenster in alle Richtungen hinaus ins Dunkle sehen kann, und das einzige Licht, das ich sehe, kommt von den Sternen am Himmel, und es fühlt sich an, als könnten wir über den Rand der Erde hinausfahren, weil es keine Gebäude oder Leute oder Autos oder irgendwas gibt.

»Falls du Angst hast, du wärst nur auf uns beide angewiesen«, sagt Marge in dem Moment, als ich genau das befürchte. »Morgen kommt unser Großneffe und er bleibt auch fast den ganzen Sommer. Er ist neunzehn.«

Ich will Kuchen, denke ich nur.

Der Neffe kommt, als Marge mir zeigt, wie man Eier unter den Scheißhühnern vorholt. Ich sag dir eins, ich werde im Leben kein einziges Huhn mehr essen, denn erstens sehen diese Viecher grässlich aus, und zweitens benehmen sie sich haargenau wie alle kleinen Kinder, die ich kenne, und eins sieht sogar aus wie eine kleine Kusine von mir aus der Bronx, und ich muss mir Mühe geben, keine Miene zu verziehen, denn mein Gesicht muss ja ernst bleiben. Die Eier sind braun und haben Flecken, und sie sind warm, was gleichzeitig erstaunlich und ekelhaft ist und mich an meine Mama denken lässt, die ein großes, braunes Ei in sich stecken hat, ein braunes Ding, das sie nicht mal will.

»Hallo, Marge«, platzt es in meine Gedanken hinein, und ich könnte auf der Stelle umfallen, denn da kommt der schönste Junge, den ich je gesehen habe – Lebkuchen ist nicht schön, auch wenn ich ihn noch so sehr liebe –, in diesen dreckigen Hühnerstall gelatscht und raspelt Süßholz.

»Sam«, sagt Marge, »das ist Keisha. Keisha. Sam.«

Er hat dunkle Haut und Augen wie Marge, und er ist so goldig, dass ich längst zu einer hilflosen Pfütze zerflossen wäre, wenn ich nicht so in Kuchen verknallt wäre.

»Bist du schon mal geritten?«, fragt er mich.

Und ich sage: »Häh?«, weil ich nichts als Sex im Kopf habe. Und er lächelt, und ich denke, seine weißen Zähne blitzen mich blind, und er sagt: »Hier gibt es Pferde. Hast du Lust zu reiten?«

Wir reiten nicht. Ich habe zu viel Angst, also lassen wir die Pferde Pferde sein und gehen zu Fuß. Was er mir zeigt, hätte durchaus der ganze Staat Pennsylvania sein können. Wir laufen stundenlang, noch nie im Leben bin ich so viel gelaufen. Ich bin noch niemals inmitten von so viel Gras und Bäumen und Feldern gewesen, in einer Luft voll seidiger, sternförmiger Samen, die an uns vorbeischweben. Ich bin noch nie in Kuhscheiße oder Pferdescheiße getreten, habe nicht gewusst, dass diese Haufen so verdammt groß sind, obwohl man, wenn man zwei Sekunden darüber nachdenkt, eigentlich von selber drauf kommen könnte, dass das so sein muss. Ich habe noch nie Tomaten und Gurken und Mais und Basilikumblätter aus der Erde wachsen sehen und ich hatte noch nie runde Dornenbällchen an meinen Socken haften. Ich habe nicht gewusst, dass Schweine so zahm wie Hunde sein können, obwohl ich, als ich klein war, *Wilbur und Charlotte* gelesen habe und »salve« eines der ersten Wörter war, das meine Mutter und Nick in ihrem Wörterbuch nachgeschlagen haben. Ich habe nicht gewusst, dass Pferde nach einer Mischung von Erde und Kirchentantenschweiß und Heu riechen und dass ihre Nasen weicher sind als ein Babyhintern. Ich habe nicht gewusst, dass du meinst, du verstehst, was es bedeutet, auf dieser Welt zu leben, wie sie riecht und aussieht und sich auf der Haut anfühlt und im Herzen. Und plötzlich, von einem Augenblick zum anderen, schaust du zu einem vollkommen anderen Himmel und stellst fest, dass du bis jetzt nicht einmal wusstest, wer du warst, und nicht aufhören kannst zu staunen.

Wir sitzen an einem Teich, wo man alle möglichen kreischenden Filmvogelstimmen hört, während der Hintern auf der Uferböschung nass wird.

»Wieso bist du so dunkel, wenn Marge und Tom doch so weiß sind?«, frage ich Sam. »Bist du adoptiert?«

»Äh häh«, sagt er. »Marge ist die Tante meiner Mom. Von der hab ich meine Augen. Mein Dad ist Puertoricaner.«

»Und wo ist deine Mom?«

Er zuckt die Achseln. »Irgendwo in Spanien, glaube ich.«

Ich weiß nicht, was ich darauf erwidern soll, also werfe ich weiter Kieselsteine ins Wasser. Ich gucke gerne zu, wie sich von der Mitte aus die Kreise bilden. *Konzentrisch.*

»Wolltest du überhaupt hierher kommen?«, fragt mich Sam nach einer Weile.

»Äh häh«, antworte ich. »Meine Mutter kriegt bald ein Baby und ist deshalb bei meiner Tante und mir eingezogen. Ich hasse meine Mutter.« Ich zucke die Achseln. »Und zack. Hier bin ich.«

»Wo ist dein Vater?«

»Du willst mich wohl heiraten?«, sage ich, obwohl ich doch damit angefangen habe. »Was du so alles wissen willst!«

Er lächelt und lehnt sich zurück. Sein T-Shirt rutscht hoch, so dass ich seinen Bauchnabel und einen kleinen Haarstreifen sehen kann, der in seinen Jeans verschwindet. O Gott.

»Tut mir Leid«, sagt er. »Ich find's bloß ein bisschen abgedreht.«

»Was?«

»Dass meine Tante und mein Onkel dich hergeholt haben.«

»Verstehe«, sage ich. Dann sage ich: »Wieso? Haben die so was noch nie gemacht?«

»Nee.«

»Soll ich verschwinden?«

»Das habe ich nicht gesagt.«

»Du willst, dass ich verschwinde.«

»Will ich nicht. Du willst nicht hier sein.«

»Würdest du?«

Wir bleiben eine Weile still. Dann rupft er neben seinem

Knie einen Grashalm raus, klemmt ihn zwischen beide Daumen, macht die Hände dahinter hohl und bläst darauf, um zu pfeifen. Es quietscht aber nur und er gibt auf.

»Okay, jetzt mal im Ernst.« Ich werfe ein Steinchen auf seinen Bauchnabel. »Bist du ein Model oder so was?«

»Scheiße«, sagt er.

Das gibt's doch gar nicht! Er ist ein Model. Er setzt sich auf und schlingt die Arme um seine Beine. »Erkennst du mich nicht?«, fragt er.

»Erkennst du mich?«, gebe ich zurück.

»Du hast gefragt«, sagt er, und seine Wangen färben sich rostig, wahrscheinlich seine Art, rot zu werden.

»Das braucht dir doch nicht peinlich zu sein«, erkläre ich ihm. »Woher soll ich dich denn kennen?«

»Von dieser Parfüm-Reklame«, sagt er. »Anzeigen in Zeitschriften.«

Ich schüttele den Kopf. »Tut mir Leid«, meine ich.

Er wird wieder rostig. »Schon gut«, murmelt er. »Meistens studiere ich.«

»Verdienst du viel Geld?«, frage ich.

»Genug«, sagt er.

»Hast du eine Freundin?«

»Willst du mich jetzt heiraten?«, sagt er.

»Nein.« Ich bewerfe ihn mit Grünzeug. »Ich habe einen Freund«, sage ich. »Er ist mein Herz.« Als ich das laut ausspreche, fehlt mir Lebkuchen so sehr, dass meine Augen brennen.

Ein Blatt trudelt zum Teich hinunter und segelt dann ganz dicht drüber hinweg.

»Mir wurde das Herz vor einiger Zeit gebrochen«, sagt Sam.

»Kaum zu glauben.«

Er ist nicht sauer. Das kann ich sehen, denn er ist voll am Lächeln und albert zurück.

»Sie ist viel hübscher als ich«, sagt er.

»Kaum zu glauben«, wiederhole ich.

»Kannst es selber sehen, wenn sie herkommt«, versichert er mir.

Er setzt sich auf und ich lehne mich zurück. Ich beobachte, wie eine Wolke langsam ihre Form verändert.

»Wann kommt sie?«

»Wir sind immer noch befreundet. Und Tom und Marge mögen sie sehr gerne. Nächste Woche kommt sie hier vorbei, auf dem Rückweg von Italien.«

»Ist sie Italienerin?« Ich habe noch nie jemanden aus Italien kennen gelernt.

»Nein. Die meisten Models fahren dorthin, wenn sie anfangen.«

Die Wolke schwebt weiter und verliert ein Stück von sich selbst.

»Und wie hat sie dir das Herz gebrochen?«

»Das ist eine lange Geschichte.«

»Klar doch, aber meine Sekretärin hat gesagt, ich könnte mir heute ein bisschen Zeit lassen«, sage ich.

»Pech.«

Auch die Nacht ist hier anders. Kein Lärm von Menschen oder Maschinen. Kein Licht, nachdem die Sonne untergegangen ist. Keine Stimmen, kein Autoalarm, keine Musik. Kein blaues Fernsehflimmern in den Fensterreihen auf der anderen Straßenseite, keine Ampeln, keine Neonreklame, die weiße Zimmerwände orange färbt. Keine Autolichter, die über die Zimmerdecke kriechen. Die Stille hier ist anders als die Stille, die eintritt, nachdem der Lehrer in der Klasse gebrüllt hat oder nachdem mir Tante Eva gesagt hat, ich soll die Klappe halten, oder nachdem ich den Wecker gestellt, das Licht ausgemacht habe und ins Bett gekrochen bin. Die Dunkelheit hier ist anders. In der Stille hier und in der Dunkelheit wirst du gleichzeitig winzig und riesig. Du hörst ein Summen, das du noch nie gehört hast, erkennst in einer nie gekannten Schwärze doch Flecken und Formen. Und du denkst: *Wie war es, als ich im Bauch meiner Mutter herumschwamm?*

Es bedrückt mich, dass ich jemals was Schlechtes über Tom gedacht habe, denn er ist ein richtig netter Mann. Er und Sam und Marge zeigen mir, wie man die Pferde striegelt. Reiten tue ich nicht, weil ich immer noch zu viel Angst vor diesen verdammten Viechern habe. Die Bürste hat einen Gurt, in den man die Hand schiebt. Man muss sie im Kreis bewegen, und man muss kräftig aufdrücken, und dabei schnauft und schwitzt man, wie ich mir das nie hätte vorstellen können. Sie zeigen mir, wie man die Hufe der Pferde in die Hand nimmt und mit einem Metallteil Erdklumpen aus den Eisen kratzt. Sie zeigen mir, wie man einen Sattel auflegt und den Gurt festschnallt, der wie ein Gürtel unter dem Bauch des Pferdes entlangläuft, damit der Sattel hält, und der nach demselben Prinzip funktioniert, wie der Gurt auf der Bürste, der dafür sorgt, dass die Bürste an meiner Hand bleibt. Sie zeigen mir, wie man die Hand ausstreckt und flach macht, um dem Pferd ein Stück Zucker zum Knuspern zu geben.

»Bist du wirklich noch nie auf einem Bauernhof gewesen?«, fragt mich Tom, als ich zum ersten Mal die Eier allein hereinbringe.

»Bist du wirklich noch nie als Komiker aufgetreten?«, frage ich zurück.

»Verstehe«, spielt er mit und Marge und er gucken sich an und lachen dann wie die Irren.

»Können die sich jemals wie Erwachsene benehmen?«, frage ich Sam.

»Können Hunde mit dem Schwanz bellen?«

Ich sauge an meinen Zähnen und tu so, als wäre ich wütend. »Deine wahrscheinlich schon.«

In der fünften Nacht in Stille und Dunkelheit muss ich weinen. Ich weine und weine, und als ich mich endlich zusammenreißen kann, mache ich meine Lampe an, gehe runter in den Flur und überlege, ob ich Lebkuchen anrufe. Bloß ist das für seine Eltern viel zu spät, und es hat auch niemand gesagt, ich dürfte sie per R-Gespräch anrufen, also lasse ich mich mit Tante Eva verbinden und bete, dass nicht meine Mutter ans Telefon kommt.

»Was haben sie dir getan?«, ist das Erste, was Tante Eva sagt.

»Nichts«, versichere ich ihr.

»Du weinst«, hält sie mir entgegen. »Sag, was passiert ist.«

»Du fehlst mir«, sage ich. »Ich möchte, dass du hier bist.«

»Hast du Kopfschmerzen?«, fragt sie.

»Nein.«

Sie hört eine Weile zu, wie ich schniefe.

»Überleg dir mal einen Namen für das Kind«, sagt sie.

»Gibt Mama ihm denn keinen Namen?«

»Kann sein«, sagt Eva.

»Hysteria«, schlage ich vor.

»Herrgott, Keisha, hast du bloß angerufen, um mich zu quälen?«

»Wie wär's mit Myokardie?« Jetzt unterdrückt sie ihr Lachen und ich bin fertig mit Weinen.

»Und wenn es ein Junge ist?«, spinnt sie weiter.

»Demenz«, sage ich und sie prustet.

»Ist Mama da?«

»Sie schläft im großen Bett.«

»Wo schläft Tory?«

»Sie hat jetzt Nicks Zimmer.«

»Wo ist Nick?«

»Noch immer verschwunden«, sagt Tante Eva.

»Umarme Tory für mich«, sage ich.

Sie sagt: »Ich hab dich lieb, Keisha«, worauf ich wieder weinen muss und das nicht auch zu ihr sagen kann.

Mein erster Brief von Lebkuchen geht so:

Liebe Keisha!
Sommerschule ätzt. Mein Daddy fragt, wie geht's dir? Mara und

DeShawn haben sich getrennt. Ich bringe Tory Basketball bei. Sie ist ziemlich gut, bloß ist sie so in mich verknallt, dass sie kaum den Ball festhalten kann. Eifersüchtig? Ich vermisse deine großen Füße. Ich möchte dich bald zum Kringeln kriegen. Mein Herz.
Lebkuchen

Ich bewahre seinen Brief in meinem ledergebundenen Tagebuch unter meinem Kopfkissen auf. Bis jetzt habe ich noch nichts in das Buch geschrieben, weil ich es erstens nicht versauen möchte und ich zweitens sowieso kaum weiß, was ich sagen soll.

Wir sind im Gemüsegarten, wir alle, und überlegen, welchen Film wir für den Abend ausleihen sollen, als Sams Ex durch die hintere Fliegengittertür gestürmt kommt.

»Hier bin ich!«, ruft sie und bleibt auf dem ersten Baumstumpf des Baumstumpfweges stehen, der in den Garten führt.

Herrje! Ihr Bild sehe ich andauernd. Und ich kenne sie aus der Schule. Flüchtig. Sie ist ein paar Klassen über mir. Neben ihr sieht Sam aus wie eine Vogelscheuche. Nicht, dass ich auf Frauen stehe, aber wenn das so wäre. O Gott!

»Wo sind deine Sachen?«, fragt er sie, während Tom und Marge durch die Tomatenstauden stapfen, um das Mädchen zu umarmen.

»In der Mansarde«, antwortet sie über die Schultern hinweg. »Deine Mom kommt doch dieses Jahr nicht, oder?«

»Dieses Jahr nicht«, sagt Marge und tritt zurück, und als auch Tom sie loslässt, sieht Sams Ex mich.

»Ich bin Grace«, sagt sie. »Du bist Keisha, stimmt's?«

»Hey«, sag ich zu ihr.

»Hallo.« Dann, eine Sekunde später, verschränkt sie die Arme. »Also«, sagt sie, »ich hasse es, wenn man mich anstarrt.«

»Klar, aber dein Reißverschluss ist offen«, lüge ich, und sie guckt schnell an sich runter und verdreht dann die Augen, weil Marge und Tom und Sam loskreischen und »*Ohhhhh!*« machen.

Auf dem Weg zum Stall frage ich sie: »Gehen wir in dieselbe Schule?«

»Ich hab die Schule abgebrochen«, sagt sie, »aber du kommst mir irgendwie bekannt vor.« Sie reibt sich die Augen. »Im April musste ich nach Italien.«

»Ich kenne dich noch aus der Zeit, als wir kleiner waren«, sage ich. »Du warst eine richtige Rumtreiberin.«

»War ich nicht. Ich hab bloß gut ausgesehen. Du hast mit Mara rumgehangen und mit irgendwelchen Jessies.«

»Mara und ich sind immer noch befreundet«, sage ich. »Die Jessies sind beide umgezogen.«

»Kannst du mal aufhören, mich anzustarren?«

»Wie ist das, wenn man berühmt ist?«, frage ich.

»Sie ist nicht berühmt«, meint Sam.

»Niemand kennt meinen Namen oder weiß irgendwas von mir«, sagt Grace, als wäre ihr das egal.

»Sie nennen dich die Bus-Schlampe«, erzähle ich ihr. Ihre Reklame hängt in jedem verdammten Bus in Brooklyn. »Jeden Tag hör ich Jungs labern, für eine Stunde mit dir würden sie sich den rechten Arm abhacken lassen.«

»Das hast du mir nie angeboten«, wirft sie Sam vor und klatscht ihm auf die Schulter. Wir weichen alle drei ein paar Haufen Pferdescheiße aus und auf meinem Arm landet ein Marienkäfer. Ich lass ihn auf meine Fingerspitze krabbeln, damit ich ihn besser beobachten kann.

»Alle Mädchen aus der Neunten lassen bei ihren Gürteln eine Schlaufe aus«, erzähle ich ihr.

»Das war nur ein Fehler«, erklärt Grace. »Der Kostümbildner hat Scheiße gebaut. Keiner hat's gemerkt.«

»Jetzt ist es Mode, meine Liebe«, erkläre ich ihr.

Sie seufzt und meint: »Verstehe.«

Ich werfe Sam einen Blick zu.

»Tu doch nicht so, als hättest du das erfunden«, sagt er zu mir.

»Tu doch nicht so, als wäre sie schwarz«, sage ich zu ihm.

»Rassistin«, sagt er.

»Leg dich nicht mit mir an!«

»Haltet die Klappe«, befiehlt Grace und ich muss lachen.

»Was ist denn?«, fragt sie ganz nervös.

»Nichts«, sage ich. Ich schnipse ihr den Marienkäfer ins Haar, was sie nicht mal merkt. Er sieht aus wie eine leuchtende Perle auf braunem Samt. Die Pferde sind schon zu riechen und wir sind noch nicht mal in der Scheune. »Willst du reiten?«, frage ich sie.

»Niemals.« Sie schüttelt sich. »Ich sterbe vor Angst.«

Wir hängen im Heu rum und gucken zu, wie Sam Hermes sattelt. Ich weiß nicht, warum in Büchern immer erzählt wird, das Heu wäre so weich, dass man drin schlafen kann, denn in Wirklichkeit pikst diese Scheiße wie Dornen, und jucken tut's auch.

»Wie lange bleibst du?«, fragt mich Grace.

»Noch ungefähr vier Wochen.«

»Gefällt's dir hier?«

Was soll ich auf so eine Frage antworten? Sie zieht sich die Sandalen aus. Ihre Zehennägel sind leuchtend blau lackiert. Sogar ihre Füße sind schön. »Es ist nett hier«, sagt sie. »Marge und Tom sind super.« Sie wackelt mit den Zehen. »Und hier bin ich weg von meiner Mutter.«

»Was hast du gegen deine Mutter?«

Sie legt die Hände hinter den Kopf, so wie ich. Wir schauen zu, wie Sam Hermes aus dem Stall führt.

»Bis später«, sagt er. Wir winken.

»Sie ist eine Schlampe«, erklärt mir Grace. »Außerdem ist sie verrückt.«

»Verstehe«, seufze ich.

Grace wartet eine Sekunde, während eine der Katzen mir auf die Brust springt. »Außerdem«, sagt Grace, »trinkt sie wieder.«

Ich spüre etwas, das ich nicht mehr gespürt habe, seit ich hier bin. Ein Jaulen hinten im Nacken. Bis zum Abend wird es in meinem ganzen Kopf toben.

»Ist das ein Problem?«, frage ich Grace.

»Problem ist mächtig untertrieben«, sagt Grace. Dann guckt sie mich an. »Ist das für dich ein Problem?«

Ich fange an zu lachen. Lachen muss man. Manchmal ist das Leben einfach komisch. Solange man das nicht vergisst. Die Katze haut ab.

»Was?«, sagt Grace. Sie setzt sich auf und ich lache weiter.
»Was!«, sagt Grace noch einmal.

»Meine Mutter ist drogensüchtig.« Ich kichere. »Ist das ein Problem für dich?« Sie blickt mich bloß mit diesen Den-rechten-Arm-abschlagen-Augen an.

»Scheiße«, seufze ich und reiße mich zusammen. »Fällt dir ein schöner Name für ein Baby ein?«

Sie haben zwei Filme ausgeliehen, aber natürlich ist die verdammte Migräne voll ausgewachsen, als wir beim Nachtisch sind. Ich kann nicht besonders gut sehen, ich kann nicht besonders gut denken, und als ich Eiswürfel im Schal erwähne, denken alle, ich bin durchgedreht. Marge sitzt an meinem Bett, in dem ich gekrümmt liege wie das Baby in meiner Mutter.

»Soll ich jemanden anrufen für dich?«, fragt Marge.

»Ja, Gott«, sage ich zu ihr. »Ich habe eine ganze Liste von Sachen, die ich ihn fragen will.«

»Du hast einen wunderbaren Sinn für Humor«, erklärt sie mir.

»Danke«, stöhne ich. »Könnten Sie den Scheißhammer jetzt wieder wegtun?«

Ich spüre, wie sie lächelt.

»Weißt du, wir könnten das regelmäßig tun«, sagt sie nach einer Weile.

»Mir wär's lieber, Sie reißen mir die Fingernägel raus«, erkläre ich ihr.

»Ich meine nicht die Kopfschmerzen, Keisha«, sagt sie. »Dass du uns besuchst, meine ich.«

Manchmal wird aus dem Hämmern ein Quetschen. So als hätte jemand einen Nussknacker in Keisha-Kopf-Größe, und der hat vielleicht einen Hunger!

»Du könntest jeden Sommer herkommen. Wenn du willst.«

»Mal echt«, stöhne ich trotz des Drucks. »Was soll denn das?«

»Purer Eigennutz«, erklärt sie mir. Sie hält noch nicht mal inne, um darüber nachzudenken. »Tom und ich sind nicht so gerne alleine. Wir mögen Besuch.« Sie berührt meine Schulter, ganz vorsichtig.

»Ich finde es schrecklich hier«, sage ich vor lauter Schmerzen.

»Das ist eine verdammte Lüge«, sagt Marge. Dann gibt sie mir einen Kuss, ganz sanft auf meinen zerplatzenden Schädel, und bleibt noch eine Weile sitzen.

Am nächsten Morgen sind sie alle vier gereizt. Sie sind draußen, hängen mit den Hintern über den Baumstümpfen des Pfades und schauen zu, wie sich das Teebeutel-Wasser in einem Glaskrug in der Sonnenwärme braun verfärbt. Sonnentee nennt Marge das. Mittags ist er fertig gezogen und dann wirft sie noch ein paar Minzeblätter aus dem Garten rein.

»Ich hab das schon geregelt«, sagt Grace ein bisschen genervt, als ob sie das schon eine Million Mal erklärt hätte. »Sie halten mir den Platz zwei Jahre lang frei.«

»Was ist los?«, frage ich Sam.

»Sie hat das College geschmissen«, sagt Sam.

»Ich habe überhaupt nichts geschmissen«, widerspricht

Grace. »Ich habe es bloß verschoben.« Sie blinzelt von ihrem Baumstumpf hoch. »Ich habe einen Zweijahresvertrag für Europa unterschrieben«, erklärt sie mir. Als müsste ich wissen, was das zu bedeuten hat. Dann dreht sie sich wieder zu Marge und Tom. »Habe ich nicht die Abschlussprüfung gemacht, obwohl ich die letzten drei Monate Schule versäumt habe? Ich hätte genauso gut den ganzen Ausbildungskrempel sausen lassen können, aber das habe ich nicht.«

»Zwei Jahre arbeiten ist was ganz anderes als drei Monate Probe«, sagt Tom. Seine Augenbrauen treffen sich in der Mitte der Stirn. Das habe ich vorher noch nie an ihm gesehen.

»Die Probezeit habe ich einzig und allein aus dem Grund gemacht«, erinnert ihn Grace, beinahe bissig, »weil ich einen Vertrag für einen richtigen Job haben wollte.«

»Tja, ich wünschte, du hättest einen Vertrag in Amerika bekommen«, sagt Tom, »denn ein paar Jahre flottes Leben in Europa könnten dich zu dem Gedanken verleiten, du brauchst nicht aufs College zu gehen.«

Grace seufzt, aber Marge ist schneller. »Du läufst vor deinen Problemen weg«, sagt Marge. »Wenn du zurückkommst, sind sie immer noch hier und größer.«

»Das ist kein Weglaufen«, meint Grace.

»Europa ist überhaupt nicht so toll«, versichert ihr Sam. »Die schubsen dich rum. Weißt du noch, was Marty gemacht hat?«

»Ich glaube, ihr versteht das einfach nicht«, sagt Grace. »Ich habe gedacht, ihr freut euch für mich.«

»Es ist gut, wenn man weggeht«, erkläre ich. »Dann sieht

man die Dinge anders.« Jetzt blinzeln sie alle zu mir rüber. »Dann versteht man mehr.«

»Bitte«, sagt Grace.

»Man fühlt sich anders, wenn man weggeht«, warne ich sie.

»Du sagst es«, meint sie.

»Magst du Sam?«, fragt mich Grace später. Wir sind am Teich, nur wir beide. Sam hilft Tom, den Zaun zu reparieren.

»Wieso geht er nicht auch nach Europa?«, frage ich.

Sie seufzt. »Es gibt da noch einen Typen, der sieht Sam sehr ähnlich, ist bloß größer und schleimt mehr rum, und wenn die Leute jemanden suchen, der wie Sam aussieht, nehmen sie meistens den anderen Typen.«

»Das ist doch Scheiße«, sage ich, und Sam tut mir Leid.

»Eigentlich nicht«, sagt Grace. »Sam wollte nie berühmt werden oder so. Er hasst den ganzen Promi-Kram. Den ganzen Rummel. Und er ist auch nicht so scharf drauf, wegzukommen, so wie ich. Er macht das bloß zum Geldverdienen, was wir alle sagen, aber Sam meint es wirklich so.«

»Trotzdem«, sage ich.

»Also, magst du ihn?«, fragt Grace noch einmal.

»Meinst du richtig mögen oder einfach bloß mögen?«

»Willst du mit ihm ficken?«, fragt Grace. Sie versucht, mit ihren blau lackierten Zehen einen Stock ins Wasser zu bugsieren.

»Habt ihr gefickt, als ihr zusammen wart?«

»Lenk nicht ab.« Sie lässt den Stock los, und er fällt ins Wasser, ohne ein Geräusch zu machen.

»Du wirst Rechtsanwältin, wenn du deinen Körper nicht mehr verkaufen kannst, oder?«, behaupte ich.

»Sag nicht so was«, sagt sie. Das meint sie ernst. Ihre Augen werden feucht.

»Tut mir Leid«, sage ich. »War nur 'n Spaß.«

Sie zuckt die Achseln. »Es stimmt ja.« Sie seufzt. Sie ist die beste Seufzerin, die ich je kennen gelernt habe. »Sie zahlen einen Haufen Geld bloß für mein Aussehen. Und je mehr Haut ich zeige, umso mehr zahlen sie. Weißt du, wie viele Pornoproduzenten schon bei meinem Agenten angerufen haben?«

»Äh äh.«

»Äh häh.« Sie nickt.

»Scheiße«, erkläre ich. »Wenn man mir genug Geld bieten würde, würde ich mich wahrscheinlich splitternackt beim Essen einer Banane oder beim Scheißen fotografieren lassen.«

»Also willst du mit ihm ficken?«

»Hast du mit ihm gefickt?«

»Ja«, sagt sie. Sie lächelt. Vielleicht ist es das erste Mal, dass ich sie je lächeln gesehen habe. Sie ist so schön, wie man sich schön im Sinne der Bibel oder so vorstellt. Wie ein Engel oder eine Heilige. »Er ist aber der Einzige.«

»Er sagt, du hast ihm das Herz gebrochen.«

»Ja.« Sie seufzt.

»Warum habt ihr euch getrennt?«

Sie zuckt die Achseln. »Ich weiß nicht. Er ist eigentlich mehr wie ein Bruder. Verstehst du das?«

Nein.

»Ich will nicht mit ihm ficken«, erkläre ich ihr.

»Echt?«

»Er sieht gut aus«, sage ich. »Versteh mich nicht falsch. Der Junge sieht gut aus.«

»Aber?«

»Ich liebe meinen Lebkuchen!«

»Das tust du wirklich, was?«

Ich werde ganz glücklich, wenn ich an seine verrückten Briefe denke. Wenn ich an seine winzigen Ohren denke und an sein glückliches Lachen. Wenn ich daran denke, dass ich ihn bald sehe. Wenn ich daran denke, mit ihm zu ficken. Grace lächelt wieder, sie grinst frech, weil sie verdammt genau weiß, woran ich gerade denke.

»Pass bloß auf«, erkläre ich ihr. »Sonst zerspringt dein Gesicht in zwei Hälften und du kannst Europa vergessen.«

»Du kannst mit ihm ficken, wenn du willst«, lacht sie. »Das macht mir überhaupt nichts.«

»Du spinnst«, erkläre ich ihr.

»Ich schwöre«, sagt sie.

»Nee«, versichere ich ihr nach einer Weile. »Er ist mehr wie ein Bruder.«

Die gute Art. Die Art mit den lila Zähnen.

»Es ist ein Mädchen«, erzählt mir Tante Eva, während Grace und Sam im Wohnzimmer Wäsche zusammenlegen und sie auf dem Sofa stapeln.

»Was? Das ist doch einen Monat zu früh«, brülle ich ins Telefon und Grace und Sam erstarren, mit meinen Socken in der Hand.

»Sie ist noch nicht da«, sagt Tante Eva. »Die Ärzte haben es auf so einem Dingsda gesehen.«

Ich schnappe meine Socken und lege sie selber zusammen.

»Kopfschmerzen gehabt?«

»Einmal«, sage ich. »Marge hat mir den Rücken massiert und mir Walgesänge vorgespielt.«

»Walgesänge?«

»Wenn ich nach Hause komme, bring ich welche fürs Baby mit«, erkläre ich ihr.

»Also hast du immer noch die Absicht, nach Hause zu kommen?«, fragt Tante Eva.

»Wie? Willst du mich nicht mehr?«, sage ich und mein Kopf wird ganz schwer und mein Blut steht still, so wie es immer war, wenn meine Mama nicht nach Hause gekommen ist und bevor Lebkuchen sich in mein Gesicht hineingelacht hat.

»Dreh mir nicht das Wort im Mund rum«, sagt sie. Ich höre einen bangen Ton in ihrer Stimme. So wie damals, als die Polizei zum ersten Mal bei uns angerufen und gesagt hat, wir könnten meine Mama vom Gefängnis abholen. »Ich weiß einfach, dass Leute, die weggehen, manchmal nicht mehr wissen, warum sie zurückkehren sollten.« Der bange Ton in ihrer Stimme richtet meinen Kopf auf und bringt mein Blut wieder zum Fließen. Der bange Ton weckt den Wunsch in mir, irgendwie durchs Telefon zu greifen und Tante Eva an mich zu ziehen.

»Es ist schön hier«, erkläre ich Tante Eva, »aber ich möchte nach Hause kommen.«

Ich höre, wie sie sich die Nase schnaubt, und mir fällt ein, dass ich niemals gedacht hätte, man müsste weggehen, um herauszufinden, wie wichtig es ist, jemanden zu haben, der möchte, dass man wiederkommt.

»Also, ich brauche jetzt wirklich einen Namen«, mahnt sie mich. »Wirst du mir nun dabei helfen oder nicht?«

»Appaloosa«, sage ich.

»Keisha!«

»Loquatia?«

»Gott wird dir ein eigenes Zimmer in der Hölle einrichten, wenn du nicht aufhörst, Mädchen!«

»Ironie.«

Wir spielen Wahrheit oder Pflicht. Wir sprechen leise, damit wir Tom und Marge nicht wecken.

»Wahrheit«, sagt Sam zu Grace.

»Wann hast du das letzte Mal gewichst?«

Gott.

»Nach dem Essen«, sagt er hastig. »Du bist dran. Wahrheit oder Pflicht?«

»Wahrheit.«

»Hast du Josh einen geblasen?«

»Scheiße.« Sie verdreht die Augen.

»Hast du es getan?«

»Nein.« Sie schleudert ihre Haare aus dem Gesicht und guckt mich an. »Keisha. Wahrheit oder Pflicht.«

»Wahrheit«, sage ich ganz nervös und versuche, mich dran zu erinnern, wann *ich* das letzte Mal gewichst habe. Gestern? Oder heute Morgen? Gott.

»Bist du noch Jungfrau?«, meint Grace.

»Scheiße, nein!«

Grace schleudert ihre Haare wieder aus dem Gesicht, weil Sam zu ihr sagt: »Wahrheit oder Pflicht?«

»Ich bin dran«, erkläre ich.

»Wahrheit«, sagt Grace zu Sam.

»Wer hat Josh einen geblasen?«, fragt Sam, wieder schnell.

»Scheiße.« Grace stöhnt.

»Wer ist Josh?«, frage ich.

»So ein Typ«, meinen beide.

»Wer hat ihm einen geblasen?«, fragt Sam.

»Ebony«, sagt sie.

»Unmöglich«, meint er.

»Wenn du es irgendjemandem erzählst, bringt sie mich um, und ich werde allen Leuten erzählen, dass du keinen hochkriegst«, warnt ihn Grace.

»Okay, okay«, sagt er. »Keisha. Wahrheit oder Pflicht?«

»Ich bin dran«, sagt Grace.

»Ach, auf einmal«, sage ich zu ihr. »Pflicht«, sage ich zu Sam.

»Du sollst heute Abend auf Hermes reiten, zusammen mit Grace.«

Verdammt.

»Das ist nicht fair«, sagt Grace. »Du kannst mich nicht in ihre Pflicht reinziehen.«

»Wollen wir wetten?«

Sam führt Hermes aus dem Stall, ich sitze vor Grace auf Hermes' Rücken, der hoch ist und uneben, so dass ein Teil von meinem Hintern in der Luft hängt, egal, wie ich rumrutsche. Grace hat die Arme um meine Taille geschlungen und wir beide haben eine Scheißangst. Die Sonne geht gerade auf, so dass wir kaum was sehen können, aber überall glitzern silbrige Wassernetze: Auf dem Gras, an den Zäunen, auf der Erde. Sam führt Hermes und uns von der Koppel aufs freie Feld und das Silber wird zu Gold und Braun wie in Filmen von ganz früher. Der Himmel ist irre riesig und die Luft schmeckt wie frische Petersilie.

»Ihr braucht keine Angst zu haben«, sagt Sam.

»Klar«, sagen wir beide.

Er klatscht Hermes auf den Arsch und dann klatscht der Rücken von Hermes mir gegen den Schritt und Grace schreit und aus dem Klatschen wird Schaukeln und das Klopfen von Hermes' Hufen auf dem Boden füllt meine Ohren und die feuchte Luft und Erde füllen mein Herz und ich schreie und schreie und dann lache ich.

Lebkuchen

Die Sonne wärmt meine Arme, und die Vortreppe kühlt meinen Hintern, während ich auf den Stufen abhänge und Brooklyn an mir vorbeitanzen lasse. Ich ziehe an meinen Ohren und lege ein Steinchen auf mein Kinn und schaue zu, wie die Bagel-Frau und der Kaffee-Mann sich in ihren Buden einrichten, und dann kommt mein Nachbar raus und ich sage: »Hallo.«

Und Drew sagt: »Hallo«, und er lässt sich auf eine Stufe im Schatten fallen.

Wir beobachten Fahrräder und Eislaster und Mädchenpaare und den dürren Mann, der die Straße mit einem borstenlosen Besen fegt und den Müll anbrüllt, und wir chillen eine ganze Weile still und ruhig vor uns hin, und dann fragt mich Drew nach der Sommerschule, die ist cool, und nach den Kindern, denen ich nachmittags B-Ball beibringe, und ich frage ihn, wann er wieder aufs College geht, das so weit weg ist von hier. Er sagt, in ein paar Wochen, er schlägt bloß noch die Zeit tot, hängt einfach rum.

»Der letzte Scheiß-Countdown«, erklärt er mir, bis er frei ist.

Er ist ein guter Kerl, ständig unter Strom, das war er immer, seit seine Familie hierher gezogen ist. Da war ich elf.

Reich und weiß und nach außen ganz verschlossen, Privatschule, schicke Autos, aber ohne Allüren, einfach voll traurig, irre still. Er zieht sein Taschenschachspiel raus und wir spielen ein paar Partien und wie immer denke ich darüber nach, wie er sich gefühlt hat, all die Male, als die Bullen vorgefahren sind und sein Daddy dann immer wieder zurückgekommen ist und seine Mama das zugelassen hat. Dieser gute Kerl, Drew, der könnte beinahe ein richtiger Mann sein, aber er muss wohl immer noch drauf warten, dass die Scheiße aufhört.

»Schach«, meint er und ich ziehe den König aus der Gefahr und wackele mit dem Knie und kämpfe gegen den Wunsch, zu fragen oder zu sagen, es wird schon werden, aber wie meistens, ist er sonst wo und ganz weit weg. Dann das Schachmatt und wir geben uns die Hand, aber ich wettere und zetere und spiele den schlechten Verlierer, um ihn lächeln zu sehen, und das tut er dann auch und Tory taucht auf, auf ihren Inlinern, sie hampelt und strampelt und sagt: »Was läuft?«

»Hallo, Tory«, sagt Drew und sie kommt auf den Bürgersteig hochgestolpert und gestürzt, so dass Drew ihr aufhelfen muss, was natürlich ein Trick ist, den ich ihr beigebracht habe. Erst war Tory in mich verknallt, aber jetzt mag sie Drew, denn sie hat ja eigentlich immer gewusst, dass ihre Kusine Keisha meine Liebste ist, mein Lebkuchen-Haupt-Traum.

»Hat deine Tante schon ihr Baby?«, frage ich, während Drew seine Magnetpferde und Türme und königlichen Hoheiten einpackt, und Tory sagt, nein, aber Keishas Mama ist so dick wie die Frau im Zirkus, und diese Woche wird es kommen, vielleicht.

Drew sagt: »Bis später, ihr zwei« und verschwindet durch die grüne Fliegengittertür im Nachbarhaus, bricht einfach das kleine Sommerherz der armen Tory, aber sie wartet trotzdem, für den Fall, dass er seine Meinung ändert und sie bittet, ihn zu heiraten.

Dann, als ihr klar wird, dass er endgültig im Haus bleibt, lässt sie sich neben mich plumpsen und jammert: »Er ist so *schön*«, und ich verdrehe die Augen und sie gibt einen tiefen Seufzer von sich und dann sitzen wir eine Weile und bald seufzt sie wieder und klagt: »Ich möchte, dass Keisha nach Hause kommt.«

Und ich: »Da bist du nicht die Einzige«, und wir klatschen uns locker ab und ich sage: »Ich werde einfach die nächsten zehn Tage auf dieser Stufe sitzen bleiben, bis sie endlich ihr hübsches Gesicht zeigt.«

Da nickt sie und wir betrachten die Bürgersteige und die Trödelverkäufe und die Bäume und denken an Keisha und spüren die Brise, aber Tory kann nur eine Minute lang still sein, schon beschwert sie sich: »Immer muss ich warten«, während ich meine Finger über die Rillen in der Sandsteinstufe fahren lasse und mit meinem Fuß auf ihren Stopper tippe, »dass meine kleine Kusine geboren wird, dass ich auf die Oberschule komme, dass ich vierzehn werde, damit ich einen Job kriege und mein eigenes Geld verdienen kann, dass ich einen Freund kriege, dass Keisha nach Hause kommt, dass ihr beide groß genug seid, um zu heiraten. Auf alles Gute muss ich warten. Immer muss man auf alles warten.«

Und ich sage ihr, für eine Zehnjährige hat sie schon ganz gut kapiert, wie's im Leben zugeht, und viel mehr gibt es kaum zu wissen, und das bringt sie zum Lächeln, so wie ich die Leute gerne lächeln sehe, die Zähne bloß, die Augen ein Strich, glücklich.

Und ich und sie und sie und ich und wir sitzen da und hängen unseren eigenen Gedanken nach und Tory bringt mit ihrem wursteligen Daumen die Inlinerräder zum Rollen, dass sie zu einem lila und orangenen Blau verschwimmen, und ich tippe auf ihren Kopf, Zopf um Zopf um Zopf um Zopf, und Tory fängt an zu lachen und dann lässt sie von den Rädern ab und packt meinen Arm und sagt: »Lass uns spielen«, und ich weiß, was sie meint, und ich schüttele den Kopf und sage, nein, auf keinen Fall, bloß um sie betteln zu sehen, und sie bettelt und bettelt und ich sage okay.

Tory rappelt sich lärmend auf und lässt mich aufstehen und sie zieht meine Arme lang an der Seite runter und spreizt meine Finger weit auseinander, dann rollt sie zurück, guckt zu mir hoch und ruft: »Los!« Und ich gebe mir die allergrößte Mühe, stillzuhalten und mich nicht zu bewegen, nicht zu zappeln oder zu schaukeln oder zu klopfen oder zu hampeln, und dabei beobachte ich ihre großen, braunen Augen, die mich von oben bis unten mustern, und ich gebe mir Mühe und ich gebe mir Mühe und ich bin besser als sonst, aber ich kann mir nicht helfen, ich bewege die Zunge im Mund und die Zehen in den Schuhen und ich denke schon, ich habe gewonnen, aber sie ist zu pfiffig, sie ruft laut: »Du hast dich bewegt! Du hast dich bewegt!«

Dann sitzen wir wieder da, beobachten vier Jungs und ein

Mädchen und einen Umzugslaster, der die Straße blockiert, und eine Limousine und einen Mietwagen und einen FedEx, die alle hupen, und drei froschäugige Hunde, die bellen, und eine alte Dame, die ihre Fenster mit dem Schlauch abspritzt. Dann sagt die kleine Tory ganz ernst: »Es tut mir Leid, Lebkuchen.«

Und ich frage, was denn, und sie lässt sich darüber aus, dass ich mich bei dem Spiel blöde fühlen muss und dass es vielleicht ein gemeines Spiel ist, und sie sieht so aus, als wollte sie weinen, und ich sage: »Ist okay, kein Stress, wenn es mir keinen Spaß machen würde, würde ich es nicht spielen.« Und sie will wieder einmal wissen, wie das ist, wenn man ein hyperaktives Kind einer cracksüchtigen Mutter ist, und ob es wehtut und wie lange ich dieses Medikament, das Ritalin heißt, noch nehmen muss. Und ich sage ihr, dass es wirklich hätte schlimm sein können, dass mir aber die beiden, die mich zu sich geholt haben, als ich das Licht der Welt erblickte, geholfen haben, dass alles gut wird, weil, wenn du einen schlechten Start hast, aber eine gute Mama und einen guten Papa oder einen guten Sonstwen, der dir hilft, dann kannst du alles verkraften.

Dann schauen wir zu den Dächern und zum Himmel hoch und ein paar welke Blätter flattern noch und Tory fragt, ob ich darauf warte, dass meine Geburts-Mutter herausfindet, wo ich lebe, ob ich darauf warte, dass mein Geburts-Daddy mir sagt, wer er ist, ob ich darauf warte, dass mein Gehirn sich entheddert, oder darauf, dass die Leute aufhören, mich Lebkuchen zu nennen, oder darauf, dass die Oberschule zu Ende geht, oder darauf, dass Keisha zurückkommt und mich küsst, oder darauf, dass ich reich werde, oder darauf, dass es keine feste Zeit zum Schlafengehen mehr gibt.

Und ich sage ihr, ich muss darüber nachdenken, weil das eine Menge ist, was sie da wissen will, und dass sie morgen wieder kommen soll und dass wir dann auf alle Fälle wieder reden werden. Und sie geht mit den Händen am Geländer rückwärts die Stufen runter und rollt wackelig fort nach Brooklyn hinein, dass mir nur noch bleibt, ihr hinterherzuschauen, als wäre sie mein.

Und ich spüre die Wärme auf meinen Armen und das Kühle unter meinem Hintern und ich sehe die Bäume und die Blätter und die Bücher in Stapeln auf Stufen und die Räder und die Lesben und die Wespen und ich denke über das Warten nach. Drew wartet auf Frieden und Keishas Mama wartet auf ihr Baby und Keisha wartet darauf, nach Hause zu kommen, und ich warte darauf, zur Ruhe zu kommen, und alles ist Warten, denn wenn man mit Warten fertig ist, dann kommt entweder mehr oder gar nichts, das ist wie der Moment, bevor jemand zu lachen beginnt und man weiß, es wird gut sein und es ist gut, und wenn das Lachen vorbei ist, muss man weiter warten, um es wieder zu hören.

JAHR SIEBEN

Linnette
Eric
Mickey

Linnette

Meine Mutter hat immer gesagt, es gibt auf der Welt sehr viel mehr wirklich Gutes und wirklich Schlechtes, als sich die meisten Menschen überhaupt vorstellen können.

Solche Sachen weiß sie von ihrer Arbeit. Meine Mutter ist die Frau, die neben den Zeugen und dem Richter sitzt und praktisch jeden Ton im Gerichtssaal mitschreibt, jedes Stottern und Fluchen. In zehn Jahren hat sie wahrscheinlich mehr wahre Geschichten von Gut und Böse gehört, als ein Durchschnittsmensch im Laufe eines ganzen Lebens zu hören bekommt, inklusive Fernsehen und Klatsch.

Beim Essen hat sie uns viel davon erzählt.

»Ihr könnt euch nicht vorstellen, was wir heute im Gericht Hässliches ertragen mussten«, hat sie zum Beispiel gesagt. Oder: »Noch nie habe ich so viel Freundlichkeit bei einem Menschen erlebt wie heute Nachmittag.« Manchmal hat sie uns nicht die ganze Geschichte erzählt, nicht alle Einzelheiten, nur bestimmte Teile, zum Beispiel wie ein Zeuge den Kopf gesenkt hat, als er Fragen beantwortete, oder wie jemand in der dritten Reihe an allen drei Tagen des Prozesses geweint hat oder wie alle Beteiligten an dem und dem Prozess Probleme mit der Wahrheit hatten. Meine Mutter hat festgestellt, dass Menschen, die an genau derselben Sache beteiligt waren, hinterher trotzdem ganz unterschiedliche Erinnerungen daran haben können. Das kommt daher, dass die Gefühle und Vorurteile der Menschen die Erinnerung beeinflussen, hat sie mir und meinem Bruder erklärt. Und das macht das Leben so rätselhaft.

Jetzt jedoch ist meine Mutter beim Essen ziemlich still. Sie hat kein Gedeck mehr für Jackson hingestellt, und es scheint, als wäre der leere Platz mir gegenüber einem unsichtbaren Beobachter zugewiesen worden, der sich ausruht, einem strengen Geist, der weder lautes Sprechen noch zu viel Lächeln erlaubt, der gekränkt sein würde, wenn wir allzu fröhlich wirkten.

Jackson starb im August vor zwei Jahren, als ich neun war. Jetzt bin ich älter, als er je war, was niemals vorgesehen war und worüber ich weinen möchte, aber ich kann es nicht.

Als ich neun war, glaubte ich an Gott, und am Tag, bevor Jackson starb, fragte ich meine Mom und meinen Dad, warum Gott meinen älteren Bruder so krank werden ließ, denn Jackson hatte doch nie im Leben etwas wirklich Böses getan. Obwohl er mich oft genug niedergerungen und so getan hat, als wollte er mir Spucke ins Gesicht tropfen lassen, und mich mit meiner eigenen Hand gehauen hat, um mich dann zu fragen: *Wieso haust du dich selber, Linny? Wieso haust du dich selber?*

Meine Eltern haben gesagt, Sterben ist keine Strafe für den Menschen, der sterben musste; manche würde Gott eben zu sich nehmen, wenn sie noch jung sind. Und ich habe gesagt, *Na ja, aber es ist doch eine Strafe für uns, oder nicht?*

Und als meine Eltern nicht geantwortet haben, kam mir der Gedanke, dass Gott vielleicht eine Lüge ist.

Am nächsten Tag, nachdem ich mir aus dem Automaten im Wartezimmer neben dem Schwesternraum einen Schokoriegel ziehen wollte und der Apparat meine fünfzig Cent einbehielt, ohne mir E17 zu geben, und ich zurück in Jacksons Zimmer kam und er tot war und meine Eltern mich ihn angucken ließen und dann zu ihm sagten, *Bis bald*, war ich ziemlich sicher, dass Gott eine Erfindung war, aber ganz bestimmt wusste ich es nicht.

Eine Woche später konnte ich nicht einschlafen, weil ich hörte, wie mein Vater sein Weinen im Kissen zu ersticken versuchte und meine Mutter mit ihm flüsterte, so wie sie im Krankenhaus mit Jackson geflüstert hatte. Ich huschte aus dem Bett und schlich auf Zehenspitzen ins Wohnzimmer zum Telefon. Ich verkroch mich hinter dem Sofa, um sicherzugehen, dass meine Eltern mich nicht hören konnten, und dann wählte ich die Null.

Telefonistin: Was kann ich für Sie tun?

Ich möchte ein R-Gespräch anmelden.

Name des Anrufers?

Linnette. Ich versuchte zu flüstern, zum Teil, weil ich nicht wollte, dass sie mich hörten, zum Teil, weil ich sie hören wollte.

Der Name des Teilnehmers, den Sie anrufen wollen?

Jackson.

Die Nummer bitte. Zuerst die Vorwahl.

Ich saugte an den Innenseiten meiner Wangen.

Ich weiß die Nummer nicht ganz genau.

Stadt oder Staat?

Himmel, bitte. Die Telefonistin sagte einen Moment lang gar nichts, und ich dachte, sie hätte aufgehängt.

Entschuldigen Sie. Könnten Sie bitte die Stadt oder den Staat wiederholen?

Himmel. Diesmal sagte ich es etwas lauter, mit ein bisschen mehr Rückgrat.

Ich habe ein Himmelton in Oklahoma.

Das klang in meinen Ohren nicht richtig.

Himmel. Der mit Gott.

Die Telefonistin brauchte eine Weile, bevor sie wieder was sagte. Ich dachte, vielleicht isst sie gerade was.

Wie alt ist der Anrufer bitte?

Was?

Wie alt sind Sie, Miss?

Wozu musste sie das wissen?

Neun.

Einen Moment bitte.

Es war ein langer Moment. So lang, dass ich mehrmals die Position hinter der Couch gewechselt und das Kribbeln in meinen eingeschlafenen Beinen schon aufgehört hatte, bevor die Telefonistin wieder am Apparat war.

Miss, bei Jackson ist besetzt. Aber wenn Sie eine Nachricht hinterlassen wollten, dann wird die ihn sicher erreichen.

Ich versuchte zu denken.

Miss?

Na, könnte ich dann mit Gott sprechen?

Die Telefonistin hatte einen Hustenanfall, und als der vorbei war, sagte sie, *Gott ist um diese Zeit nicht erreichbar, Miss.*

Ich weiß nicht, wieso ich es in dem Moment wusste, aber ich wusste es. Vielleicht, weil der Husten der Telefonistin mehr wie Lachen klang. Oder vielleicht, weil ich es im Grunde schon die ganze Zeit gewusst hatte.

Miss?

Sagen Sie nur, ich hätte angerufen.

Ich legte auf, meine Hände waren feucht, und mein Gesicht brannte vor Enttäuschung und Scham.

Als meine Eltern mich fragen, was ich von ihrem Plan halte, und der leere Stuhl mir gegenüber schweigend zuhört, kann ich es kaum glauben.

»Das können wir nicht machen«, bringe ich als Erstes vor.

»Könnten wir schon«, sagt meine Mutter sorgfältig, »wenn wir es wollen.« Sie zeichnet mit den Zinken ihrer Gabel Furchen in den Kartoffelbrei. »Wir haben gedacht, du würdest es vielleicht wollen.« Sie blickt von ihrem Teller hoch und mir direkt ins Gesicht, so wie früher. »Wir haben gedacht, du würdest vielleicht gerne noch jemanden in der Familie haben.«

»Aber das wäre doch nicht Familie«, erkläre ich ihnen. »Das wäre künstlich. Eine künstliche Familie. Was ist denn daran verkehrt, dass wir nur wir sind?«

»Daran ist überhaupt nichts verkehrt«, sagt mein Vater und faltet seine Serviette in immer kleinere und kleinere Quadrate. »Darum geht's nicht.«

»Worum geht's denn?«

Mein Vater wartet eine Weile, bevor er antwortet.

»Ich denke, es geht darum, dass Linnette nicht wohl dabei

ist«, sagt er schließlich zu meiner Mom, die ihre Gabel fallen lässt. Das bringt den ganzen Raum zum Klingen. »Wenn dir nicht wohl dabei ist«, sagt er zu mir, »dann lassen wir es.«

Meistens treffen sie ihre Entscheidungen alleine. Zum Beispiel, wann wir Urlaub machen und wohin wir fahren. Zum Beispiel, wann und wie die Möbel im Wohnzimmer umgestellt werden.

»Ich will nicht«, flüstere ich. Mein Vater faltet langsam seine Serviette auseinander, bis sie auf seinem schmutzigen Teller ausgebreitet ist. Durch die Kniffe vom Falten sieht sie aus wie ein Schachbrett. Ich schiele zu meiner Mutter rüber. Ihr steigen Tränen in die Augen. Das einzige Mal, dass ich sie je habe weinen sehen, war im September vor zwei Jahren, als sie einen Brief aus der Schule bekam, in dem stand, dass Jackson die ersten vierzehn Tage des Schuljahrs versäumt hätte und ein Attest vom Arzt bräuchte, um seine Abwesenheit zu entschuldigen. Sie sieht, dass ich sie angucke, und greift nach meinen Fingern. Sie ist heller als ich. Die Rückseiten ihrer Hände haben die Farbe meiner Handflächen und Fußsohlen.

»Ist schon gut, Linny«, sagt sie. »Ich bin bloß ein bisschen enttäuscht, weiter nichts.«

Ich wünschte, sie würde mehr sagen, so wie früher. Ich wünschte, sie würde mir weiter direkt in die Augen schauen und wie früher Worte sagen, die die Dinge zurechtrücken. Die die Dinge leichter verständlich machen oder ihnen einen Zauber verleihen, wenn sie nicht zu verstehen sind.

Ich möchte keinen Bruder und auch keine Schwester, die schon halb erwachsen sind. Und ich möchte auch kein Baby, wenn sie das fragen würden. Es ist nicht einmal so, dass ich es nicht will. Ich kann nicht. Ich kann es einfach nicht.

Mein Vater schiebt seinen Stuhl zurück und geht um den Tisch herum. Meine Mutter hält noch immer meine Finger. Er steht hinter ihr und streicht ihr über das Haar, legt seine Hand auf ihre Stirn und führt sie dann langsam nach hinten.

Ich denke gar nicht mehr besonders oft an Jackson, und von ihm träumen tue ich noch viel weniger, aber heute Nacht besucht er mich im Schlaf.

Ich tausche meinen Milky-Way-Schokoriegel gegen deine Life-Saver-Drops, bietet er an.

E17 funktioniert nicht, erkläre ich ihm und schiele auf seinen Schokoriegel. *Wo hast du den her?*

Vielen Dank, dass du versucht hast anzurufen, sagt er, wickelt seinen Schokoriegel aus und beißt an der Spitze ein klitzekleines Stückchen ab.

Du sollst dich nicht über mich lustig machen, warne ich ihn.

Tu ich doch gar nicht, sagt er. *Willst du abbeißen?*

Er streckt mir die Schokolade entgegen und ich wache auf.

Es sind die Augen meines Vaters, die am Morgen spinnwebenrot sind. Meine Mutter hat die Unterlippe unter die Oberlippe geschoben. So sah sie die ganze Zeit aus, als Jackson krank war und auch noch Monate danach.

Ich warte, bis beide ihre Schlüssel in der Hand haben und die Haustür aufmachen wollen. Sie fahren erst mit demselben Bus zur Arbeit, aber meine Mom steigt in Manhattan am

Port Authority in die U-Bahn und fährt noch zwei Stationen weiter.

»Ich hab's mir anders überlegt«, erkläre ich ihnen.

»Was?«, fragt meine Mom. Sie sieht hübsch aus in dem pflaumenfarbenen Hosenanzug und den schwarzen Wildlederpumps, auch wenn ihr Mund ein flacher Strich ist.

»Vielleicht kann ich es versuchen«, sage ich.

Sie schauen einander an.

»Bist du sicher?«, fragt mein Vater.

»Solange wir ihn wieder wegschicken können, wenn es mir nicht gefällt«, beharre ich.

Ich erwarte, dass beide über mich herfallen, weil ich so böse bin, aber stattdessen sagt mein Vater: »Natürlich.« Er sieht aus, als wollte er gleich wieder weinen.

»Bist du dir wirklich sicher?«, fragt meine Mutter.

»Ja.« Ich nicke.

Mein Vater reibt sich die Augen mit dem Handballen. Er trägt ein weißes Hemd unter seinem dunklen Anzug und Manschettenknöpfe, die ich im Ferienlager gemacht habe, bevor Jackson starb.

»Linny«, fragt meine Mutter prüfend, »was geht dir durch den Kopf?«

»Solange wir ihn wieder wegschicken können«, wiederhole ich.

Die Sache ist die, wir haben nicht nur einen gekriegt, sondern zwei. Eric und Mickey. Sie sehen sich total ähnlich, nur ist Mickey acht und Eric sechzehn, und Mickey ist der Sonnenschein, während Eric ein Gesicht wie ein Beilmörder hat.

Sie sind beide dunkelhäutig wie mein Vater und ich, und Eric ist so groß wie ein Mann.

Sie sollten um drei bei uns sein, aber sie kommen erst um halb sechs. Sie haben jeder einen schwarzen Rucksack über einer Schulter hängen.

»Zu mir könnt ihr Mr. Wheeler sagen und das ist Ms. Wheeler«, fängt mein Vater an, nachdem die Frau vom Sozialamt gegangen ist und wir blöde im Flur rumstehen. Mein Vater streckt Eric die Hand entgegen, der drüber wegsieht, wie man über einen Fleck an der Wand wegsieht.

»Das ist Linnette«, erklärt ihnen mein Vater.

»Hallo«, sage ich.

»Das ein Schloss?«, fragt Mickey und blickt sich um. Er klingt sehr beeindruckt.

»Das ist ein Haus«, sagt mein Dad. »Es kommt dir wohl sehr groß vor, was?«

Mickey nickt. Eric sagt gar nichts.

»Linnette«, schlägt meine Mom vor, »zeig doch den Jungs mal ihr Zimmer.«

In Jacksons Zimmer stehen jetzt zwei einzelne Betten mit blauen Bettüberzügen, die beigefarbene Einfassungen haben, zwei helle Holzkommoden und zwei helle Holzschreibtische. Die Vorhänge sind blau-beige gemustert und auf dem Boden liegt ein beiger Teppich mit blauer Einfassung. Meine Mutter kann sehr gut Dinge zusammenstellen.

Früher, als Jackson hier noch gewohnt hat, war das Zimmer ein einziges Chaos. Meistens lagen Bälle rum. Alle möglichen Bälle. Orangefarbene Basketbälle, narbige Basebälle, aufgeblähte Softbälle, abgewetzte Tennisbälle, dellige Golfbälle, hopsige Handbälle, geometrische Fußbälle, hässliche augenförmige Rugbybälle, harte Squashbälle.

Eric und Mickey starren in das blau-beige Zimmer und halten immer noch ihre Rucksäcke fest.

»Das war Jacksons Zimmer«, sage ich.

Mickey guckt Eric an.

»Ihr könnt eurer Zeug ablegen, wenn ihr wollt«, erkläre ich ihnen.

Eric wirft seinen Rucksack auf das Bett, das dem Fenster am nächsten steht. Mickey geht zu dem anderen Bett und setzt sich drauf. Er wippt ein bisschen.

»Meine Mom sagt, ihr seid aus Brooklyn«, versuche ich. Sie antworten nicht. »Ich habe früher in Manhattan gewohnt«, sage ich, »als ich klein war.« Sie antworten nicht. Ich nicke zu Mickey rüber. »Da war ich noch nicht mal so alt wie er.«

»Ich bin nicht klein«, sagt Mickey.

»Bist du schon mal in Montclair gewesen?«

»Heißt das hier Montclair?«, fragt Mickey Eric.

»Äh häh.«

»Bleiben wir jetzt hier?«, fragt Mickey.

»Solange's dir hier gefällt«, sagt Eric, »bleiben wir.« Er guckt mich an. »Habt ihr ein Badezimmer?«

Eric will meiner Mom nicht helfen, eine Liste zu machen.

»Brauch nix«, sagt er. Mickey sitzt so dicht neben ihm, dass sich ihre Beine berühren.

»Was anzuziehen?«, fragt meine Mutter. »Hefte? Schuhe?«

Eric zuckt die Achseln.

»Ich könnte neue Turnschuhe kriegen?«, piepst Mickey.

»Zeig mal her«, sagt meine Mom und beugt sich in ihrem Sessel vor und schnappt sich Mickeys Hacke. Ausführlich betrachtet sie seine zerfetzten Super-Mart-Schuhe und dreht dabei langsam seinen Fuß. Er fängt an zu kichern. Niedlich klingt das. In Erics Gesicht blitzt ein winziges Lächeln auf. Für einem Moment sieht er nicht mehr ganz so kriminell aus.

Meine Mutter lehnt sich zurück und nickt. Ich weiß, dass sie rumalbern möchte, aber es scheint so, als wüsste sie nicht mehr so richtig, wie das geht. Mickey guckt zu ihr hoch, ganz Augen und Sorgenfalten, um zu erfahren, was sie dazu sagt.

»Auf jeden Fall«, sagt sie. »Sofort.«

»Ich könnte Air Jordans kriegen?«, krächzt Mickey.

»Wir werden sehen«, sagt meine Mom.

Eric und mein Dad bleiben zu Hause. Meine Mutter notiert sich die Größe, die Eric ihrer Meinung nach braucht, und Mickey und sie und ich machen uns fertig, um ins Einkaufszentrum zu gehen.

»Kommste nich mit?«, fragt Mickey und dreht sich zu Eric um, der ganz gerade auf seinem Bett am Fenster sitzt.

»Schon gut, Mick. Bin hier wennde zurückkommst.«

Aber Mickey gefällt das nicht. Er wird ganz still und lächelt nicht mehr. Meine Mutter kauft ihm achtmal Unterwäsche und acht Paar Socken, zwei Jeans, zwei andere Hosen, acht T-Shirts, zwei Hemden mit Kragen, vier Pullover, ein Paar Air Jordans, ein Paar richtige Schuhe, ein Paar Handschuhe, einen Mantel und einen Haarschnitt. Auch für Eric kauft sie ein paar Sachen.

»Sag deinem Bruder, wenn ihm die neuen Sachen passen, können wir ihm mehr kaufen«, sagt meine Mom unterwegs im Auto zu Mickey. Ich glaube aber nicht, dass Mickey sie hört. Sein Kopf hängt nach links, seine Augen sind geschlossen und aus dem Mundwinkel tropft Spucke.

»Was geht dir durch den Kopf, Linny?«, fragt meine Mutter ein paar Ampeln später.

»Ich weiß nicht«, sage ich und krame in meinen Einkaufstüten herum. Sie hat mich heute total neu ausgestattet, inklusive Schuhen und einem Paar Ohrringe. Sonst kriege ich nur im August neue Sachen, zum Schulanfang, und an meinem Geburtstag.

»Es ist erst der zweite Tag«, erinnert mich meine Mutter. »Es wird dir noch eine Weile merkwürdig vorkommen.«

Vor Jacksons Tod hätte sie mir mehr erzählt. Sie hätte es mir irgendwie erklärt wie eine Lehrerin oder eine Pfarrerin. Ich warte eine Minute und hoffe wie immer, dass sie weiterredet. Dass sie die Dinge mit einer Schicht Wörter bedeckt wie mit einer warmen Decke.

»Ich glaube, Eric mag uns nicht«, flüstere ich, als die Hoffnung verflogen ist.

»Er muss sich erst eingewöhnen«, sagt meine Mom.

Nach drei Wochen hat er sich immer noch nicht eingewöhnt. Er sitzt auf dem Stuhl, der Jackson gehört hat, und es ist immer noch der Stuhl, der uns beobachtet, der uns die Leichtigkeit nimmt. Eric redet kaum, außer abends mit Mickey, wenn er denkt, wir anderen können ihn nicht hören.

Wenn meine Eltern im Bett sind, beobachte ich die beiden Jungen. Und zwar durchs Schlüsselloch des Badezimmers, das ihr Zimmer mit meinem verbindet. Meist liegen beide auf dem Bett am Fenster. Eric sitzt aufrecht, mit Kissen im Rücken und mit angezogenen Knien. Mickey kuschelt sich an ihn und betrachtet, was Eric mit einem Kugelschreiber auf einen zerfledderten Block zeichnet. Und Mickey redet viel, während Eric den Stift über das Papier fahren lässt.

Ich versuche immer zu sehen, was auf dem Blatt drauf ist. Ich versuche auch zu hören, was sie sagen, aber sie sind zu weit weg und das Schlüsselloch ist zu klein.

Manchmal macht Eric das Fenster auf, während Mickey im Schneidersitz auf dem Bett hockt, sich über Papier und Tabak beugt und beides mit seinen kleinen Fingern zusammenrollt. Wenn Mickey fertig ist, zieht Eric an der fertigen Zigarette und behält den Rauch lange drin, bevor er ihn aus dem Fenster pustet. Manchmal pafft er Ringe, durch die Mickey seinen Finger steckt. Wenn der Wind aus einer bestimmten Richtung bläst, kann ich durch das Schlüsselloch einen sauren und gleichzeitig würzigen Duft erhaschen. Ich glaube, es ist Marihuana.

Früher hatte Jackson in dem Zimmer Etagenbetten, die quer übereinander standen. Wenn wir uns nicht gekloppt haben, haben wir uns mit Hilfe von herunterhängenden Decken Forts gebaut. Wir spielten Piratenschiff und einsame Insel. Manchmal hatten wir einen Luftballon. Er durfte nicht das obere Bett oder den Boden oder die Innenseite der aus Decken gebauten Wände berühren und man durfte ihn nicht zweimal hintereinander anstupsen. Wenn der Ballon platzte, wurde derjenige, der ihn zuletzt berührt hatte, vom oberen Bett an den Knöcheln aufgehängt.

Einmal hat Jackson mich aus Versehen fallen gelassen und ich habe mich tot gestellt. Er hatte solche Angst, dass er geweint hat, doch als ich aufgesprungen bin und ihn ausgelacht habe, war er so wütend, dass er mir ein blaues Auge verpasst hat. Danach durften wir einen Monat lang keine Forts mehr bauen.

Eric haben sie in eine Sonderklasse der Oberschule gesteckt, Mickey ist in seine normale Grundschulklasse gekommen. Mein Vater bringt Eric am ersten Tag hin, meine Mutter Mickey. Als Eric am Morgen aus dem Haus geht, ist sein Gesicht finster und er guckt meinen Dad kaum an. Aber beim Abendessen, als meine Mom fragt, wie's war, sagt er: »War in Ordnung.«

»Wir ham Teppichboden und Computer«, erzählt Mickey Eric.

»Hattet ihr an eurer alten Schule keine Computer?«, frage ich Eric.

»Linnette!«, mahnt mein Vater.

»Was denn?«, frage ich.

»Hatten nich ma richtig Bücher in Brooklyn«, zischt Eric mir zu. Richtig hässlich.

Es schneit so sehr, dass wir zu Hause bleiben müssen und meine Eltern können nicht nach Manhattan zur Arbeit. Mein Dad bittet mich und Eric, den Gehweg frei zu schippen, während er im Garten mit Mickey einen Iglu baut. Eric wartet extra, bis ich loslege, so dass er am anderen Ende des Gehwegs anfangen kann, so weit weg von mir wie möglich. Eine Weile höre ich als einzige Geräusche das Schripp-Schrapp unserer Schaufeln auf dem Beton, das Rieseln des Schnees, der beim Schippen zur Seite kippt, und Mickeys Gekicher aus dem Garten.

»Warum magst du uns nicht?«, frage ich Eric, als wir uns schließlich in der Mitte des Wegs treffen. Ich schwitze unter meinem Mantel und mein Herz pocht von der Anstrengung und vor Aufregung.

Eric wirft mir einen Eispickelblick zu.

»Ich hab dich was gefragt«, sage ich.

»Mag niemand nich«, sagt er nach einer Weile.

»Quatsch«, widerspreche ich. »Du magst Mickey.«

Er zuckt die Achseln und starrt über meine Schulter hinweg.

»Du machst mir keine Angst«, lüge ich. Seine Augen flackern zu meinem Gesicht und wieder weg. »Und wenn du bei uns bleiben willst, dann fang endlich an, dich wie ein Mensch zu benehmen«, füge ich hinzu und fürchte mich vor seiner Reaktion.

Eine Sekunde lang bleibt er ganz besonders still stehen und dann nimmt er einen tiefen Atemzug. Er schwingt die Schaufel hoch über seinen Kopf, und für einen Augenblick denke ich, er wird mich damit niederschlagen. Stattdessen lässt er sie auf seine Schulter sinken, die Hände liegen auf dem Stiel, zittern von den Handgelenken an, und er sagt: »Kannste Mathe und Englisch?«

Eric und ich lassen Mickey die Bleistifte im elektrischen Bleistiftspitzer meines Vaters spitzen. Dann setzen sich Mickey und Eric an ihre Schreibtische. Eric hat ein marmoriertes Heft und Mickey hat eins mit Superhelden-Comics auf dem Deckel. Ich sitze auf dem Bett, das am weitesten vom Fenster entfernt ist und in dem nie jemand schläft.

»Es war einmal ein Junge, der keinen Namen hatte«, sage ich. Ich muss eine Weile warten, bis ihre Bleistifte langsamer werden. »Er lebte in einer großen Villa am Meer.«

»Was is Villa?«, fragt Mickey.

»Großes Haus, größer als das Haus hier, aber ein richtiges Haus, kein Gefängnis«, sagt Eric.

»Dieser Junge hatte eine besondere Gabe.«

»Was is besondere Gabe?«, fragt Mickey.

»Halt die Klappe«, sagt Eric zu ihm.

»Was is besondere Gabe?«, fragt Mickey mich.

»Etwas Ungewöhnliches, was man gut kann«, erläutere ich ihm. Dann fahre ich fort. »Dieser namenlose Junge konnte sich selbst verschwinden lassen.« Ich schaue aus dem Fenster und überlege, was ich als Nächstes sage. Ich höre ihre Stifte kratzen. Ich höre, wie einer von beiden etwas ausradiert und dann die Krümel wegpustet. So wie das klingt, denke ich, es ist Mickey.

»Dieser Junge hat sich verschwinden lassen, wenn es Zeit zum Geschirrspülen war. Oder er ging in ein Geschäft und hat sich verschwinden lassen, kurz bevor er sich Süßigkeiten genommen hat.«

»Klaut der?«, fragt Mickey. Er dreht sich an seinem Schreibtisch einmal ganz rum, um mich anzugucken.

»Nur Süßigkeiten«, sage ich. »Nur manchmal, für seine Schwester, wenn die krank ist.«

»He«, grummelt Eric. »Mach langsamer. Ich kann nich so schnell.«

Mickey klettert von seinem Stuhl und krabbelt zu mir aufs Bett. »Der Junge wird erwischt?« Er hebt meinen Arm hoch und macht es sich neben mir gemütlich. Er ist warm und er riecht wie neue Schuhe.

»Weiß ich noch nicht«, sage ich. »Ich denke mir das ja gerade erst aus.«

»Ich denk mir immer Geschichten aus«, erklärt mir Mickey.

»Sei still, Mick«, sagt Eric. In scharfem Ton. Beil-Mann. Mickey zieht meine Hand runter und bedeckt sein Gesicht damit.

»Du musst jetzt nachsehen«, befiehlt mir Eric.

Er lehnt sich in seinem Stuhl zurück und reicht mir sein Heft. Er hat keine Ahnung von Groß- und Kleinschreibung, von Kommas oder Punkten. Er schreibt wie ein kleines Kind. Schlechter als ein kleines Kind. Seine Rechtschreibung ist auch ätzend.

»Scheiße, was?«, fragt er mich.

»Ziemlich schlecht«, sage ich ihm, Mickey schielt unter meiner Hand hervor. »Aber ich kann's dir beibringen«, füge ich hinzu.

Eric ackert. Manchmal versucht Mickey, Eric zu helfen, aber Mickey kann nicht besonders gut erklären. Er weiß einfach, wie's geht. Ich muss vorsichtig sein, denn wenn Eric denkt, ich lache ihn aus, steht er sofort auf und stapft davon und erlaubt mir ein paar Tage lang nicht, ihm zu helfen.

»Der 's sauer«, sagt Mickey, wenn ich mit Eric Krach habe.

Und Mickey schüttelt den Kopf, total ernst.

»Der wird schnell sauer«, verrät Mickey mir. »Aber innen drin issa ganz lieb.«

Wir machen Hausaufgaben, wir drei, nachdem wir *Oprah Winfrey* geguckt haben und bevor meine Eltern nach Hause kommen. Wir schreiben auch Diktate. Jedes Mal hänge ich etwas an die Geschichte vom verschwindenden Jungen an. Aber vorher, während *Oprah Winfrey* läuft, sitzen Mickey und Eric auf dem Sofa und essen Campbell's Hühnersuppe mit Klößchen und ich sitze im Sessel und esse Blue Corn Chips mit Salsa-Soße.

Heute macht Oprah Winfrey eine Show über Schönheitsoperationen. Mickey hopst von der Couch und geht ganz dicht an den Bildschirm ran. »Die Frau sieht aus wie Mama«, sagt er und deutet auf eine der schönheitsoperierten Frauen.

Erics Gesicht bleibt verschlossen.

»Eric«, beharrt Mickey. »Die Frau sieht aus wie Mama.«

»Nee«, sagt Eric schließlich. »Die Frau 's hübscher.«

»Mama tot?«, fragt Mickey Eric. Ich gebe mir Mühe, nicht auf den Chip zu beißen, den ich im Mund habe, denn ich will Erics Antwort nicht übertönen.

»Halt die Klappe«, sagt Eric.

Mickey klettert wieder auf die Couch und blickt Eric direkt in die Augen. Eric erwidert seinen Blick und guckt, so böse er kann. Mickey lächelt ihn an. »Bist nicht sauer«, erklärt er Eric. Dann lässt er sich auf den Hintern fallen und schaut zu mir rüber.

»Meine Mama tot?«, fragt er.

»Ich weiß es nicht«, sage ich zu Mickey.

»Geht dir nix an«, murmelt Eric.

»Tzz«, erwidere ich.

Eric isst ein paar Klößchen. Ich habe bemerkt, dass er erst das Flüssige schlürft und sich die Klößchen für zuletzt aufhebt.

»Wahrscheinlich isse nich tot«, sagt Eric in seine Schüssel. »Wahrscheinlich stecktse irgendwo inner Therapie.«

»Was für 'ne Therapie?«, frage ich Eric. Er bleibt still, starrt auf den Fernseher. Jetzt läuft eine Reklame für schnell trocknenden Nagellack.

»Was für Crack-Leute, dasse von die Pfeife wegkommen«, erläutert mir Mickey. »Stimmt's, Eric?«

Eric starrt Mickey an. »Das sollst du nich alle sagen.«

»Linny is gar nich alle«, sagt Mickey. Dann lächelt er Eric ins Gesicht. »Bist nich sauer.«

Jetzt starrt Eric mich an. »Sie 's cracksüchtig und eine Hure und lauter so 'n kaputter Scheiß«, erklärt er mir. »Genug gehört?«

Während ich durchs Badezimmerschlüsselloch gucke, überraschen meine Eltern Eric und Mickey. Der zerfledderte Skizzenblock liegt offen auf Mickeys Bauch. Er schläft auf dem Bett neben dem Fenster und Eric sitzt auf der Bettkante und bläst würzigen Rauch durch das Fliegengitter. Mein Vater nimmt Eric die Zigarette aus der Hand. Meine Mutter nimmt den Skizzenblock hoch und guckt lange drauf. Eric benimmt sich, als hätten die beiden das Zimmer gar nicht betreten. Er starrt einfach weiter aus dem Fenster. Meine Mutter setzt sich neben ihn aufs Bett. Ich warte darauf, dass sie was sagt, aber ich glaube nicht, dass sie das tut. Ich sehe, dass mein Vater mit der Zigarette ins Badezimmer will, und bevor ich verschwinden kann, schlägt er die Tür auf und die knallt mir ins Gesicht.

Jeden Sonnabend gehen Eric und Mickey zur Therapie und ich kann mit meinen Eltern alleine mittagessen. Nachdem Jackson gestorben ist, bin ich auch zur Therapie gegangen, und meine Eltern auch. Aber jetzt gehen wir stattdessen einmal in der Woche essen. Ich bestelle mir immer einen gut durchgebratenen Cheeseburger mit gebackenen Zwiebelringen und zum Nachtisch einen Schokoeisbecher. Danach holen wir Mickey und Eric ab, und abwechselnd geht einer meiner Eltern mit den beiden mittagessen, während ich mit dem anderen nach Hause gehe.

Jeden Sonntag gehen wir alle zum Brunch. Heute betrachtet die Frau, die mir meine in Ei gebackenen Toastbrotscheiben bringt, ausführlich mein geschwollenes blaues Auge, das von der Badezimmertür, und dann wirft sie Eric einen scharfen, bösen Blick zu. Er starrt zurück. Als sie meinen Teller abstellt, stoße ich ein Glas mit Wasser um, das sich über ihre schwarz-grüne Schürze ergießt. Sie wird pitschnass.

»Entschuldigung«, sage ich zu ihr und werfe ihr einen starren Eric-Blick zu.

Als wir zu Hause sind und die beiden in Jacksons Zimmer verschwinden, gehe ich hinterher.

»Meine Mom sagt, du kannst richtig gut zeichnen«, sage ich zu Eric.

»Er malt voll gut«, sagt Mickey. »Er macht Bilder für meine Geschichten.«

»Halt die Klappe, Mick«, faucht Eric.

»Meine Eltern würden dir alles kaufen, was du brauchst«, sage ich zu Eric. »Die würden dir Zeichenblöcke und Farbstifte und so was kaufen. Ich wette, die würden dir sogar helfen, in einen Kunstkurs zu kommen.«

Eric hält die Arme vor der Brust verschränkt, sitzt aufrecht da und starrt aus dem Fenster.

»Mach mir 'ne Tüte«, sagt er zu Mickey.

»Die haben alles weggenommen«, sagt Mickey.

»Was ist eine Tüte?«, frage ich.

Mickey glotzt mich an. Aus Erics Mund hüpft ein Stückchen Lachen. Ich kann seine Zähne sehen. Plötzlich sieht er mehr wie Mickey aus als wie ein Mörder.

»Sie weiß nich, was 'ne Tüte ist?«, fragt ihn Mickey. Jetzt lächelt Eric wirklich.

»Macht euch nicht über mich lustig«, warne ich ihn.

»Gras«, sagt Eric, grinsend. »Pot. Glücksrauch.«

»Oh«, sage ich. »Du meinst Marihuana.«

Mickey kichert. »Mari*huana*«, imitiert er mich. »Mari*huana.*« Jetzt lacht er voll. Er zupft Eric am Knie. »Sie redet komisch«, prustet er. »Eric, sie redet so komisch!«

»Sie redet weiß«, erklärt Eric, lächelt und legt sich aufs Bett. »Hab ich dir doch gesagt. Diese Nigger reden weiß.«

Beim Wort *Nigger* brennen mir die Ohren, aber Mickey muss so lachen, dass er auf den Boden fällt.

»Hör jetz auf«, befiehlt ihm Eric, aber auch er kichert ein bisschen. »Komm schon, Mick«, gluckst er.

Mickey kugelt über den beigen Teppich mit der blauen Kante. Er quietscht vor Lachen. »Mari*huana*!«, schreit er. »Mari*huana*!«

»Wir haben was von eurer Mutter gehört«, sagt meine Mom beim Abendessen. Ich sehe, wie mir gegenüber der Beil-Mann zurückkommt. In letzter Zeit war er nicht oft da, aber jetzt ist es so, als wäre er nie weggewesen. Mickey kriegt das auch mit. Er legt seine Gabel hin und guckt hoch, ganz Augen und Sorgenfalten.

»Sie hat vier Monate einer Therapie abgeschlossen und hofft, noch acht weitere zu schaffen. Und danach will sie das Sorgerecht für Mickey beantragen.«

»Verstehst du das, Mickey?«, fragt mein Vater.

»Nein«, sagt Mickey.

»Mama will dich zurückhaben, irgendwann bald«, erklärt Eric, kurz und wütend.

»Was ist mit Eric«, frage ich meine Eltern.

Er starrt stur geradeaus.

»Wissen wir nicht genau«, sagt meine Mutter zu ihm und streckt ihre Hand nach seiner aus.

Er zuckt zurück und wird starr wie eine Statue. Nur sein Mund bewegt sich. »Egal«, erklärt er uns. »Sie wird nich lange clean bleiben.«

»Gehn wir bald zu Mama zurück?«, fragt Mickey.

»Nee«, sagt Eric. Mein Vater zerfetzt seine Serviette.

»Meine Mama tot?«, fragt Mickey meine Eltern.

»Nicht tot«, antwortet mein Vater schließlich. Er hat einen kleinen Haufen Konfetti auf seinem Teller versammelt. »Bloß krank.«

»Eric«, sagt meine Mutter, dabei klingt sie so wie früher, was mein Herz mit kurzem, kräftigem Flattern bemerkt. »Auf meiner Arbeit sehe ich jeden Tag die ganze Welt ein und aus gehen. Ich sehe alles. Ich sehe das Gute und ich sehe das Böse.«

Erics Gesicht bleibt starr wie eine Maske.

»Deine Mutter kämpft in einem Krieg. Der Krieg hat sie erwischt, als sie noch so jung war, dass du noch nicht einmal als Gedanke vorhanden warst.«

Meine Mom wartet eine Sekunde, während ich sie innerlich bitte, nicht aufzuhören.

»Das Böse kommt auf viele verschiedene Arten«, fährt sie fort. »Es sitzt deiner Mutter an der Kehle, es hat sich in ihr drinnen festgesetzt, und es ist nicht ihre Schuld, dass sie's nicht abschütteln kann.«

Eric schiebt Jacksons Stuhl zurück und steht auf. Ich will nicht, dass er geht. Wenn er es tut, hört meine Mutter auf zu sprechen. Sie wird wieder verschwinden, mit ihm.

»Und es ist auch nicht deine Schuld«, sagt meine Mutter zu seinem Rücken, während er aus dem Zimmer stapft.

Ich sehe, wie Eric sein T-Shirt und seine Jeans und seine Schuhe anzieht. Durch das Schlüsselloch sehe ich, wie er Mickey zudeckt und dann aus der Tür geht. Von meinem Zimmerfenster aus beobachte ich, wie die Dunkelheit unserer stillen Straße Eric verschluckt. Ich setze mich auf die Treppe im Flur.

In einem Nest aus Decken schlafe ich ein, und ich wache auf, weil Eric sich zu mir runterbeugt und mich schüttelt.

»Wie spät ist es?«, frage ich.

»Halt die Klappe«, sagt er. Er packt mich an der Schulter und zieht mich aus dem Flur ins Wohnzimmer. Seine Hand ist riesig und kalt. Er lässt mich los und ich plumpse auf die Couch. Die Uhr über dem Fernseher zeigt vier Uhr dreizehn. Ich darf nicht mit Eric alleine sein. Diese Regel haben meine Eltern am ersten Tag aufgestellt, nach dem ersten Abendessen. Das ist schon ewig her, als gerade der Schnee fiel, sauber und ordentlich dalag und noch nicht zu den kleinen grauen Haufen geschmolzen war, die jetzt den Rand unserer Auffahrt säumen.

»Wo warst du?«, frage ich.

»Musste mir Gras besorgen«, sagt er. Er zieht eine mit der Hand gedrehte Zigarette – eine Tüte – heraus und ein Feuerzeug. Im nächsten Moment glüht das Ende der Tüte orange und braun.

»Du kriegst Ärger«, sage ich zu ihm.

»Halt die Klappe«, sagt er und nimmt die Tüte aus seinem Mund, hält sie zwischen Daumen und Zeigefinger und reicht sie mir.

»Ich weiß nicht, wie das geht«, sage ich.

»Warum macht dir der Scheiß so ’ne Angst?«, fragt er mich. »Da wirste nur ruhig von.«

»Das macht mir keine Angst«, lüge ich.

Er verdreht die Augen. »Du bist ’ne Nummer«, sagt er.

»Mach dich nicht lustig über mich.«

Wieder will er mir die Tüte geben. Diesmal nehme ich sie.

»Warte«, sagt er. Er geht in die Küche. Ich höre ihn ein Glas Wasser füllen. Er kommt zurück und stellt das Glas auf den Wohnzimmertisch.

»Das brennt. Zieh durch und dann trink schnell was.«

Ich halte die Tüte an meinen Mund und ziehe. Meine Kehle brennt wie Feuer und mir bleibt die Luft weg. Es ist schwierig, einen Schluck aus dem Glas zu kriegen, aber das Wasser hilft. Ich gebe Eric die Tüte zurück. Er saugt, ohne dass seine Lippen die Tüte berühren, und dann hält er den Mund eine ganze Weile geschlossen.

»Wer das?«, fragt er nach einer Weile. Rauch kringelt aus seiner Nase, so dass er aussieht wie ein Drachen. Er starrt auf das Bild meines Bruders, das auf dem Kaminsims steht.

»Das ist Jackson«, sage ich. Es ist seltsam, den Namen laut auszusprechen. Es ist seltsam, sein Bild zu bemerken. Ich habe vergessen, dass es da steht. Ich habe alles vergessen, seine schwarze Baseballkappe mit dem orangenen X und den goldenen Ball-Ohrring in seinem rechten Ohr und sein schiefes Grinsen.

»Wie lange hattet ihr ihm?«, fragt Eric. Er denkt, Jackson war ein anderes Pflegekind. Bei dem Gedanken höre ich für einen Moment auf zu atmen.

»Hab dich was gefragt«, sagt Eric, lehnt sich zurück und schließt die Augen. Ich weiß, dass er auf den Tag im Schnee anspielt.

»Mach dich nicht über mich lustig«, sage ich noch einmal zu ihm. Er hat immer noch die Tüte in der Hand, und ich habe Angst, er könnte einen Brandfleck in die Couch machen, also nehme ich sie ihm weg und halte sie über mein Wasserglas.

»Wer isses?«, fragt er wieder.

»Mein Bruder«, sage ich. *Das ist mein Bruder.* Eric öffnet die Augen und setzt sich ein bisschen auf.

»Du hast 'n richtigen Bruder?« Ich dachte, er wüsste das.

»Er ist gestorben«, sage ich. Eric nimmt die Tüte und zieht daran. Seine Wangen stülpen sich nach innen, so dass er ganz hager aussieht.

»Wie alt war er, wie er gestorben is?«, fragt mich Eric nach einer Minute.

»Zehn«, erkläre ich ihm. *Du sitzt immer auf seinem Stuhl,* möchte ich sagen.

»Isser erschossen worden?«, fragt Eric. Ich habe noch nie jemanden gekannt, der erschossen wurde.

»Nein«, antworte ich. »Er war krank.«

»Du und er, wart ihr gute Kumpels?«

»Ich weiß nicht.«

»Deine Mama hat geweint?«

Ich schüttele den Kopf. *Innen drin, so wie ich.* »Mehr mein Dad«, erkläre ich ihm.

Eric überlegt einen Moment und dann beugt er sich vor und kommt ganz nah an mein Gesicht heran. »Verarscht du mir?«, fragt er.

Da muss ich an was denken, was meine Mutter immer gesagt hat: *Das Wahre ist seltsamer als alles Ausgedachte, trotzdem neigen die meisten eher dazu, der Wahrheit zu misstrauen, statt eine Lüge in Frage zu stellen.*

»Äh häh«, versichere ich ihm.

»In echt, das 's dein Bruder?«, fragt mich Eric.

»In echt.«

Am Sonnabend, im Restaurant, spricht mein Vater es an.

»Jetzt sind es fast drei Monate«, sagt er.

»Was?«, frage ich. Ich zeichne mit meinem Finger Muster auf die Außenseite meines Cola-Glases.

»Die Jungen«, sagt meine Mutter. »Sie sind jetzt fast drei Monate bei uns.«

»Was denkst du?«, fragt mein Vater.

»Was denkt ihr?«, frage ich sofort zurück.

»Wir möchten, dass sie noch eine Weile bleiben«, sagt er. »Wenn das für dich okay ist.«

»Eric raucht immer noch Gras«, petze ich.

Die Kellnerin stellt meinen Schokobecher mitten auf das Papier-Platzdeckchen, das voller Pommes-Fettflecken ist. Ich bin satt. Von Schokobechern habe ich sowieso die Schnauze voll.

»*Gras*?«, fragt mein Vater.

»Und Mickey schläft nie in seinem eigenen Bett. Sie schlafen zusammen.«

»Nicht petzen, Linny«, sagt meine Mutter.

Ich nehme die Kirsche am Stiel und zwirbele eine Weile damit herum. Mit dem Schlagsahnespritzer darauf sieht die Kirsche aus wie schneebedeckter Weihnachtsschmuck.

»Linny?«, fragt mein Vater.

»Okay«, antworte ich.

Am Wochenende vor Ostern gehen Mickey und Eric mit uns auf den Friedhof. Sie hätten nicht gemusst, aber sie wollten. Es ist seltsam, dass sie dabei sind, seltsam, neben ihnen in der hellen Sonne zu stehen und zu sehen, wie sie Jacksons Grabstein angucken, während neben ihnen kleine Büschel lila Krokusse durchs Gras gucken.

Ich möchte nicht, dass sie meinen Vater weinen sehen. Ich möchte nicht, dass sie das Bild, das ich von unserer Familie habe, verändern. Ich möchte nicht, dass Jackson, wo immer er sein mag, durcheinander gerät.

Durch das Schlüsselloch kann ich sehen, wie Eric seinen neuen Block und seine neuen Pastellkreiden und seine neuen Wachsstifte benutzt. Ich kann sehen, wie Mickey in Erics neuem marmorierten Heft liest. Ich kann nicht jedes Wort hören, aber ich weiß ja, was drinsteht:

Es war einmal ein Junge, der keinen Namen hatte. Er lebte in einer Villa am Meer. Dieser Junge hatte eine besondere Gabe. Er konnte sich selbst verschwinden lassen. Er hat sich verschwinden lassen, wenn es Zeit zum Geschirrspülen war. Er hat sich verschwinden lassen, wenn er sich im Laden Süßigkeiten für seine kranke Schwester nehmen wollte. Er hat sich verschwinden lassen, wenn in der Schule eine Arbeit geschrieben wurde. Er hat sich verschwinden lassen, wenn er hören wollte, was andere Leute reden. Und manchmal hat er sich einfach nur so zum Spaß verschwinden lassen …

Ich gucke eine Weile zu, dann sehe ich, wie Eric das Blatt von seinem Block abreißt, vom Bett aufsteht und auf mich zukommt.

»Geh weg«, befiehlt er mir durch das Schlüsselloch, und ich gehe zur Seite, während er die Tür öffnet.

Seine Hände und sein T-Shirt sind voller Wachs- und Kreideflecken. Auf seinem Kopf kringeln sich die Haare zu Dreadlocks. Er sieht nicht mehr aus wie ein Beil-Mörder. Er sieht nur noch wie ein normaler Irrer aus.

»Hier«, sagt er und zeigt mir das Bild.

Es ist der Junge ohne Namen. Er geht durch eine lila Nacht auf silbernem Sand an einem schwarzen Ozean entlang, auf dem weißer Schaum leuchtet. Der Junge trägt Jeans und einen Pullover, und er hat eine Tüte mit rot-weiß gestreiften Zuckerstangen, die leuchten wie der Meerschaum, und er zieht einen Stock hinter sich her, ganz gemütlich. Seine Beine und sein Körper sind etwas schwer zu erkennen, aber seine Schultern und sein Hals sind deutlicher, weil er von unten an verschwindet, und sein hellbraunes Gesicht und die schwarze Baseballkappe mit dem orangefarbenen X und der goldene Ball-Ohranhänger und sein schiefes Grinsen sind so klar wie der Tag.

»Die Augen stimmen nicht«, höre ich mich zu Eric sagen, der die Achseln zuckt und sich eine Tüte ansteckt.

Mickey kommt ins Bad getrottet, will gucken. Er betrachtet das Bild sorgfältig, das ich ihm entgegenhalte, während ich mich ans Waschbecken drücke.

»Schön«, versichert er Eric. Dann starrt er zu mir hoch, ganz Augen und Sorgenfalten. »Warum weinst du?«

»Ich weine nicht«, widerspreche ich, meine Stimme ist hoch und brüchig, all mein Inneres aufgetaut.

»Warum lügt sie?«, fragt Mickey Eric.

Eric geht zurück in das Zimmer, das jetzt ihr Zimmer ist, öffnet das Fenster und lässt sich wieder auf das Bett fallen.

»Mach dir kein' Kopf«, sagt er zu Mickey. »Mädchen spinnen.«

Danksagung

Die Autorin möchte sich herzlich bedanken bei:
Shirley Cohen, Charlotte Davenport, Frances McClenny und Linda Verdery, weil sie phantastische erste Lehrerinnen waren und meine Liebe zum Lesen und Schreiben genährt haben.
Ida Dupont, Kathy Farrow, Debbie Lefkovic-Abrams, Stacy Liss, Seema Mohanty und Victoria Reese für ihre stetige Ermutigung und für ihre Freundschaft.
Stephen Lucas, weil er voller Zuversicht alles mit perfekter Genauigkeit vorausgesagt hat und weil er auf dem Besonderen des ersten Entwurfs beharrt hat.
Kerry Garfinkel und Jessica Kalb Roland, weil sie reichlich von ihrer Begeisterung und ihrem redaktionellen Talent beigesteuert haben. Mary Beth Caschetta und Karin Cook, weil sie mich so liebenswürdig eingewiesen haben.
Marcia Golub für ihre Unterstützung und ihren Unterricht in »Die Stimme des Erzählers«.
Bunny Gabel für ihre Anregungen, ihr kluges Feedback und ihre Werkstatt Schreiben für Kinder.
Den TeilnehmerInnen von Bunny Gabels Schreibwerkstatt des Jahres 1997/1998 für ihre scharfsinnigen Kommentare und ihre freundliche Vortragsweise.
Jamie Callan und Frank Bergon für die Jahre, in denen sie mich aus der Ferne angeleitet haben und meine Mentoren waren.
Dem Blue Mountain Center und dem Virginia Center for Creative Arts, weil sie mir die Gelegenheit gaben, in einer wunderbaren Umgebung zu arbeiten, wo es Kekse ohne Ende gab.
Charlotte Sheedy, weil sie sich meiner angenommen hat, es hat werden lassen, und das getan hat, was sie so gut kann.
Richard Jackson für eben diese Seiten und für seine Sachkenntnisse, seinen Scharfsinn und seine Wärme.
Und besonders meinen Großeltern: Gerold Frank für seine Anregung und Lilian Frank für ihre Weisheit, ihre Würde und ihren Humor.

Zitate

Auf S. 12 aus: »in Just-spring / im fast-frühling« von e. e. cummings, in: Poems – Gedichte. Deutsch von Eva Hesse, Langewiesche-Brandt, Ebenhausen bei München, 1958/82.

Auf S. 23 aus: »Jetzt, da ich für alle Zeit mit einem Kind bin« von Audre Lorde, in: Die Quelle unserer Macht – Gedichte. Übers. Marion Kraft und Sigrid Markmann, Orlanda 1994.

Auf S. 95 aus »Breathing the Water« von Denise Levertov, in: »From the Image Flow – Summer of 1986«, New Directions Publishing, 1987 (Zitat übersetzt von Heike Brandt – es gibt keine deutsche Übersetzung).

Laurie Halse Anderson
Sprich
Roman
Aus dem Englischen von Birgitt Kollmann
Gebunden, 280 Seiten (80886)

Es ist Melindas erstes High-School-Jahr; darauf hatte sie sich gefreut. Doch jetzt ist es wie ein böser Traum: Von ihrer Freundin wird sie geschnitten, die neuen Mitschüler reagieren abweisend. Melinda gilt als Zicke, seit sie auf jener Party die Polizei gerufen hat, aber nicht sagen wollte, warum. Sprechen kann und will sie darüber nicht. Es braucht ein Jahr, das ganze Schuljahr, bis Melinda ihre Sprache wiederfindet – und mit ihr die Kraft, sich zu wehren.

»Ein erstaunlicher Erstling – ... Laurie Halse Anderson spickt ihren Roman mit Witz, der die Protagonistin durch ihre Schwierigkeiten trägt. Melindas Verwandlung berührt einen und zieht die Leser gleichzeitig in ihren Bann.« *Publishers Weekly*

»Selbst unter der Vielzahl der guten Jugendbücher ein außergewöhnliches Werk.« *Süddeutsche Zeitung*

»Bis Melinda am Ende des Buches wieder spricht, kann man mit ihr zum Glück nicht nur leiden, sondern zuweilen auch herzlich lachen.«
Stuttgarter Nachrichten

Beltz & Gelberg
Beltz Verlag, Postfach 10 01 54, 69441 Weinheim. www.beltz.de